T0002380

Vardø.
La isla de las mujeres

Primera edición en este formato: junio de 2022
Título original: *The Mercies*

© Kiran Millwood Hargrave, 2020
© de la traducción, Aitana Vega Casiano, 2020
© de esta edición, Futurbox Project, S. L., 2022
Todos los derechos reservados, incluido el derecho de reproducción total o parcial en cualquier forma.

Diseño de cubierta: Katie Tooke, Departamento de Arte de Picador
Imagen de cubierta: © Maya Hanisch, con detalles de *rosemaling* noruego (Edwin Remsberg / Alamy)

Publicado por Ático de los Libros
C/ Aragó, 287, 2.º 1.ª
08009, Barcelona
info@aticodeloslibros.com
www.aticodeloslibros.com

ISBN: 978-84-18217-68-5
THEMA: FV
Depósito Legal: B 10776-2022
Preimpresión: Taller de los Libros
Impresión y encuadernación: CPI Black Print (Barcelona)
Impreso en España – *Printed in Spain*

Cualquier forma de reproducción, distribución, comunicación pública o transformación de esta obra solo puede ser efectuada con la autorización de los titulares, con excepción prevista por la ley. Diríjase a CEDRO (Centro Español de Derechos Reprográficos) si necesita fotocopiar o escanear algún fragmento de esta obra (www.conlicencia.com; 91 702 19 70 / 93 272 04 47).

VARDO

LA ISLA DE LAS MUJERES

Kiran Millwood Hargrave

TRADUCCIÓN DE
AITANA VEGA CASIANO

ÁTICO DE
LOS LIBROS

Para mi madre, Andrea, y para todas las mujeres
que me educaron (y lo siguen haciendo)

POR ORDEN DEL REY

Cualquier hechicero, u hombre fiel, que sacrifique
a Dios, su santa Palabra y al cristianismo,
y se consagre a sí mismo al diablo,
será arrojado al fuego e incinerado.

DECRETO SOBRE BRUJERÍA DE DINAMARCA Y NORUEGA
DE 1617, PROMULGADO EN FINNMARK EN 1620

LA TORMENTA

La noche anterior, Maren soñó que una ballena encallaba en las rocas que había delante de su casa.

Bajó por el acantilado hasta el convulso cuerpo y lo miró directamente al ojo mientras envolvía con los brazos la gigantesca mole. Era lo único que podía hacer.

Los hombres bajaron a toda prisa por la roca negra como insectos oscuros, veloces y brillantes, armados con espadas y guadañas. Las hojas empezaron a oscilar y cortar antes de que la ballena hubiera muerto. Se sacudía enloquecida mientras, con mirada severa, la sujetaban con la misma fiereza con que una red atrapa un banco de peces. Sin embargo, Maren continuó aferrada a ella, con los brazos tan extendidos y firmes que no se soltaron ni un instante, hasta que no estuvo segura de si la consideraría un consuelo o una amenaza; pero no le importó y siguió mirándola fijamente al ojo, sin parpadear.

Al final, se quedó quieta y su aliento se evaporó mientras la rajaban y troceaban. Olió el aceite que se quemaba en las lámparas antes de que el animal dejase de moverse del todo, mucho antes de que el brillo de su ojo se desvaneciera hasta enturbiarse.

Se hundió entre las rocas hasta llegar al fondo del mar. Era una noche oscura y sin luna; solo las estrellas alteraban la superficie. Se ahogó y despertó entre jadeos, con humo en las fosas nasales y en el fondo de la garganta. El sabor de la grasa quemada se le había quedado pegado bajo la lengua y no conseguía deshacerse de él.

1

La tormenta llegó en un abrir y cerrar de ojos. Es lo que dirían en los meses y años venideros, cuando ya no les provocase picor en los ojos ni un nudo en la garganta. Cuando por fin formara parte de las historias. Incluso entonces, era imposible de describir. Hay ocasiones en que las palabras no son suficiente y hablan de formas demasiado simples y descuidadas, pero lo que Maren vio no tuvo nada de sencillo ni elegante.

Aquella tarde, tiene extendida sobre el regazo su mejor vela, como si fuera una manta. Mamá y Diinna la sujetan por las otras esquinas. Sus dedos, más pequeños y precisos, zurcen con puntadas más pequeñas y precisas los desgarros causados por el viento mientras ella remienda los agujeros que han provocado las encapilladuras del mástil.

Junto al fuego, hay una pila de brezos blancos secándose que su hermano Erik ha cortado y traído del monte en el continente. Mañana, su madre le dará tres ramilletes para la almohada. Ella los despedazará y los usará para rellenar la funda, mezclados con la tierra y demás. El dulce aroma resultará casi nauseabundo después de meses oliendo a sueño rancio y cabellos sin lavar. Se la llevará a la boca, la morderá y gritará hasta que sus pulmones se empapen del dulce y acre sabor de la tierra.

Entonces, algo le llama la atención y mira hacia la ventana. Un pájaro, oscuro contra la oscuridad, ¿y un ruido? Se levanta para acercarse y ver mejor. La bahía gris, estática, y más allá, mar abierto. Las olas rompen como si fueran de cristal. Los

13

barcos se advierten gracias a las tenues luces de proas y popas, que apenas titilan.

Imagina cuál es el barco de su padre y Erik, con su segunda mejor vela aparejada en el mástil. Visualiza las sacudidas del mar y los vaivenes de los remos, sus espaldas recortadas frente al horizonte cuando el sol se esconde. No los ve desde hace un mes y todavía falta otro para su regreso. Los hombres observarán la luz constante que emerge de las casas sin cortinas de Vardø, perdidas en su propio mar de tierra en penumbra.

Ya han llegado más allá de la bahía de Hornøya, casi en el punto donde avistaron el banco de peces a primera hora de la tarde, aterrorizado por la presencia de una ballena.

—Ya se habrá ido —había dicho papá. A mamá le dan mucho miedo las ballenas—. Para cuando Erik consiga llevarnos allí con esos bracitos, ya habrá terminado de comer.

Erik se había limitado a inclinar la cabeza para aceptar un beso de mamá y para que su mujer, Diinna, le presionara la frente con el pulgar, un gesto que los samis creen que ayuda a que los hombres del mar vuelvan a casa. Erik llevó la mano a su vientre un momento, lo que puso de manifiesto lo hinchado que estaba bajo la túnica de punto. Ella le apartó la mano con dulzura.

—Pronto le darás un nombre. Ten paciencia.

Más tarde, Maren querría haberse levantado para besarlos a los dos en las rudas mejillas. Desearía haber observado cómo se marchaban hacia el mar vestidos con sus pieles de foca; su padre, con zancadas firmes, y Erik, a trompicones, unos pasos por detrás. Desearía que su marcha le hubiese hecho sentir algo más que agradecimiento porque la dejasen con mamá y Diinna, por la tranquilidad que implicaba que las mujeres se quedaran solas.

Ahora que había cumplido los veinte y hacía tres semanas que había recibido su primera propuesta de matrimonio, por fin se consideraba una de ellas. Dag Bjørnsson estaba construyendo un hogar para los dos en el segundo cobertizo de su padre y, antes de que el invierno llegara a su fin, lo habría terminado y se casarían.

Le había contado al oído, con su aliento rozándole la oreja, que tendrían una buena chimenea y una alacena separada para que no cruzara toda la casa con el hacha a cuestas, como hacía su padre. El destello de la maligna herramienta, incluso en las cuidadosas manos de papá, le daba arcadas. Dag lo sabía y lo respetaba.

Era rubio como su madre y tenía unos rasgos delicados que otros hombres consideraban una debilidad, pero a Maren no le importaba. Tampoco le importaba que le acercase su gran boca a la garganta mientras le hablaba de la sábana que debería tejer para la cama que él construiría para ambos. Y, aunque no sentía nada cuando le acariciaba la espalda vacilante, demasiado suave y demasiado arriba a través del vestido de invierno azul oscuro, esa casa que sería suya, con su cama y su chimenea, le hacía sentir un latido en el bajo vientre. Por la noche, presionaba las manos en los lugares donde había sentido aquel calor, arrastrando sobre las caderas los dedos fríos, lo bastante entumecidos como para que no parecieran los suyos.

Ni siquiera Erik y Diinna tienen su propia casa: viven en la estrecha habitación que el padre y el hermano de Maren construyeron a lo largo de la pared trasera exterior. La cama ocupa todo el ancho del espacio y se apoya en la misma pared contra la que descansa la de Maren, al otro lado. Las primeras noches que pasaron juntos, se cubrió la cabeza con los brazos mientras respiraba el aroma de la paja húmeda del colchón, pero nunca escuchó ni una respiración. Fue un milagro cuando el vientre de Diinna empezó a crecer. El bebé llegaría justo después del fin del invierno y, entonces, serían tres en la angosta cama.

Más tarde, pensaría que tal vez también debería haber visto a Dag partir.

Sin embargo, en vez de eso, agarró la tela dañada y se la extendió sobre las rodillas. No volvió a levantar la vista hasta que ese pájaro, ese ruido o esa corriente de aire llamaron su atención e hicieron que se dirigiera hacia la ventana, donde vio cómo las luces bailaban entre la oscuridad del mar.

Le crujen los brazos. Acerca el dedo curtido donde lleva la aguja a la otra mano y la cubre con el mitón de lana. Siente el vello de punta y cómo la piel se le tensa. Los barcos siguen remando, todavía firmes bajo una luz titilante; las lámparas brillan.

Entonces, el mar se eleva y el cielo cae. Un relámpago verdoso lo ilumina todo y engulle la oscuridad con un brillo momentáneo y terrible. La luz y el ruido llaman la atención de mamá, que se acerca a la ventana. El mar y el cielo chocan como una montaña que se parte en dos y sienten escalofríos en las plantas de los pies y a lo largo de la columna. Maren se muerde la lengua y un sabor salado le baja por la garganta.

Es posible que ambas estén gritando, pero no existen más sonidos que el mar y el cielo, que se tragan las luces de los barcos mientras estos giran, vuelan, vuelcan y desaparecen. Maren sale corriendo hacia el temporal, ralentizada por sus faldas, que se han empapado en cuestión de segundos. Diinna la llama para que vuelva y cierra la puerta tras ella para evitar que el fuego se apague. El peso de la lluvia le hunde los hombros y el viento le azota la espalda. Cierra los puños sin agarrar nada. Grita con todas sus fuerzas; la garganta le dolerá durante días. A su alrededor, otras madres, hermanas e hijas se lanzan a las inclemencias del tiempo; un grupo de figuras oscuras, empapadas y torpes como focas. La tormenta amaina antes de que llegue al puerto, a doscientos pasos de casa, y mira al mar boquiabierta.

Las nubes suben y las olas caen; las unas se apoyan en las otras en la línea del horizonte, apacibles como un rebaño que duerme.

Las mujeres de Vardø se reúnen en la orilla de la isla. Algunas siguen gritando, pero los oídos de Maren zumban en silencio. Ante ella, el puerto es una superficie lisa, como un espejo. Tiene la mandíbula paralizada por la tensión y le gotea sangre caliente de la lengua por la barbilla. Se le ha clavado la aguja entre el pulgar y el índice, y ahora tiene una herida con la forma de un círculo perfecto y rosado.

Mientras observa, un último relámpago ilumina el detestable mar en calma. Entre la negrura, asoman remos, timones y un mástil entero con las velas cuidadosamente estibadas, como bosques submarinos arrancados de raíz. De los hombres, no hay rastro.

Es Nochebuena.

2

Durante la noche, el mundo se torna blanco. La nieve cubre la nieve y se acumula en las ventanas y en el umbral de las puertas. La *kirke* permanece a oscuras esa Navidad, el día después, como un agujero entre las casas iluminadas que engulle la luz.

Nieva durante tres días. Diinna se recluye en su estrecha habitación y a Maren le cuesta levantarse a sí misma tanto como a su madre. No comen nada más que pan duro, que les cae como piedras en el estómago. Maren siente la comida demasiado sólida dentro de ella y su cuerpo le parece irreal; tiene la sensación de que el pan rancio de mamá es lo único que la mantiene ligada a la tierra. Si no come, se convertirá en humo y se arremolinará en las cornisas de la casa.

Para no perder la cabeza, se llena el estómago hasta que le duele y mantiene cerca del fuego todas las partes del cuerpo que puede. Se dice a sí misma que todo lo que las llamas calienten es real. Se levanta el pelo para dejar al descubierto la nuca sucia, extiende los dedos para que el calor los lama y se remanga las faldas hasta que las medias de lana empiezan a chamuscarse y a apestar. «Ahí, ahí y ahí». Los pechos, la espalda y, entre ellos, el corazón están atrapados dentro del ceñido chaleco de invierno.

El segundo día, por primera vez en años, el fuego se apaga. Papá siempre lo encendía y ellas solo se encargaban de mantenerlo vivo; apilaban los leños por la noche y rompían la capa de ceniza que se formaba por las mañanas para dejar que el calor respirase. En pocas horas, la escarcha cubre sus mantas,

18

a pesar de que Maren y su madre duermen juntas en la misma cama. No hablan, no se desvisten. Maren se cubre con el viejo abrigo de piel de foca de su padre. No la desollaron como debían y emana un ligero hedor a grasa podrida. Mamá se pone el de Erik, de cuando era niño. Tiene los ojos apagados como un salmón ahumado. Maren intenta que coma, pero su madre simplemente se acurruca a su lado en la cama y suspira como una niña. Da las gracias porque la ventana esté cubierta de nieve y no se vea el mar.

Esos tres días, siente que ha caído a un pozo. El hacha de papá destella en la oscuridad. La lengua se le endurece y se le arruga. La herida que se hizo al morderse durante la tormenta está blanda e hinchada, con un punto duro en el centro. Le preocupa, y la sangre le da sed.

Sueña con papá y Erik, y se despierta empapada en sudor, con las manos heladas. Sueña con Dag y, cuando abre la boca, la tiene llena de los clavos con los que iban a hacer su cama. Se pregunta si morirán allí, si Diinna ya está muerta y si su bebé se remueve dentro de ella, cada vez más despacio. Se pregunta si Dios vendrá a verlas para decirles que vivan.

Cuando Kirsten Sørensdatter las levanta la tercera noche, las dos apestan. Las ayuda a apilar los leños de nuevo y a encender el fuego por fin. Cuando se abre camino hasta la puerta de Diinna, esta parece casi furiosa. La luz de la antorcha se refleja en el brillo apagado de sus labios fruncidos, y se presiona el vientre hinchado con las manos.

—A la *kirke* —les dice Kirsten—. Es *sabbat*.

Ni siquiera Diinna, que no cree en su Dios, discute.

Maren entiende lo que pasa cuando se reúnen en la *kirke:* casi todos los hombres han muerto.

Toril Knudsdatter enciende todas las velas hasta que la estancia brilla tanto que a Maren le pican los ojos. Cuenta en silencio. Antes había cincuenta y tres hombres, ahora solo quedan trece: dos bebés, en brazos de sus madres, tres ancianos y los niños demasiado pequeños para ir en los barcos. Hasta el pastor ha desaparecido.

Las mujeres se acomodan en los bancos de siempre y dejan vacíos los huecos donde se sentaban sus maridos y sus hijos, pero Kirsten les pide que avancen. Excepto Diinna, todas obedecen, atontadas como un rebaño de ovejas. Ocupan tres de las siete filas de la *kirke*.

—Ya ha habido naufragios antes —comenta Kirsten—. Ya hemos perdido hombres y hemos sobrevivido.

—Pero nunca a tantos —dice Gerda Folndatter—. Mi marido nunca ha estado entre los desaparecidos. Ni el tuyo, Kirsten, ni el de Sigfrid. Ni el hijo de Toril. Todos…

Se lleva las manos a la garganta y enmudece.

—Deberíamos rezar o cantar algo —sugiere Sigfrid Jonsdatter, y las demás la fulminan con la mirada. Han pasado tres días encerradas y separadas; lo único de lo que quieren y pueden hablar es de la tormenta.

Las mujeres de Vardø siempre buscan señales. La tormenta fue una. Los cuerpos, cuando aparecieran, serían otra. En ese momento, Gerda habla del charrán solitario que vio revoloteando sobre la ballena.

—Volaba en ochos —dijo, mientras agitaba las manos en el aire—. Una, dos, tres, seis veces. Las conté.

—Seis ochos no significan nada —repuso Kirsten con desdén junto al púlpito grabado del pastor Gursson. Apoya la mano en la madera. El modo en que recorre el tallado con el pulgar es lo único que delata su nerviosismo, o su pesar.

Su marido es uno de los hombres que han perecido en el mar y a todos sus hijos los enterraron antes de que respirasen. A Maren le cae bien y a menudo la ha acompañado a hacer sus tareas, pero ahora la ve como las demás siempre lo han hecho, como una mujer independiente. No está detrás del púlpito, pero es como si lo estuviera; las observa con detenimiento, como un pastor.

—Pero la ballena... —dice Edne Gunnsdatter, con la cara tan hinchada por las lágrimas que parece que la han golpeado—. Estaba bocarriba. Vi cómo le brillaba el vientre blanco entre las olas.

—Estaba comiendo —afirma Kirsten.

—Quería atraer a los hombres —sentencia Edne—. Rondó el banco de peces cerca de Hornøya seis veces, se aseguró de que la viéramos.

—Sí, es verdad. —Gerda asiente y se cruza de brazos—. Yo también lo vi.

—No es cierto —replica Kirsten.

—La semana pasada, Marris tosió sangre en la mesa —explica Gerda—. No se ha limpiado.

—Yo la lijaré por ti —se ofrece Kirsten con dulzura.

—La ballena simbolizaba el mal —apunta Toril. Su hija se abraza a su costado con tanta fuerza que parece que se la hayan cosido a la cadera con sus famosas y precisas puntadas—. Si lo que dice Edne es verdad, nos la enviaron.

—¿Que la enviaron? —pregunta Toril, y Maren ve cómo Kirsten la mira agradecida por creer haber conseguido una aliada—. ¿Acaso es posible?

Se oye un suspiro procedente de la parte trasera de la *kirke* y toda la habitación se vuelve para mirar a Diinna, pero esta inclina la cabeza hacia atrás con los ojos cerrados; la piel morena de su garganta destella a la luz de las velas.

—El diablo se mueve en la oscuridad —dice Toril mientras su hija entierra la cara en su hombro y chilla aterrorizada. Maren se pregunta qué miedos les habrá inculcado Toril a sus dos hijos supervivientes en los últimos tres días—. Tiene poder sobre todo, menos Dios. Quizá la envió él. O tal vez alguien la invocó.

—Ya basta. —Kirsten corta el silencio antes de que se vuelva espeso—. Esto no ayuda.

Maren quiere sentir esa misma certeza, pero tan solo piensa en aquella forma, en el sonido que la atrajo a la ventana. Al principio creyó que se trataba de un pájaro, pero ahora lo recuerda más grande y más pesado, con cinco aletas y bocarriba. Antinatural. Le resulta imposible dejar de verlo en un rincón de la mente, incluso bajo la luz sagrada de la *kirke*.

Mamá se agita, como si estuviera dormida, aunque las velas se reflejan en sus ojos, que no se han cerrado desde que se han sentado. Cuando habla, Maren nota cómo el tiempo que ha pasado en silencio le ha afectado a la voz.

—La noche que Erik nació —empieza a contar—, había una luz roja en el cielo.

—Lo recuerdo —susurra Kirsten.

—Yo también —dice Toril.

«Y yo», piensa Maren, aunque solo tenía dos años.

—La seguí por el cielo hasta que se hundió en el mar —añade mamá sin apenas mover los labios—. Iluminó el agua con el color de la sangre. Aquel día quedó marcado, estaba escrito. —Gime y se cubre la cara—. Nunca debí dejar que se acercara al mar.

Las mujeres se sumen en una avalancha de lamentos. Ni siquiera Kirsten consigue calmarlas. Las velas titilan cuando una ráfaga de aire frío cruza la estancia y Maren se da la vuelta a tiempo de ver a Diinna abandonar la *kirke*. Rodea a su madre con el brazo; las únicas palabras que se le ocurren no le ofrecerían ningún consuelo: «El mar era la única opción para Erik».

Vardø es una isla. El puerto entra en la tierra como si la hubieran mordido por un lado, mientras que las demás orillas son demasiado altas o rocosas para que los barcos se acerquen. Maren aprendió sobre redes antes de saber lo que era el dolor, aprendió sobre el tiempo antes de conocer el amor. En verano, las manos de su madre siempre estaban moteadas por las diminutas escamas del pescado, la carne colgaba seca y cubierta de sal, como los paños blancos con los que se envolvía a los bebés o se enterraba envuelta en pieles de reno para que se pudriera.

Papá decía que el mar gobernaba sus vidas. Siempre habían vivido a su merced y, a menudo, morían en él. Pero la tormenta lo había convertido en el enemigo y algunas hablaban de marcharse.

—Tengo familia en Alta —dice Gerda—. Allí hay tierra y trabajo suficiente.

—¿La tormenta no ha llegado allí? —pregunta Sigfrid.

—Pronto lo sabremos —apunta Kirsten—. Supongo que recibiremos un mensaje de Kiberg. Seguro que la tormenta les ha afectado.

—Mi hermana me escribirá —asiente Edne—. Vive solo a un día a caballo y tiene tres monturas.

—Es una travesía dura —comenta Kirsten—. El mar sigue agitado. Tardarán un poco en llegar.

Maren las escucha hablar de Varanger o de la todavía más lejana Tromsø, como si alguna fuera capaz de imaginar la vida en la ciudad, tan lejos de allí. Las mujeres se enzarzan en una breve discusión sobre quién debe quedarse con los renos para el transporte, ya que pertenecían a Mads Petersson, que se ahogó junto al marido y los hijos de Toril. Toril parece pensar que eso le otorga cierto derecho a reclamarlos, pero cuando Kirsten informa de que ella cuidará de la manada, nadie protesta. Maren no sabe ni cómo encender un fuego, mucho menos mantener una manada de bestias de temperamento voluble durante el invierno. Toril debe de pensar lo mismo, pues desiste tan rápido como ha reivindicado su derecho.

Al cabo de un rato, la charla se apaga hasta desaparecer del todo. No han decidido nada, salvo que esperarán a tener noticias de Kiberg y que mandarán a alguien allí si a finales de semana todavía no saben nada.

—Hasta entonces, lo mejor será que nos reunamos en la *kirke* a diario —propone Kirsten, y Toril asiente con fervor, de acuerdo por una vez—. Debemos cuidarnos entre nosotras. Parece que la nieve se irá pronto, pero no hay manera de estar seguras.

—Estad atentas por si veis ballenas —dice Toril. La luz le ilumina la cara y le marca los huesos bajo la piel. Tiene un aspecto siniestro y a Maren le dan ganas de reírse. Se muerde la parte sensible de la lengua.

Ya nadie habla de marcharse. Mientras bajan por la colina de vuelta a casa, mamá la agarra del brazo con tanta fuerza que le hace daño y se pregunta si las demás mujeres se sienten como ella: ligadas a aquel lugar, ahora más que nunca. Con ballena o sin ella, con señal o sin ella, Maren ha sido testigo de la muerte de cuarenta hombres. Una parte de ella se siente atada a esta tierra. Atada y atrapada.

3

Nueve días después de la tormenta, cuando ya ha llegado el
año nuevo, los hombres regresan a ellas. Casi enteros; casi todos. Colocados como ofrendas en la calita negra, o arrastrados
por la marea hasta las rocas que hay debajo de la casa de Maren. Tienen que escalar para agarrarlos, con las cuerdas que
habían anudado con fuerza para que Erik recogiera los huevos
de los nidos de los pájaros entretejidos con el acantilado.

Erik y Dag están entre los primeros en volver; papá, entre
los últimos. Papá solo tiene un brazo y Dag está quemado; una
línea negra lo atraviesa desde el hombro izquierdo hasta el pie
derecho, lo cual, según mamá, significa que le cayó un rayo.

—Debió de ser rápido —dice, sin esconder la amargura—. Fácil.

Maren se acerca la nariz al hombro y se llena los pulmones
de su olor.

Su hermano parece dormido, pero tiene la piel iluminada
por esa horrible luz verdosa que ya ha visto en otros cuerpos
arrastrados por la marea. Se ahogó. La suya no fue una muerte fácil.

Cuando Maren tiene que descender por el acantilado, recoge al hijo de Toril, atrapado como madera a la deriva entre
las rocas afiladas. Tiene la edad de Erik y su cuerpo se desliza
de sus huesos como carne picada en un saco. Maren le aparta
el pelo oscuro de la cara y le quita un alga de la clavícula. Edne
y ella tienen que atarlo por la cintura, las costillas y las rodillas
para mantenerlo de una pieza y llevárselo a su madre. Se alegra

de no ver la cara de Toril cuando le traen a su hijo. Aunque la mujer no le gusta demasiado, sus lamentos le atraviesan el pecho como si fueran agujas diminutas.

El suelo es demasiado duro para cavar, así que acuerdan dejar a los muertos en el cobertizo principal del padre de Dag, donde el frío los mantendrá tan congelados como a la tierra. Pasarán meses antes de que puedan atravesar la superficie para enterrar a sus hombres.

—¿Y si usamos la vela como sudario? —propone mamá, después de que se lleven a Erik al cobertizo.

Observa la vela remendada en el centro de la sala, como si Erik ya estuviera debajo de ella. Se encuentra en el mismo sitio donde la dejaron hace casi dos semanas. Maren y su madre la han rodeado, sin querer tocarla, pero Diinna la agarra y niega con la cabeza.

—Sería un desperdicio —responde, y Maren se alegra; no soporta la idea de enterrar a su padre y a su hermano con nada que tenga que ver con el mar. Diinna dobla la vela con movimientos hábiles mientras la apoya sobre su vientre y, en su gesto decidido, Maren atisba a la chica risueña que se casó con su hermano el verano anterior.

Sin embargo, Diinna desaparece el día después de que recuperen a Dag y a Erik. Mamá se pone de los nervios porque cree que se ha marchado para criar al niño con su familia sami. Dice algunas cosas horribles, aunque Maren sabe que no habla en serio. Llama a Diinna lapona, puta y salvaje, cosas que Toril o Sigfrid dirían.

—Siempre lo he sabido —se lamenta—. Nunca debí permitir que se casara con una lapona. No son leales, no son como nosotros.

Maren se muerde la lengua y le acaricia la espalda. Es cierto que Diinna pasó la infancia viajando y viviendo bajo las estrellas cambiantes, incluso durante el invierno. Su padre es un noaide, un chamán de buena reputación. Antes de que la *kirke* se estableciera casi de forma definitiva, su vecino Baar

Ragnvalsson y muchos otros hombres acudían a él en busca de amuletos contra el mal tiempo. Aquello terminó cuando las nuevas leyes prohibieron ese tipo de prácticas, pero Maren todavía ve en la mayoría de las puertas las figuritas de hueso que los samis dicen que protegen de la mala suerte. El pastor Gursson hacía la vista gorda, aunque Toril y los de su calaña le instaban a que se esforzara más para eliminar tales costumbres.

Maren sabe que el amor que Diinna sentía por Erik era la razón por la cual había aceptado vivir en Vardø, pero se niega a creer que se marcharía así, después de haber perdido a tantos. Embarazada del bebé de Erik. No sería tan cruel como para arrebatarles lo único que les queda de él.

Al cabo de una semana, llegan noticias de Kiberg. El cuñado de Edne les cuenta que, aunque perdieron muchos barcos que estaban amarrados en el puerto, solo tres hombres perecieron. Cuando las mujeres se reúnen en la *kirke* para escuchar el mensaje, la inquietud general crece.

—¿Por qué no salieron a pescar? —pregunta Sigfrid—. ¿No vieron el banco de peces desde Kiberg?

Edne niega con la cabeza.

—Ni tampoco la ballena.

—Así que nos la enviaron —susurra Toril, y su miedo se extiende por los bancos en olas de murmullos.

La conversación es demasiado informal para un lugar sagrado, repleta de presagios y ornamentos, pero nadie se resiste a la oportunidad de chismorrear. Las palabras sirven de vínculos con los que unir hechos, que se consolidan con cada relato. Parece que a muchas ya no les importa lo que es verdad o no; están desesperadas por encontrar una razón, un orden a partir del cual reorganizar sus vidas, aunque se base en una mentira. Que la ballena nadaba bocarriba es ya incuestionable y, aunque Maren trata de protegerse del terror que la conversación le provoca, le cuesta mantenerse firme como Kirsten.

La mujer se ha mudado a la casa de Mads Petersson para cuidar mejor de los renos. Maren la mira, erguida con firmeza junto al púlpito. Apenas han hablado desde que Kirsten las desenterró de la nieve, excepto para intercambiar palabras de consuelo cuando sacaron a los hombres putrefactos del mar. Quiere hablar con ella cuando la reunión en la *kirke* termina, pero Kirsten ya ha salido por la puerta y se marcha a zancadas hacia su nuevo hogar, con el cuerpo inclinado para enfrentarse al viento.

Diinna vuelve el día que encuentran a papá. Cuando Maren se entera de su regreso, se oyen gritos en el cobertizo y echa a correr, imaginando todo tipo de desgracias, como otra tormenta, a pesar de que ve que el cielo sin sol está en calma, o que han encontrado a un hombre con vida.

Hay un grupo de mujeres reunidas alrededor de la puerta, encabezadas por Sigfrid y Toril, con los rostros retorcidos por la ira. Delante están Diinna y otro sami, un hombre bajito y fornido que mira con frialdad a las mujeres. No es el padre de Diinna, pero lleva un tambor de chamán en la cadera. Entre los dos sostienen una pieza enrollada de tela plateada. Al acercarse, mareada por el esfuerzo de la carrera, distingue la corteza de abedul.

—¿Qué ocurre? —le pregunta a Diinna, pero es Toril quien responde.

—Quiere enterrarlos con eso. —La mujer roza la histeria. Tiene la barbilla cubierta de saliva—. Como hacen ellos.

—No tiene sentido usar tela para tantos —repone Diinna—. Es…

—No permitiré que toquéis a mis hijos con eso. —Toril jadea más que Maren y mira el tambor como si fuera un arma. Sigfrid Jonsdatter asiente con aprobación cuando Toril avanza—. Ni a mi marido. Era un hombre temeroso de Dios, no quiero que os acerquéis a él.

—No te importó que te ayudase cuando quisiste tener otro hijo —espeta Diinna.

Toril se lleva la mano al vientre, aunque sus hijos nacieron hace ya mucho tiempo.

—Eso no es cierto.

—Todas sabemos que lo es, Toril —dice Maren, incapaz de permanecer en silencio ante una mentira—. Igual que tú, Sigfrid. Muchas habéis acudido a ella o a su padre.

Toril entrecierra los ojos.

—Jamás pediría ayuda a un hechicero lapón.

Hay un siseo colectivo. Maren da un paso al frente, pero Diinna levanta el brazo.

—Debería agujerearte la lengua, Toril, a ver si así pierdes algo de veneno. —La aludida se estremece—. Además, ni es brujería, ni es para ellos.

Diinna mira a Maren. Está preciosa bajo la luz azulada, que le remarca las facciones de la cara y las densas pestañas.

—Es para Erik.

—Y para mi padre. —A Maren se le quiebra la voz. No soportaría separarlos. Además, papá adoraba a Diinna y se sentía orgulloso de que su hijo se hubiera casado con la hija de un noaide.

—¿Ha regresado? —Maren asiente y Diinna se abraza los hombros—. También para *herr* Magnusson, por supuesto. Los velaremos. Podrá venir cualquiera que lo desee.

—¿A tu madre le parecerá bien? —Toril acorrala a Maren, que está demasiado cansada como para hacer nada más que asentir. La cabeza le pesa.

Al final, acuerdan que los hombres que vayan a recibir el rito sami se llevarán al segundo cobertizo, que habría sido la casa de Maren. Solo trasladan a dos junto con Erik y papá: al pobre Mads Petersson, que no tiene familia que hable en su nombre, y a Baar Ragnvalsson, que a menudo subía a las montañas y vestía ropas sami.

El segundo cobertizo habría sido un buen hogar. Solo la entrada es tan grande como la habitación de Diinna y Erik, y la estancia principal no tiene nada que envidiar a la de la casa del padre de Dag, la más grande del pueblo. La cama está dispuesta sobre unos tablones, esperando a que las cuidadosas manos de Dag la monten.

Se llevan la madera para preparar un fuego y dejan a Erik y a su padre en el suelo desnudo. Maren tiene que llevar a Dag al cobertizo principal; su madre, *fru* Olufsdatter, no le ha dirigido la palabra, ni siquiera la ha mirado a los ojos.

Maren arranca a Erik un mechón de pelo oscuro congelado y se lo mete con cuidado en el bolsillo. Cuando deja a Diinna y al noaide en la silenciosa habitación, se dirige al cobertizo principal. Una de las mujeres ha clavado una cruz por encima de la puerta que, más que una bendición para quienes están dentro, parece una advertencia para los que están fuera.

Cuando llega a casa, mamá está dormida, con el brazo sobre los ojos, como si se escondiera de una pesadilla.

—¿Mamá? —Quiere hablarle del noaide y del segundo cobertizo—. Diinna ha vuelto.

No responde. Parece que apenas respira y Maren resiste el impulso de acercarle la mejilla a la boca para comprobar si sigue viva. En vez de eso, saca el mechón de pelo del bolsillo y lo acerca al fuego. Al calentarse, se enrolla y forma uno de los preciosos rizos de Erik. Le hace un corte a su almohada y mete el mechón dentro, con el brezo.

Todos los días, después de ir a la *kirke,* Maren vuelve al segundo cobertizo, aunque no se atreve a dormir allí como Diinna y el hombre del tambor. No habla noruego y su nombre es difícil de pronunciar, así que Maren lo llama Varr, vigilante, porque así le parece que suena el principio de su nombre cuando él lo pronuncia, antes de que sus oídos inexpertos se pierdan el resto.

Cada vez que visita a su padre y a Erik, espera fuera y escucha a Varr y Diinna hablar en su lengua. Siempre se callan en cuanto llama a la puerta y Maren siente que ha interrumpido algo indecente o muy privado, como si rompiera algo, y se siente torpe solo por estar ahí.

Habla en noruego con Diinna y esta traduce para Varr. Sus frases siempre son más cortas, como si su lengua tuviera palabras mejores y más precisas para expresar lo que Maren quiere decir. ¿Cómo será tener dos lenguas en la cabeza, en la boca? ¿Mantener una escondida como un oscuro secreto en el fondo de la garganta? Diinna siempre ha vivido a caballo entre Vardø y otros lugares, aparecía de vez en cuando desde que Maren era una niña junto a su silencioso padre, que venía a remendar redes o a tejer amuletos.

—Vivíamos aquí —le dijo Diinna una vez, cuando Maren aún le tenía un poco de miedo; era una chica con pantalones y un abrigo ribeteado con la piel de un oso que ella misma había despellejado y cosido.

—¿Esta tierra es vuestra?

—No. —La voz de la chica fue tan firme como su mirada—. Solo vivíamos aquí.

A veces, Maren oye el ritmo del tambor, constante como el latido de un corazón, y esas noches duerme mejor, a pesar de los murmullos de las feligresas más severas al respecto. Diinna le explica que el tambor despejará el camino para que los espíritus se separen limpiamente de los cuerpos y que no tengan miedo. Pero Varr nunca toca cuando Maren está cerca. El instrumento es amplio como una artesa, con la piel estirada y tensa sobre un cuenco poco profundo de madera pálida. Tiene algunas marcas pequeñas en la superficie: un reno con un sol y una luna en la cornamenta, hombres y mujeres unidos como cadenas de papel por las manos en el centro y, en la parte inferior, un remolino de horribles criaturas mitad hombres mitad bestias que se retuercen.

—¿Es el infierno? —pregunta a Diinna—. ¿Y eso el cielo? ¿Somos nosotros los del medio?

Diinna no se lo traduce a Varr.

—Todo está aquí.

4

A medida que el invierno empieza a liberar Vardø y los almacenes de alimentos se vacían, el sol se eleva cada vez más cerca del horizonte.

Para cuando nazca el bebé de Diinna y Erik, tendrán días inundados de luz.

Maren siente que un ritmo tenso se apodera de Vardø, y su rutina se va asentando. Van a la *kirke*, al cobertizo, se ocupan de las tareas domésticas, duermen. Aunque las líneas que separan a Kirsten y Toril o a Diinna de las otras son cada vez más evidentes, trabajan unidas como los remeros de un bote. Es una cercanía que nace de la exigencia: se necesitan las unas a las otras más que nunca, sobre todo cuando la comida empieza a escasear.

Les envían algo de grano de Alta y un poco de pescado seco de Kiberg. De vez en cuando, los marineros atracan en el puerto y reman hasta la orilla cargados con pieles de foca y aceite de ballena. Kirsten no se avergüenza de hablar con ellos y cierra buenos tratos, pero empiezan a quedarse sin artículos con que comerciar. Además, cuando llegue el momento de sembrar los campos, nadie vendrá a ayudar.

Maren aprovecha los ratos libres del día para pasear por el cabo donde Erik y ella jugaban de niños, entre los matorrales de brezo que se recuperan después de un invierno sin sol. Pronto le llegarán a la altura de las rodillas y el aire quedará tan impregnado de su dulce aroma que le dolerán los dientes.

Por la noche, el duelo es más difícil de soportar. La primera vez que toma una aguja, se le pone la piel de gallina y la deja caer como si le quemase. Todos sus sueños son oscuros y están llenos de agua. Ve a Erik atrapado en botellas cerradas y el enorme agujero del brazo de su padre, lamido por el mar, por el que se atisba el blanco del hueso. Casi siempre viene la ballena; el sombrío casco que es su cuerpo arrasa su mente y no deja nada bueno ni vivo a su paso. A veces, se la traga entera y, otras, la encuentra varada y Maren se tumba a su lado, mirando fijamente al ojo del animal, mientras su hedor le llena las fosas nasales.

Sabe que mamá también tiene pesadillas, pero duda que se despierte con el sabor de la sal en la lengua y que el mar le salpique el aliento. En ocasiones, Maren se pregunta si habrá sido ella quien ha provocado esta vida para todas con su deseo de pasar tiempo a solas con Diinna y mamá. Aunque Kiberg está cerca y Alta tampoco se encuentra lejos, ningún hombre se ha mudado a la isla. Maren quería pasar tiempo con las mujeres y ahora es lo único que hace.

Se imagina que Vardø siguiera así para siempre: un lugar sin hombres, pero que sobrevive a pesar de todo. El frío empieza a ceder y los cuerpos se ablandan. Cuando termine el deshielo, enterrarán a los muertos y, con suerte, algunas de las divisiones desaparecerán con ellos.

Maren añora sentir la tierra bajo las uñas y el peso de una pala en las manos; quiere que Erik y papá descansen por fin, inmaculados en sus mortajas de abedul plateado. Todos los días, comprueba el huerto de su casa y raspa el suelo con las uñas.

Cuatro meses después de la tormenta, el día en que consigue hundir la mano en la tierra, corre a la *kirke* para anunciar que por fin pueden cavar. Sin embargo, las palabras se le quedan atascadas en la garganta: hay un hombre apostado en el púlpito.

—Este es el pastor Nils Kurtsson —dice Toril con reverencia—. Lo han enviado desde Varanger. Alabado sea Dios, no nos han olvidado, después de todo.

El pastor mira a Maren con sus ojos apagados. Es escuálido como un muchacho.

Apartada de su puesto habitual, Kirsten toma asiento junto a Maren y su madre. Cuando acaba el servicio, se inclina para susurrarle al oído a la primera.

—Espero que sus sermones no sean tan endebles como esa barbilla.

Pero lo son, y Maren supone que el pastor Kurtsson debe de haber hecho algo horrible para acabar en Vardø. Es delgaducho y resulta evidente que no está acostumbrado a la vida junto al mar. No les ofrece palabras de consuelo para afrontar sus dificultades particulares y parece algo asustado ante la imagen de la sala llena de mujeres que cada sábado llenan la *kirke*. Se escabulle a la casa contigua en cuanto pronuncia el último «amén».

Ahora que la *kirke* vuelve a estar santificada, las mujeres pasan a reunirse los miércoles en la casa del padre de Dag, donde *fru* Olufsdatter ha quedado reducida a un susurro entre las habitaciones de su casa demasiado grande. Los chismes son los mismos, pero las mujeres tienen más cuidado. Como Toril dijo, no las han olvidado, y Maren está segura de que no es la única a quien le inquieta pensar lo que eso podría significar.

La semana de su llegada, el pastor manda venir a diez hombres de Kiberg, entre los que se encuentra el cuñado de Edne; Maren siente una envidia inesperada cuando llegan para enterrar a los muertos. Tardan dos días en cavar las tumbas y, dado que la oscuridad de la noche es cada vez más corta, trabajan hasta tarde. Son ruidosos y se ríen demasiado para la tarea que llevan a cabo. Duermen en la *kirke* y se apoyan en las palas para mirar a las mujeres cuando pasan. Maren mantiene la cabeza gacha, pero, aun así, se acerca para ver cómo progresan a cada hora que pasa.

Las tumbas están en el lado noroeste de la isla; una fosa oscura tras otra, tantas que a Maren le da vueltas la cabeza. La tierra se amontona al lado y, mientras observa desde una distancia segura, se imagina el dolor en los brazos, el sabor a suciedad en la boca y el sudor perlándole la piel. No le parece correcto que sean otros quienes caven las tumbas, después de todo lo que las mujeres han visto, de recoger a sus hombres de entre las rocas y velarlos durante el invierno. Cree que Kirsten estaría de acuerdo con ella, pero no quiere armar escándalo. Quiere que su padre y su hermano estén bajo tierra, que pase el invierno y que los hombres de Kiberg se marchen.

La mañana del tercer día, sacan a los muertos del primer cobertizo. Ya empiezan a oler y tienen el estómago hinchado bajo los sudarios de tela que ha cosido Toril. Los dejan junto a las tumbas abiertas; el blanco intenso contrasta con la tierra recién removida.

—¿Sin ataúdes? —pregunta un hombre mientras arranca un sudario.

—Cuarenta muertos —dice otro—. Demasiado trabajo para un pueblo lleno de mujeres.

—Un sudario lleva más trabajo que un ataúd —responde Kirsten con frialdad, y Toril se sonroja por la sorpresa—. Le agradecería que no tocase a mi marido.

Kirsten se sienta al borde de la tumba y, antes de que Maren comprenda qué pretende hacer, ya ha saltado dentro y solo le sobresalen la cabeza y los hombros, con los brazos extendidos.

Los hombres comparten murmullos mientras Kirsten toma a su marido y desaparece al bajarlo. Vuelven a verla cuando se impulsa para salir y vislumbran un reflejo de su pierna descalza, cubierta por la media.

Toril chasquea la lengua con desaprobación y le da la espalda. Uno de los hombres ríe, pero Kirsten los ignora, toma un puñado de tierra del montículo y la arroja sobre su marido. Después, pasa por delante de Maren, lo bastante cerca como para verle las lágrimas en las mejillas. Debería acercarse a ella y decir algo, pero siente la lengua inútil como una piedra.

—Después de todo, sí que lo amaba —murmura mamá, y Maren se muerde la lengua para no responder. Cualquier idiota habría visto que Kirsten amaba a su marido. Los veía a menudo paseando juntos y compartiendo risas como grandes amigos. La llevaba a los campos y, a veces, salían juntos a navegar. Si lo hubiera acompañado el día de la tormenta, las mujeres de Vardø estarían todavía más perdidas de lo que ya están.

El pastor Kurtsson avanza para bendecir la tumba. Aprieta la mandíbula y Maren supone que le avergüenza que Kirsten haya sido tan atrevida ante los hombres.

—Que la misericordia de Dios sea contigo —entona con su voz vacilante, sin añadir mucho sobre el hombre que nunca conoció.

—Kirsten no debería haber hecho eso. —Diinna aparece junto a Maren y observa al pastor. Se apoya la mano en el vientre. El bebé llegará en cualquier momento y la pena bloquea la garganta a Maren; su hermano estará bajo tierra antes de que su hijo respire. Siente el impulso repentino de alargar la mano y tocar a su cuñada, de sentir el calor de su estómago y del bebé que lleva dentro, pero ni siquiera la Diinna de antes habría tolerado algo así. La nueva Diinna es dura como una piedra y Maren no se atreve ni a preguntar.

Ninguna otra mujer participa en el entierro de sus parientes. Los hombres trabajan de forma metódica: dos levantan un cuerpo y se lo pasan a otros dos, dentro de la tumba. Las familias se adelantan para lanzar un puñado de tierra, el pastor Kurtsson bendice la tumba y la cubren. Nadie llora ni cae de rodillas. Las mujeres están cansadas, entumecidas, hastiadas. Toril reza sin cesar y las palabras se mecen al viento.

El ciclo se repite hasta que llega el momento de vaciar el segundo cobertizo. El pastor Kurtsson arquea una ceja pálida al ver el sudario de abedul plateado. Mamá tira del de papá y alterna la mirada entre el pastor y Maren.

—A lo mejor deberíamos pedir a Toril…

—No me queda tela —dice la aludida.

—Tengo una vela…

—Tampoco me queda hilo —añade Toril, que les da la espalda para marcharse a casa, con su hijo y su hija a rastras.

La siguen Sigfrid y Gerda. Maren está segura de que Diinna, mamá y ella se quedarán solas para enterrar a sus muertos, pero las demás mujeres no se marchan para ver cómo bajan y cubren a Mads, luego a papá, a Erik y, por último, a Baar.

Esa noche, cuando los hombres de Kiberg ya se han marchado, Maren camina hacia las tumbas con el mechón de pelo de Erik en el bolsillo y la idea de enterrarlo con él. Ha decidido que es un recuerdo macabro y que podría envenenar sus sueños, dejar que el mar se filtre en ellos. Las noches ya no son tan oscuras como en invierno y, en la penumbra, las tumbas se le antojan una manada de ballenas en el horizonte, jorobadas y amenazantes. Es incapaz de acercarse.

No obstante, sabe lo que son: terreno sagrado, bendecido por un hombre de Dios, donde no hay nada más que los restos de sus hombres. Sin embargo, ahora, mientras el viento silba entre los canales abiertos de la isla y las casas iluminadas quedan a su espalda, caminar hacia ellos le parece tan malhadado como saltar de un acantilado. Se las imagina saltando y cayendo, y siente que el mundo se tambalea bajo sus pies. Confundida, deja de apretar el mechón de pelo de Erik y el viento se lo arranca de los dedos y se lo lleva volando.

Más tarde, esa misma noche, el ruido de la puerta despierta a Maren. Mamá está acurrucada entre las mantas como un caracol dentro de su caparazón, inhalando aire viciado. Ha insistido en que sigan compartiendo la cama, aunque Maren duerme peor así.

Se incorpora y se tensa por los nervios cuando la puerta se cierra. No ve a nadie, solo siente una presencia. Oye una especie de gruñido y una respiración agitada, como la de un animal. Suena como si tuviera la boca llena de tierra y se ahogara.

—¿Erik?

Se pregunta si lo ha invocado, si lo ha conjurado con sus sueños y oraciones, y se asusta tanto que pasa sobre el cuerpo de su madre para alcanzar el hacha de papá. Entonces, oye a Diinna sollozar cuando una sacudida de dolor la hace caer de rodillas y distingue su silueta. Maren se reprende a sí misma: un espíritu no abriría una puerta y, además, un hacha no le serviría de nada.

—Iré a buscar a *fru* Olufsdatter.

—No —replica Diinna sin aliento—. Quiero que seas tú.

Guía a Diinna hasta la alfombra frente a la chimenea. Mamá está despierta y aviva el fuego para que la luz se derrame sobre el suelo, trae unas mantas y pone agua a calentar. Luego, agarra una tira de cuero para que Diinna la muerda y empieza a hacer sonidos relajantes.

No les hace falta la correa; Diinna tan solo emite algunos jadeos. Suena como un perro maltratado, gime y se muerde el labio. Maren se coloca junto a su cabeza y mamá le quita la ropa interior. Está mojada y toda la habitación huele al sudor de Diinna. Está empapada; Maren le seca la frente con un paño mientras trata de no mirar el oscuro montículo entre las piernas de Diinna, donde las manos de su madre resbalan y trabajan. Nunca ha visto nacer a un niño, solo animales, y, a menudo, no sobreviven. Intenta desterrar los recuerdos de lenguas flácidas que cuelgan entre mandíbulas blandas.

—Ya viene —sentencia mamá—. ¿Por qué no nos has avisado antes?

Diinna apenas puede hablar por el dolor, pero susurra:

—He golpeado la pared.

Maren le seca la frente de nuevo y le susurra al oído, disfrutando de la cercanía que el dolor de Diinna les permite, como en los viejos tiempos. Pronto, la luz que atraviesa el fino tejido de las cortinas de la ventana se encuentra con la del fuego y quedan atrapadas en una neblina blanca y brillante. Maren siente que la bruma del mar la envuelve mientras Diinna se aferra a ella como si fuera un ancla para que la mantenga firme entre las mareas del dolor. La besa en la frente y le sabe a sal.

Cuando por fin llega el momento de empujar, Diinna aletea como un pez fuera del agua y convulsiona contra el suelo.

—Sujétala —ordena mamá.

Maren lo intenta, pero nunca ha sido más fuerte que Diinna y no espera serlo ahora. Se sienta detrás para que se apoye en ella y le susurra al oído. Sus propias lágrimas se mezclan con las de su cuñada mientras esta se retuerce y, al final, un grito sale de entre sus piernas y responde a sus lamentos.

—Es un niño. —La voz de mamá refulge de alegría, aunque esconde un deje de dolor—. Un niño, como pedí en mis oraciones.

Diinna se deja caer hacia atrás y Maren la recuesta en el suelo, la abraza y le besa las mejillas mientras escucha el estruendo metálico del llanto del bebé. Su madre agarra una cuchilla para cortar el cordón y limpia la sangre que cubre al niño con un trapo. Diinna se aferra a ella en un llanto desconsolado. Las dos tiemblan, empapadas y exhaustas, hasta que mamá codea ligeramente a Maren y coloca el bebé en el pecho de Diinna.

Es diminuto, tiene la piel arrugada y está pegajoso por la placenta. Sus pestañas oscuras contrastan con sus mejillas níveas. A Maren le recuerda a un pajarillo que encontró en una ocasión. El animal se había caído del nido en el techo de musgo; tenía la piel tan fina que veía cómo se le movían los ojos debajo de los párpados cerrados y los latidos del corazón le sacudían el cuerpecito. En cuanto lo tocó, con la intención de devolverlo al nido, dejó de moverse.

Al gritar, el bebé levanta los diminutos hombros; está claro que la boquita le funciona. Diinna se baja el camisón y le acerca un pezón oscuro a la boca. Tiene una cicatriz sobre una clavícula, una quemadura que Maren recuerda que la causó una olla llena de agua hirviendo, aunque no se acuerda de quién se la arrojó. Quiere besarla también ahí, para suavizar la piel.

Mamá termina de limpiarla. Entre lágrimas, se levanta para tumbarse a su lado y posa la mano sobre la de Diinna, que descansa en la espalda del recién nacido. Maren duda un segundo antes de acercar la suya también. El bebé está sorprendentemente caliente y huele a pan fresco y a tela limpia. Siente que el pecho se le encoge, sus anhelos la hieren.

3 de junio de 1618

Estimado señor Cornet:

Le escribo por dos motivos.

En primer lugar, para agradecerle su generosa misiva del 12 de enero de este año. Aprecio sinceramente sus palabras de felicitación. Me siento honrado de que se me haya nombrado *lensmann* de Finnmark; como bien dice, esta es una oportunidad de servir a nuestro Señor Dios en ese problemático lugar, que hiede al aliento del Diablo y donde hay mucho trabajo por hacer. El rey Cristián IV busca consolidar la posición de la Iglesia, pero las leyes contra la hechicería se aprobaron hace solo un año y, aunque se inspiran en el *Daemonologie,* todavía les falta mucho para igualar los logros de nuestro rey Jacobo en Escocia y las islas Exteriores. Ni siquiera se han promulgado todavía en mi nueva provincia. Por supuesto, cuando asuma el cargo el año que viene, procederé a rectificar esta situación.

Lo cual me lleva al segundo motivo de esta carta. Como sabe, admiro mucho su intervención en el juicio de Kirkwall de 1616 contra la bruja Elspeth Reoch, del que se habló incluso aquí. Como le escribí en su momento, aunque los elogios del público se dirigieron al fanfarrón Coltart, soy consciente del apoyo que prestó y de que fue su pronta actuación la que ayudó a detectar el incidente cuando aún había tiempo. Es justo este camino el que debe tomarse en Finnmark: necesitamos hombres capaces de seguir las enseñanzas del *Daemonologie* para «descubrir, juzgar y ejecutar a quienes practican los maleficios».

Así, le escribo para ofrecerle un puesto a mi lado, a fin de acabar con estos males particulares. La causa de muchos de los

41

problemas se encuentra en un sector de la población local, endémico en Finnmark: una comunidad nómada a la que se refieren como «lapones». En cierto modo, se asemejan a los gitanos, pero su magia se sirve del viento y otras condiciones climáticas. Como ya he mencionado, existe una legislación contra este tipo de hechicería, pero no se aplica con la firmeza necesaria.

Como hombre de las Órcadas, no es necesario que le explique las peculiaridades del clima ni de las estaciones en un lugar como este. Le advierto, empero, de que la situación es grave. Desde la tormenta de 1617 (recordará que se habló de ella en los diarios de Edimburgo; yo mismo me encontraba en ese momento en alta mar y su fuerza se sintió hasta en Spitsbergen y Tromsø), las mujeres han quedado abandonadas a su suerte. La población salvaje lapona se mezcla sin trabas con los blancos. Enfrentarse a su magia no será una tarea fácil. Incluso los marineros acuden a esta brujería del clima. Sin embargo, creo que, con su ayuda y la de un pequeño grupo de hombres capaces y temerosos de Dios, venceremos a la oscuridad incluso en la negrura eterna del invierno. Aun aquí, en los límites de la civilización, las almas deben acceder a la salvación.

Por supuesto, sus esfuerzos se verían recompensados. Tengo intención de instalarlo en una vivienda de tamaño considerable en Vardø, cerca del castillo donde se encontrará el centro de mi poder. Tras cinco años aquí, le escribiré una carta de recomendación adecuada para cualquier empresa que desee emprender.

Por favor, medite bien esta oferta. No dudo de que Coltart lo detectaría, pero no es el tipo de hombre que necesito.

Piénselo, señor Cornet. Esperaré su respuesta.

John Cunningham (Hans Køning)
Lensmann del condado de Vardøhus

5

Para cuando nace su sobrino, el cuerpo de Maren se ha convertido en algo que ella misma carga con esfuerzo, con lástima y cierta repugnancia. Está hambriento y no la obedece. Cuando se pone en pie, siente como si tuviera burbujas entre los huesos que le explotan en los oídos.

El dolor no te alimenta, pero te llena. Lo han ignorado hasta ahora, pero cuando Kirsten Sørensdatter solicita permiso para hablar en la *kirke,* seis meses después de la tormenta, Maren repara por fin en la piel flácida de la mandíbula de la mujer y en las marcadas venas de su madre, que recorren sus brazos con orgullo. Tal vez las demás también se dan cuenta, porque se deshacen de su habitual postura encogida durante los sermones y la observan con atención, erguidas.

—Las cosas no cambiarán por mucho que esperemos —comienza a decir Kirsten, como si retomase una conversación. Frunce el ceño por encima de sus ojillos azules—. Nuestros vecinos han sido amables, pero todas sabemos que la amabilidad tiene un límite. Debemos empezar a cuidar de nosotras mismas. —Se endereza; algo hace clic—. Ya no hay hielo, tenemos el sol de medianoche y disponemos de cuatro barcos aptos para navegar. Es hora de pescar. Necesitamos veinte mujeres, tal vez dieciséis. Yo seré una. —Mira a su alrededor.

Maren espera que alguien, Sigfrid, Toril o incluso el pastor, diga algo y se oponga. Él también ha adelgazado, a pesar de que tenía poco peso que perder. Lo que Kirsten dice es lógico, aunque se exprese con pocas palabras. Maren levanta la mano junto a otras diez mujeres. Al hacerlo, experimenta la misma sensación de inestabilidad que se produce cuando te inclinas hacia el viento y sientes que este se desvanece justo cuando encuentras el equilibrio. Mamá la observa en silencio.

—¿Nadie más? Con eso, solo podremos sacar dos barcos —comenta Kirsten. Las mujeres apartan la mirada y se remueven inquietas en los bancos.

Creyeron que ya estaba decidido. Sin embargo, aunque el pastor no se opuso en la *kirke,* Toril llega el miércoles siguiente con la noticia de que el pastor Kurtsson ha recuperado la voz y ha escrito una carta.

—Qué inteligente —dice Kirsten, sin levantar la vista de su tarea: teje un par de guantes de piel de foca; para agarrar mejor los remos, supone Maren.

—Al hombre que pronto se hará cargo de Vardøhus —añade Toril, e incluso Kirsten se queda quieta y levanta la vista.

—¿Se instalará en la fortaleza? ¿Aquí? —pregunta Sigfrid. Los ojos le brillan por la curiosidad—. ¿Estás segura?

—¿Conoces alguna otra? —replica Toril, pero Maren entiende la pregunta. La fortaleza ha estado vacía durante toda su vida.

Además de Maren, Diinna y mamá también han dejado de trabajar. Las tres mujeres remendaban una vieja red que Diinna apoyaba en su regazo, debajo del pequeño Erik, al que carga con una tela. Agacha tanto la cabeza que parece una mamá pájaro alimentando a sus crías.

Es imposible olvidar la última vez que las tres trabajaron juntas de ese modo y a Maren le incomoda sujetar la aguja. Posa la mano sobre el fino hilo, para saber dónde ha parado. La madre de Dag, *fru* Olufsdatter, ha colocado bancos a lo largo de los bordes de la cocina y se sientan en ellos como si estuvieran en la cubierta de un bote cuadrado. La luz del fuego hace bailar el suelo.

—Tendremos un nuevo *lensmann,* Hans Køning. Según el pastor Kurtsson, viene por orden directa del rey Cristián, hará grandes cambios e impondrá nuevas restricciones para asistir a la *kirke.* —Toril mira directamente a Diinna—. Tiene intención de asentar a los lapones y traerlos al camino de Dios.

Diinna se remueve junto a Maren, pero le sostiene la mirada a Toril.

—No lo logrará con hombres como Nils Kurtsson —contesta Kirsten—. Ese no sería capaz ni de llevar una vaca a pastar.

Diinna se traga una risotada y retoma la costura.

—El pastor Kurtsson me ha dicho que su próximo sermón será para detenerte —dice Toril, y entrecierra los ojos para mirar a la cabeza de Diinna—. Al *lensmann* no le parecerá adecuado que salgamos a pescar.

—Todavía no ha llegado. Además, el decoro no nos alimentará —responde Kirsten—. Solo los peces. Me da igual lo que piense un escocés.

—¿Es escocés? —Sigfrid arquea las cejas—. ¿Por qué no un noruego o un danés?

—Estuvo en la flota danesa muchos años —explica Kirsten sin levantar la mirada del bordado—. Liberó Spitsbergen de los piratas. El mismo rey lo escogió y lo envió a Vardøhus.

—¿Cómo lo sabes? —pregunta Toril.

Kirsten no levanta la vista.

—No eres la única con orejas, Toril. Hablo con los marineros que vienen al puerto.

—Ya lo he notado —replica Toril—. Una mujer no debería hacer algo así.

Kirsten la ignora.

—Sea lo que sea lo que el pastor Kurtsson decida farfullar el sábado, me va a costar escucharlo con los rugidos de mi estómago.

Maren contiene una risa. Si hubiera sido cualquier otra y no Kirsten la que hubiera propuesto salir a la mar, no se lo habrían permitido. Sin embargo, siempre ha sido una mujer particular, terca y fuerte y, cuando llega el sábado, las advertencias tibias del pastor Kurtsson no sirven de nada para detenerlas. No ha recibido respuesta del *lensmann,* así que Kirsten insiste en que sigan adelante.

En lugar de asistir a la reunión del miércoles, ocho mujeres se reúnen en la orilla del puerto. Han perdido a algunas voluntarias tras la noticia de la carta al *lensmann,* así que al final solo saldrán en un barco.

Visten las pieles de foca y los gorros de los hombres muertos y llevan las manos envueltas en gruesos guantes que dificultan el movimiento. Los remos están más altos que sus cabezas cuando miran el embrollo de redes remendadas, tan enrevesadas como la maraña de pelo que Maren arranca a diario del peine hecho con espinas de pescado de mamá.

—En fin. —Kirsten aplaude con sus anchas manos—. Necesitamos a tres. ¿Maren? Ayúdame.

Aunque tiene las manos grandes, son más hábiles que las de Maren, cuyos dedos se raspan y se enganchan con el fino tejido de las redes. Hace un buen día; el cielo, aunque nublado, es de un color claro y el frío penetrante que las ha calado hasta los huesos durante tantos meses ha desaparecido.

Extienden tres redes en la orilla del puerto y las demás las cargan con piedras negras resbaladizas. Después, de una en una, Kirsten les enseña cómo plegarlas para abrirlas con facilidad.

—¿Cómo sabes todo esto? —pregunta Edne.

—Mi marido me enseñó.

—¿Por qué? —dice Edne; hay una conmoción evidente en su fina voz.

—Menos mal que lo hizo —responde Kirsten—. Vamos con la siguiente.

Las observan desde las ventanas y, sobre todo, desde la puerta de la *kirke.* La débil silueta del pastor Kurtsson se contrasta con el brillo de las velas y la cruz de madera que brilla tras él. Las juzgan, y no de manera favorable.

Por fin, cargan las redes y suben al barco. Mamá le ha preparado comida a Maren, igual que hacía con Erik y papá: pan ácimo con semillas de lino y una tira de bacalao seco de la última vez que papá salió a pescar. Le contó a Maren este detalle con orgullo, como si fuera una bendición, en vez de como Maren lo siente: como un presagio. Una fina capa de cerveza le cubre el corazón.

Antes de subir a bordo, Maren hace lo que ha evitado durante meses y mira al mar, que golpea el costado del barco de Mads con dedos despreocupados. «Olas», se corrige Maren. El mar no tiene dedos, ni manos, ni una boca que abrir para engullirla. No la mira ni piensa en ella.

Agarra un remo y, con Edne al lado, empieza a remar. Ninguna persona de las que las miran las animan ni saludan y, en cuanto se ponen en marcha, les dan la espalda.

Kirsten las ha emparejado por tamaño. Edne y Maren tienen una altura y edad similares, aunque Edne es un poco más delgada. Maren tiene que templar los movimientos para acompasarse a los suyos y, por el traqueteo al avanzar, diría que las demás todavía no han deducido la necesidad de hacer concesiones y ajustarse al ritmo de sus parejas. Concentrarse en ese cálculo la distrae lo bastante como para que no le importe mucho que la tierra se aleje cada vez más, que pronto saldrán del puerto y se adentrarán en el mar de verdad, lleno de ballenas, focas, tormentas y hombres que se ahogaron y jamás regresaron.

Le duelen los brazos a los pocos minutos. Aunque todas están acostumbradas a trabajar, este es un movimiento diferente; se dobla hacia adelante y se estira hacia atrás, desde los hombros y los brazos hasta el cuello y la espalda, con el duro asiento bajo los muslos. Los pájaros empiezan a sobrevolarlas en círculos y se acercan tanto al barco que Edne chilla.

El aliento de Maren suena como una canción, un silbido que le baja a los pulmones y vuelve a subir acompañado de aire viciado y polvoriento. El pelo le gotea sudor y agua de mar por la parte de atrás del abrigo. Ya tiene la cara entumecida y los labios se le agrietan alrededor del aliento fétido que emana. No es de extrañar que los hombres se dejasen crecer la barba; con la cara desnuda, se siente tan poco preparada para el mar como un recién nacido.

Llegan a la bocana del puerto y, de repente, están en mar abierto. El viento sopla más fuerte en cuanto salen de la ensenada y un par de mujeres gritan cuando el barco se mece por la fuerza renovada de las olas.

—Primera red —ordena Kirsten con voz firme.

Edne y Maren la despliegan mientras las demás siguen remando. Extienden la red como si le pusieran sábanas nuevas a una cama y la arrojan. Se asienta como una manta sobre las olas y se hunde, anclada a la superficie por tapones de corcho. La arrastran desde el barco con una cuerda y lanzan la otra red por el lado opuesto.

—Echad el ancla —dice Kirsten.

Magda y Britta la tiran por la borda y dejan que el metal pesado se hunda. Los hombres soltarían amarras por completo e irían más lejos para abarcar más, pero ellas son reacias a ir más allá de la isla de Hornøya. El dolor de los brazos de Maren se ha convertido en pesadez y se esfuerza para no mirar el farallón que acecha a apenas treinta metros de distancia.

Con el barco asegurado y las redes echadas, empiezan a sentir algo cercano a la alegría. Magda se ríe de los pájaros que vuelan en picado y Maren se contagia de su risa. Entonces, vuelven a callarse de forma igual de repentina, pero se sienten aliviadas. Se recuestan en los huecos del barco y comparten la comida. Las nubes se apartan y, aunque no nota el calor, el sol comienza a enrojecer la nariz de Maren. Se siente cansada y feliz, y no piensa en ningún momento en la ballena.

Después de una hora más o menos, una sombra cruza el sol, las nubes se mueven rápidas y el mar se embravece de nuevo. Se forma un silencio horrible, pero no hay nada que hacer más que esperar. Spitsbergen, donde, según Kirsten, el *lensmann* se enfrentó a los piratas, se encuentra más allá del horizonte que brilla en el hielo. Es posible que desde donde están se vea el fin del mundo.

—Las redes —dice Kirsten—. Vamos.

Maren sabe que ha sido una buena salida de pesca en cuanto empiezan a tirar. La red pesa y tira de sus brazos doloridos, pero tan pronto como el primer pez rompe la verdosa pared del agua, entre convulsiones, gritan de alegría con la garganta desgarrada. Tiran más fuerte y más rápido hasta que cargan media red en el barco.

Además de bacalao *skrei* y otros peces blancos que pueden secarse, hay arenques claros y plateados como agujas y salmones que se retuercen hasta que Kirsten los recoge, uno a uno, y les golpea la cabeza contra los costados del barco. Edne retrocede, pero Maren lo celebra con las demás. La otra red está casi igual de llena y una única gallineta se agita desconcertada entre los bacalaos. Maren la levanta casi con ternura y la agarra con fuerza por la cola. El chasquido de la cabeza contra la madera le provoca un escalofrío en el dolorido vientre.

—Bien hecho —dice Kirsten, con una mano en su hombro. Por un momento, Maren se imagina que se tiñe las mejillas de sangre como un hombre después de una cacería.

Todavía hay bastante luz para volver a lanzar las redes, pero no quieren tentar a la suerte. Ponen rumbo a casa y ahora miran de frente al mar abierto, interrumpido solo por la isla de Hornøya y su barrera de rocas amontonadas. Edne susurra una oración entre dientes y Maren cierra los ojos para respirar hondo mientras siente el tirón del remo.

El trayecto a casa se le hace corto y todas se adaptan al ritmo de las demás con facilidad, como una melodía bien entonada. Nadie las espera cuando se acercan. Kirsten salta a la orilla para amarrar el barco mientras Maren observa el agua oscura y piensa que, tal vez, la ballena las ha seguido todo el tiempo y ahora emergerá para destrozar el barco desde la popa.

Sin embargo, pronto la ayudan a poner los pies en el puerto. El suelo le parece inestable; la tierra se ha vuelto extraña después de pasar solo medio día en el mar y se pregunta cómo los marineros soportan regresar a tierra firme. Las demás mujeres se acercan cuando llevan la pesca a las artesas, lideradas por Toril. Un débil júbilo las invade cuando vacían las redes; Maren apenas se cree cuántos peces hay.

—Dios provee —afirma Toril, aunque el dolor en los brazos de Maren le dice que no ha sido Dios, sino ellas, quienes han traído alimento a casa.

Mamá llega hasta el puerto como una inválida, apoyada en Diinna, y con el sombrerito del pequeño Erik asomándole por encima del hombro. Diinna frunce los labios. No le gusta que la dejen sola con mamá; últimamente, está ausente. Entorpece y hace mal las tareas domésticas, zurce las medias ya remendadas y se olvida de cerrar los frascos, cuyo contenido se echa a perder. Maren no duda de que Diinna habría preferido estar en el barco que quedarse en casa con su hijo y con su madre.

Ayuda a clasificar los peces y, además de la parte que le corresponde, Kirsten le da a Maren la gallineta que ha matado. Quiere contar a mamá lo que ha hecho, pero esta se aleja.

—Tienes sangre en la mejilla —le dice, y después se da la vuelta para seguir a Diinna, cargada con su parte de la pesca, de regreso a la casa, y deja que Maren se limpie la mancha sola.

Cuando llega a casa, permite que Diinna la ayude a prepararlo todo menos el pescado rojo. Es Maren quien le limpia las escamas, dibuja una línea desde la cabeza aplastada hasta la estrecha cola y lo destripa. Coloca las tripas al lado de la tabla y no permite que Diinna las tire: son azules, rojas y translúcidas.

En su lugar, las arroja al fuego y contempla cómo chisporrotean hasta disolverse.

Usa las pinzas de colmillos de morsa de papá para sacar las espinas más finas del pescado y, cuando termina, lo cocina de inmediato, aunque lo mejor sería ahumarlo. Quiere comérselo ahora, cuando todavía está fresco y recuerda lo que se siente al sostenerlo vivo entre las palmas de las manos.

Mamá la mira desde la cama y frunce el ceño con cierta desaprobación. No prueba el pescado, no come nada esa noche. No le pregunta a Maren cómo le ha ido en el barco, ni le dice que está orgullosa. Se da la vuelta en la cama y finge dormir.

Como siempre, Maren sueña con la ballena. Tiene sal en la boca y los brazos tensos por el esfuerzo. Pero la ballena no está varada, sino que nada y, aunque es negra y tiene cinco aletas, no siente miedo. Se acerca a ella; está caliente como la sangre.

6

Los meses siguientes son a la vez nítidos e indefinidos. Ya no se habla de si deberían salir a la mar; lo hacen, cada semana. Más mujeres se les unen y pronto consiguen que tres barcos salgan con frecuencia, incluso cuando la estación cambia y la oscuridad comienza a acumularse en los rincones del cielo, como sombras que acechan en las vigas de una casa imponente.

El pastor Kurtsson observa desde la estrecha escalera de la *kirke* y predica sermones cada vez más vehementes sobre los méritos de la obediencia a la Iglesia y sus servidores. Sin embargo, a pesar de que su fervor aumenta, Maren percibe un cambio entre las mujeres. Algo oscuro crece y lo percibe también en sí misma. Cada vez está menos interesada en lo que el pastor tiene que decir y la consume más el trabajo: pescar, cortar leña, cuidar los campos. En la *kirke,* comprende que ha ido a la deriva, como un barco sin amarres, y que su mente navega en alta mar con remos en las manos y los brazos doloridos.

No es la única que empieza a perder el interés en las enseñanzas de la *kirke.* En la reunión del miércoles, *fru* Olufsdatter le pregunta a Diinna por el método de los samis para perfumar el agua dulce y le pide ayuda a Kirsten para tallar figuras de hueso con las que marcar el lugar donde yacen su marido y su hijo. Cuando Maren visita las tumbas de papá y Erik, encuentra rocas rúnicas mal talladas, colocadas como peldaños entre la tierra firme. Más de una vez, se topa con alguna piel de zorro en el cabo y la carne del animal en el punto más alto de la colina. Recuerdos y amuletos; cosas de su infancia que le vienen a la mente.

Observa a las mujeres de la *kirke* y se pregunta quién lo cazó y lo desangró. Quién lo despellejó y lo dejó vacío, clavado en las rocas, como ofrenda al viento. Pregunta a Diinna qué significa un zorro despellejado y esta arquea las cejas y se encoge de hombros. Sea cual sea la esperanza que abriga, es una prueba de que las mujeres de Vardø se deslizan de nuevo hacia las viejas costumbres, aferrándose a cualquier cosa sólida.

Toril no debe de saberlo; de lo contrario, habría acudido al pastor. Ella y las demás «mujeres de Dios», como Kirsten las llama, pasan cada vez más tiempo en la iglesia a medida que el invierno se acerca y se cierne sobre ellas, expiando los pecados que les robaron a sus maridos.

Sin embargo, la división crece, como una grieta en una pared golpeada por unos dedos incesantes, apenas suavizada por las barrigas llenas. Pero siguen aquí, se recuerda Maren. Siguen vivas. Han creado un sistema: si necesitas pieles, acudes a Kirsten y las cambias por pescado seco o trabajos de costura, que a su vez se intercambian con Toril por hilo de tripa o musgo fresco del monte, donde se niega a ir porque está lleno de samis y se rumorea que una vez fue un lugar de encuentro de brujos. Todas tienen habilidades y cometidos, que se entrelazan como una escalera irregular, donde cada una descansa encima de la otra.

—Podríamos considerarlo un triunfo —dice Kirsten un miércoles—. ¿Qué dirían nuestros maridos?

—Nada bueno —apunta Sigfrid. Es una firme seguidora de Toril, pero no soporta perderse los chismes de las reuniones—. El pastor Kurtsson dice...

—¿Ha planeado el sermón de Nochebuena? —pregunta Kirsten.

—Supongo.

—Me gustaría decir algo. Hablar de la tormenta. Creo que muchas querríamos hacerlo. Ya es hora. Estoy lista.

Maren mira en derredor. No ve ninguna candidata probable. No sabría qué decir, ni siquiera un año después. Ahora todas comparten la misma narración de la tormenta, después de pasar por muchas lenguas hasta que los detalles ásperos y difíciles quedaron desgastados y suaves como el cristal del mar.

—¿Maren? —Kirsten la mira en busca de apoyo, pero no tiene fuerzas para dárselo; tampoco lo recibe de Edne ni de *fru* Olufsdatter.

Igual que ella, las demás deben de sentir cierto consuelo en que todas se encuentren en el mismo punto de la bahía, plana, como si todas mirasen a través de los mismos ojos, agrupados en un mismo campo de visión. «La tormenta llegó en un abrir y cerrar de ojos». Luego, chasquean los dedos. No recuerda quién fue la primera en hacerlo; tal vez fuera Toril o Kirsten. Quizá fuese ella. Concuerdan en ese relato, en ese abrir y cerrar de ojos, como por accidente, aunque resulte cobarde. Está segura de que la desprecian por ello, igual que ella aborrece a las demás. Se lo pasan de unas a otras para no tener que recordar de verdad que los barcos estaban allí, hasta que dejaron de estarlo.

Maren mira por la ventana. La oscuridad implacable tiene cierto matiz gris; una niebla viene desde el norte. Llega de golpe y lo engulle todo, acompañada de un frío húmedo que se cuela por debajo de las faldas y las medias y que hace que el suelo conocido se torne ajeno, extraño. Fuera, más allá de la última fila de casas, está el puerto. Ahora observa el mar con más atención. Está aprendiendo a que le resulte indiferente, debido a las expediciones regulares de pesca. Sin embargo, con el aniversario a la vuelta de la esquina, no tiene ningún deseo de pensar en lo que les arrebató y mucho menos de hablar de ello en la *kirke*.

Siente la decepción de Kirsten y la busca mientras *fru* Olufsdatter apaga los candiles y les dice que es hora de irse.

—Lo siento —dice, y le pone la mano en el hombro—. Estoy segura de que el pastor te dejará hablar.

—No necesito su permiso —responde Kirsten, con los ojos azules entrecerrados—. Lo pensaré.

Kirsten no habla en Nochebuena, aunque Maren desearía que lo hubiera hecho. El sermón del pastor Kurtsson está repleto de tópicos y consiste en una vaga repetición de lo que dijo en el entierro de sus maridos e hijos. A Maren no le ofrece ningún consuelo; no dice nada de los hombres perdidos ni del cambio de las mujeres que quedaron tras ellos. ¿Cuántas veces ha deseado que Erik y papá vivieran? El pastor Kurtsson nunca lo comprendería. Ningún hombre lo haría.

Cuando se agacha para alcanzar el estante debajo del púlpito y sacar una carta con un sello y una borla, Maren repara en que lo odia un poco por su debilidad y el poder que tiene sobre ellas. Por su constante parloteo sobre la misericordia de Dios, cuando es evidente que no llega tan al norte. ¿Acaso Él la mira y ve dentro de su cabeza cuando tiene estos pensamientos? Contiene la respiración y busca a tientas por su mente, como si fuera a sentir a Dios allí.

—Esto llegó ayer —comenta el pastor mientras abre la carta. El sello es tan pesado que dobla el pergamino casi por la mitad y tiene que sostenerlo delante de él, así que lo tapa—. El nuevo *lensmann* pronto tomará posesión de su puesto en Vardøhus, desde donde gobernará todo Finnmark.

Toril se remueve en el asiento y mira a su alrededor, consciente de que fue ella la primera en darles la noticia.

—Además, contarán —continúa el pastor—, mejor dicho, contaremos con un comisario, que se instalará aquí. Será el *lensmann* quien lo elija para que supervise el pueblo más de cerca.

—Pero, pastor Kurtsson —dice Kirsten—, ¿no es esa la función del pastor, es decir, de vuestra persona?

—Es cierto que tal vez ayude en asuntos espirituales —explica con el ceño fruncido por la interrupción—, pero yo seguiré siendo su pastor.

—Alabado sea —responde Kirsten, con demasiada alegría como para que el hombre haga otra cosa más que adoptar un semblante adusto.

Cuando guarda la carta y las mujeres de Dios se arrodillan para recitar un rezo tras otro, Kirsten y Maren se escapan al exterior. Está tan oscuro que tienen que acercarse mucho, como animales que entran en contacto para calentarse. Kirsten tiene una mirada sombría.

—Un comisario —dice—. Aunque no sabemos qué misión lo trae.

—Tal vez sea como un gobernador, como el que tienen en Alta —propone Maren.

—¿En un lugar tan pequeño? En Alta vive mucha más gente. ¿Para qué necesitamos un supervisor, sobre todo si el *lensmann* Cunningham pronto se instalará en la fortaleza?

Miran instintivamente hacia la fortaleza de Vardøhus, aunque la niebla es tan espesa que a Maren le pican los ojos. Kirsten aparta la mirada, dubitativa.

—¿Te apetece venir a mi casa? Tengo cerveza y queso.

A Maren le encantaría ver lo que Kirsten ha hecho con la casa de Mads Petersson. A menudo se pregunta cómo se las arregla allí, sin granjeros que la ayuden, y le gustaría ver los renos. Pero mamá estará en casa llorando a papá, así que niega con la cabeza.

—Gracias, pero debo irme.

Kirsten asiente.

—¿Crees que significa algo que hayamos recibido la noticia del comisario precisamente hoy?

Maren parpadea con sorpresa.

—No te consideraba supersticiosa.

—Solo me pregunto qué está a punto de comenzar.

—A lo mejor es un final —replica Maren, incómoda por su tono—. Quizá el círculo se cierra.

—Los círculos no tienen fin —responde Kirsten, tensa de repente—. Nos vemos mañana.

Se alejan la una de la otra entre la niebla. Las casas están tranquilas mientras Maren camina desde la *kirke* y pasa por la casa de *fru* Olufsdatter y la de Toril hasta llegar a las afueras, donde la luz del fuego brilla débilmente a través de las ventanas con celosía de su casa, dispersas en la blancura sobrenatural de la niebla.

Le gustaría seguir andando, más allá de la casa vacía de Baar Ragnvalsson, hasta el cabo. Le supone un gran esfuerzo acercar la mano a la puerta y abrirla para adentrarse en el calor empalagoso. Mamá aviva el fuego y tira de un trozo de piel seca que tiene en la comisura de la boca. Erik descansa contra el pecho de Diinna.

—Le he contado lo del comisario —dice mamá sin levantar la vista.

—¿Qué opinas? —pregunta Maren.

—No lo sé. —Diinna frota las encías a Erik con pasta de clavo. Le caen hilos de baba de la boca, roja a la luz del fuego. Maren quiere sacudirla. Echa de menos las conversaciones que tenían antes. Creyó que el nacimiento de Erik ayudaría a Diinna a sobrellevar la muerte de su marido, pero está más callada que nunca—. Al menos será alguien nuevo. Otro par de manos.

Mamá se pasa la lengua por el labio agrietado y se sumen en el silencio que marca sus tardes. No hablan más del comisario.

Suponen que será como el pastor, que tendrá tan poco impacto como la nieve que cae en el mar. Suponen que sus vidas seguirán adelante y que lo peor ya ha pasado. Suponen todo tipo de cosas tontas e intrascendentes, y se equivocan con todas ellas.

15 de enero de 1619

Estimado señor Cornet, comisario de Vardøhus:

¡Le deseo un feliz Año Nuevo! Le agradezco su carta del 19 de octubre. Me congratula que haya llegado tan rauda. Nunca se puede predecir cómo navegarán los barcos.

Me llena de un enorme gozo su aceptación a mi propuesta y le insto a que no se demore. Informaré al rey Cristián de su decisión; tiene en alta estima mi opinión y le aseguro que le mencionaré su nombre. Ya se ha notificado al pastor de Vardø, que se preparará para su llegada. Le aguardan grandes cosas y espero que juntos hagamos crecer aún más el favor que nos presta el Señor a nosotros, los escoceses.

Le adjunto a esta carta un pasaje a Bergen, desde donde podrá viajar a través de Trøndheim hasta Vardø. Confío en que el viaje no resulte demasiado duro.

Concuerdo con la idea de buscarse una esposa noruega, aunque no debería esperar a llegar tan al norte. En Bergen encontrará muchas jóvenes deseosas de contraer matrimonio con un hombre de su categoría.

Sírvase de su título y de la suma que le envío para encontrar a alguien que le caliente la cama. ¿Quizá alguien que sepa cantar? Nos hará falta entretenimiento.

Saludos a Coltart; ignoraba que leyera sus cartas. Eso no ocurrirá aquí.

Le deseo un viaje rápido y seguro.

Hans Køning,
lensmann del condado de Vardøhus

Bergen, Hordaland
(sudoeste de Noruega)
1619

7

Siv ha encendido las chimeneas del salón y colgado las cortinas buenas, así que Ursa deduce que ha habido una muerte o alguien va a comprometerse.

—Tal vez recibamos a un caballero en nuestra casa —dice Agnete cuando Ursa regresa con una última jarra de agua caliente y la información—. ¿O quizá una actriz? —Agnete descubrió hace poco lo que son las actrices, cuando su padre organizó un viaje para una compañía de teatro que iba a Edimburgo en uno de los barcos que le quedan.

—Pues será un caballero muerto o uno que viene a casarse con alguna de nosotras —responde Ursa mientras vierte el contenido de la jarra en la tina—. Lo mismo podría decirse en el caso de la actriz, aunque ella vendría a por padre.

Agnete se ríe y, luego, hace una mueca. Ursa oye cómo el líquido le encharca los pulmones.

—Diantres, no debería haberte alterado. —Ayuda a Agnete a incorporarse sobre las almohadas. Esta arrastra la pierna y Ursa alisa las sábanas—. Siv no me lo perdonará. Ven.

Lleva la mano al endeble pecho de Agnete y la ayuda a inclinarse hacia adelante, sobre el cuenco esmaltado. Bajo las palmas, nota cómo los pulmones de su hermana tiemblan mientras escupe. Ursa lo cubre sin mirar, como Siv le ha enseñado a hacer. Ya sabe de qué color será por la respiración espesa que ha escuchado durante toda la noche.

Cuando Agnete termina, la ayuda a quitarse el camisón. Huele a sudor agrio y a enfermedad, un olor tan común en ella que Ursa apenas lo nota, excepto cuando el aroma limpio y brillante del agua con lavanda impregna el aire. Ayuda a su hermana a meterse en la tina y le coloca la pierna sobre el borde, hundido a propósito para ese fin.

Agnete es todavía delgada como una niña, con la cintura y las caderas rectas, aunque Ursa se desarrolló del todo a los trece años. Los médicos, que la visitan a menudo, la miden cada vez que vienen, pero ninguno la ve desnuda como Ursa, no ven las afiladas aristas de su cuerpo ahuecado ni la pierna mala, retorcida como una fruta pasada.

—No queda nadie por morir —comenta Agnete cuando Ursa termina de colocar la barra que atraviesa la tina para que se apoye mientras se enjabona—. Así que debe de tratarse de un matrimonio.

Ursa había pensado lo mismo y espera que Agnete no perciba el doloroso latido de su corazón.

—¿Qué opinas, Ursa? ¡Padre ha encontrado a alguien con quien casarte!

Su voz tintinea como una campana. Aunque se llevan siete años, Ursa a menudo piensa que su hermana siente lo mismo que ella, como dicen que hacen los gemelos. Agnete se aferra con la mano enjabonada al pecho desnudo, en el punto exacto donde le duele a Ursa.

—Tal vez.

Eso significa que Agnete se quedará sola en la casa, confinada la mayor parte del tiempo en la planta de arriba, únicamente con Siv para cuidarla. Padre raramente las visita, excepto para darles las buenas noches. Aunque el prometido de Ursa sea de Bergen, Agnete tendrá que aprender a dormir sola y pasar los días consigo misma como única compañía. Sin embargo, no dice nada al respecto, se limita a asentir para que Ursa le vierta un jarro de agua sobre la cabeza.

Cuando Agnete sale de la tina y está seca y vestida con un camisón limpio, detiene a Ursa mientras le cepilla el pelo y le dice:

—Ven, déjame que trence el tuyo. Siv es demasiado bruta.

Sus manos son suaves cuando envuelven y retuercen el pelo de Ursa en un largo lazo que se recoge en la parte posterior de la cabeza, baja hasta la nuca y se sujeta detrás de cada oreja. La mira con un orgullo tan evidente que Ursa se siente un poco cohibida.

Siv arquea una ceja cuando viene a vestir a Ursa. Es una luterana estricta y solo lleva ropas marrones y un cuadrado de tela blanco almidonado en el cabello gris. Arruga la nariz mientras guarda el vestido de algodón rosa pálido que Ursa iba a ponerse y cruza la habitación hasta el pesado armario que antes compartían con madre.

Es de madera de cerezo, arrancada de un barco que llegó de Nueva Inglaterra, barnizada de un marrón oscuro que absorbe todo el color; como la ropa de Siv. Sin embargo, las bisagras y en las maltrechas tallas de las patas son de un rojo intenso y suave.

Siv saca el vestido favorito de mamá: amarillo y con las mangas abullonadas.

—Tu padre quiere que te lo pongas —dice con reticencia—. Vas a conocer a un caballero.

—¡Un caballero! —Agnete se incorpora sobre sus almohadas y junta las manos—. Y con el vestido de mamá, Ursa. Estoy tan celosa que escupiría.

—Ni los celos ni escupir son virtudes, Agnete.

—¿Qué caballero, Siv? —pregunta Ursa.

—No lo sé. Solo sé que es un buen cristiano. Tu padre consideró oportuno decírmelo. No es papista.

Agnete pone los ojos en blanco mientras Siv se vuelve para desenganchar los botones de las presillas de seda.

—¿Te has enterado de algo importante?

—No se me ocurre nada más importante que eso.

—Pues, a ver, ¿es alto, rico, tiene barba?

Siv frunce los labios.

—Te queda un poco pequeño, pero no tengo tiempo para arreglarlo.

Le pide a Ursa que se agache y le mete el vestido por la cabeza.

Ursa espera entre la penumbra crujiente de las faldas mientras la mano de Siv la busca; no hace ningún movimiento para ayudarla. Respira hondo, con la esperanza de que el aroma a lilas de madre venga a ella en la oscuridad, pero solo huele a polvo.

La puerta del salón está abierta cuando la llaman y la luz del fuego se filtra hasta la alfombra del pasillo. Lo oyeron llegar y corrieron hacia la ventana para vislumbrar un sombrero negro de ala ancha bajo el alféizar, que el hombre se quitó justo cuando la puerta se abrió y desapareció en las sombras. Agnete le apretó las manos a Ursa.

—Recuérdalo todo.

La barandilla es muy suave y huele a la cera de abejas que Siv utiliza para pulirla y que no ha retirado por completo. Espera que no tengan que tocarse. Por supuesto que no. De todos modos, se imagina que el caballero le da la mano y que se le resbala por la grasa de la cera. No tiene cara en sus pensamientos y se da cuenta de que pronto la tendrá. Y un cuerpo, una voz y un olor.

Es la primera vez que conoce a un pretendiente y desearía que padre hubiera venido a contarle algo de él, cómo lo conoció o incluso si es alguien a quien ella conoce. A lo mejor es el señor Kasperson, que trabaja para papá, un hombre de mejillas sonrosadas y sonrisa tímida. Tiene veinticinco años, solo cinco más que Ursa. Cree que no le desagradaría un hombre como él, aunque tiene la extraña costumbre de frotarse el labio con el pulgar, lo que hace que parezca sospechoso. Podría pedirle que dejara de hacerlo si se casaran. Parece el tipo de hombre que escucha.

Los escalones crujen. Levanta la vista hacia la puerta entreabierta de su dormitorio e imagina a Agnete escuchándola y conteniendo la respiración. Ursa encendió todas las velas que pudo antes de bajar, pero, aun así, las sombras se habían tragado a su hermana. El invierno ha sido largo; se ha extendido durante la primavera y congela las ventanas cerradas. Lo cierto es que las esquinas de la casa siempre están oscuras, incluso en verano, con todas las cortinas abiertas, cuando entra una luz tan brillante que hace estornudar a Ursa. Quizá no vuelva a pasar otra estación en esta casa. ¿La echará de menos o solo a las personas que la habitan?

Se aleja de la escalera y se yergue. Le resulta extraño caminar con las estrechas zapatillas de seda y el peso del vestido de madre sobre los hombros.

Unas voces profundas parpadean con la luz del fuego. No es la voz del señor Kasperson la que responde a la de padre, ni la de nadie que conozca. Ni siquiera es noruego; lo nota mientras se prepara para entrar. «Inglés», piensa y rescata el pequeño y doloroso recuerdo de donde guarda todo lo relacionado con su madre. No sabía leer ni escribir, pero, como hija de un comerciante, había aprendido inglés bastante bien y se lo había enseñado a Ursa y Agnete. Lo hablaban en la mesa, para practicar el acento hasta suavizarlo y que solo quedara una ligera inflexión. Ursa chasquea la lengua un par de veces y atraviesa el umbral.

Es tan alto como padre y más ancho que todos los hombres que conoce. Se inclina cuando padre le pone una mano firme en la espalda y la hace avanzar por la habitación, así que, al tomar asiento, todavía no le ha visto la cara.

Los hombres estaban sentados el uno junto al otro en los sillones de brazos altos con relieves de color carmesí y la hacen acomodarse delante en el sillón sin brazos. Procura mantener la espalda recta y las manos dobladas en el regazo.

—Ursula. Por la santa, supongo.

Su acento hace que tenga que prestar mucha atención para entenderlo, aunque no habla deprisa. En todo caso, habla demasiado despacio y eso distorsiona las palabras. Se vuelve en el sillón y deja a un lado el fuego y a su padre. Su voz es profunda y quema. Nota cómo se ruboriza.

Padre sacude la cabeza. Se supone que Ursa debe responder, aunque su tono no se pareciera al de una pregunta.

—Sí, señor. Y por las estrellas.

—¿Las estrellas?

Padre tose sin disimulo.

—Ursula, te presento al señor Cornet.

—Comisario Cornet —lo corrige el hombre—. Absalom.

Tarda unos instantes en comprender que ese es su nombre de pila, porque lo pronuncia como un «aleluya» o un «amén». Levanta la mirada con más audacia.

Es alto y tiene los ojos oscuros. No consigue adivinar su edad; no es tan joven como el señor Kasperson ni tan viejo como su padre. Es apuesto, a su manera. La ropa austera y bien confeccionada no sirve para esconder que le sobra algo de peso por el medio, aunque no tanto como a ella. Ursa observa su perfil, algo brusco por el peso de la mandíbula y las cejas, aunque la nariz recta lo afina; tiene el pelo oscuro y ondulado.

—El comisario Cornet ha venido desde Escocia —anuncia padre—. Va a tomar posesión de un prestigioso puesto en Vardøhus.

—Me lo ha asignado el mismísimo John Cunningham, que está a las órdenes de vuestro rey —dice Cornet con orgullo. Ursa no ha oído hablar de John Cunningham ni de Vardøhus—. Y me hace falta una esposa.

Tarda unos segundos en entender que esa es la propuesta de matrimonio.

—La esposa de un comisario —comenta padre con gusto—. ¿Ursula?

Oye la pregunta y es consciente de que debería levantar la mirada y sonreír, asegurarle de que ella también se alegra. Se observa a sí misma y baja la vista a su regazo. Tiene los nudillos blancos.

—Lo dispondremos de inmediato.

Los hombres hablan sin parar; padre le pregunta por su puesto y Cornet si es verdad que no hay árboles tan al norte. Viajarán en uno de los barcos de padre. Ursa empieza a notar una corriente de aire en los oídos. Siv le ha atado las costuras del vestido y le cuesta tomar aire. Piensa en Agnete y en su aliento húmedo. El norte. Nunca imaginó que el matrimonio la llevaría tan lejos. Piensa en el hielo y la oscuridad. Al cabo de un rato, padre recuerda que está allí y le da permiso para retirarse. Se levanta tan rápido que la cabeza le da vueltas y se marcha a toda prisa de la habitación.

La esposa de un comisario. No podría aspirar a nada mejor, pero, aun así, tiene la piel de gallina por los nervios. Desde la muerte de madre, padre ha tomado una mala decisión tras otra: ha despedido a todos sus trabajadores, excepto al señor Kasperson, se ha desprendido de todos los sirvientes, salvo por Siv, y las visitas semanales de los médicos han pasado a ser mensuales. Lo ve en el salón, cerrado para todos menos para las visitas importantes y en Navidad, en los hombros caídos de padre y en el olor a cerveza de su aliento. Es un buen partido, quizá hasta les proporcione algo de dinero.

Pasa junto al perchero y se inclina sobre el abrigo de Cornet. Huele a hojas húmedas. Acerca los dedos a los bolsillos, pero no se atreve a tocarlo.

Se dirige a las escaleras y las sube muy deprisa. Agnete se sorprende cuando cierra la puerta y, de inmediato, intenta alcanzar los botones.

—¿Qué ocurre? ¿Era feo?

Tiene que quitarse el vestido. No la deja respirar. Siente que crece dentro de él o que la tela encoge. El peinado le aprisiona la cabeza y quiere soltárselo, deshacerse de todo; de la delicada trenza de su hermana y del vestido de su madre muerta. ¿Cómo ha llegado hasta allí? ¿Cómo la ha encontrado, en esa tranquila casa en una calle concurrida de Bergen?

—¿Me ayudas?

Se sienta junto a Agnete en la cama y su hermana se esfuerza por incorporarse. Se pelea con los cierres, pero están demasiado ceñidos a la cintura.

—Necesitamos a Siv.

El vestido le aprieta tanto que está mareada. Se acerca a la ventana a esperar a que él se marche. El corazón le late acelerado.

—¿Ursa? ¿Qué ha ocurrido?

La puerta se abre y su prometido sale a la calle. No pide un carruaje. Su cabeza con sombrero negro se desvanece entre el resto de cabezas con sombreros negros.

—¿Ursa?

Absalom Cornet. Más que una oración, le parece que suena como una sentencia de muerte.

8

Ursa espera sentirse distinta al despertar, pero nada indica que vaya a ser un día especial. Siv las despierta temprano, como de costumbre, abriendo las cortinas, aunque, desde que las cambiaron por unas de algodón más barato, la luz se filtra al interior de la habitación. Recuerda las de terciopelo azul fino con las que creció y cómo se escondía entre sus largos pliegues mientras madre se sentaba en el tocador para cepillarse el abundante pelo rubio que ambas hijas han heredado. Hubo que venderlas hace cinco años, junto con el tocador y los peines de plata, cuando padre hizo otra mala inversión. Esa habitación, que antaño era el vestidor de su madre, ahora es su dormitorio, después de cerrar el piso de arriba.

—No tiene sentido con Agnete así —le dijo padre cuando Ursa se quejó por tener que dejar su amplia habitación—. Son muchas escaleras. Además, es muy caro mantener los fuegos encendidos y conservar los muebles de tantas habitaciones vacías. Voy a vender la mayoría, aunque quizá la alquile.

Ursa se alegra de que el supuesto inquilino todavía no se haya materializado. No quiere que un desconocido duerma en su casa. Ahora, ya no tendrá que volver a preocuparse por eso, pues pronto dormirá junto a uno en su propia casa. Cuando lo piensa, le tiemblan las manos. Espera que Absalom Cornet no sea un desconocido por mucho tiempo.

Siv deja una bandeja con el desayuno delante de Agnete. Es la misma bandeja de plata con la que les sirvió el té ayer y Ursa sonríe, agradecida por el esfuerzo. Su hermana ha vuelto a pasar mala noche y tiene las sábanas enrolladas entre las piernas. Ursa las libera y la ayuda a incorporarse mientras Siv vacía la escupidera con el ceño fruncido de preocupación.

—Otra dosis de vapores después del desayuno.

—No, Siv, por favor —protesta Agnete. Habla con voz espesa y le silba el pecho—. Estoy bien, de verdad.

—Todavía tiene la nariz dolorida de la última vez —dice Ursa—. ¿No podemos dejarlo para otro día?

—Son órdenes del médico —replica Siv—. Sabéis que ayuda.

—Pero duele —se queja Agnete cuando Siv se marcha a buscar el bol para los vapores. Se toca la zona enrojecida y sensible debajo de la nariz, donde la piel está agrietada e irritada.

—Ya lo sé. —Ursa le acaricia el pelo a su hermana. A pesar del baño, vuelve a estar apelmazado por el sudor—. ¿Qué te parece si te cubres la nariz con uno de los pañuelos de seda de mamá?

—¿El azul?

Ursa se levanta al momento y acude al armario de su madre. En el estante de arriba, hay una caja de madera llena de pañuelos y otros efectos personales que sobrevivieron a la purga. Saca el favorito de Agnete. Le recoge el pelo a su hermana mientras esta se lleva el pañuelo a la cara y se lo pasa entre los dedos.

—Agnete, come.

—Deberíamos hablar en inglés —propone—. Para que practiques.

—Es escocés.

—Pero habla inglés, ¿no?

—Sí.

—Pues eso.

—Pues eso —dice Ursa en inglés—. Come.

Agnete mordisquea el *knekkebrød*.

—Está seco.

—No existe bendición más plena que el pan —dice Ursa con tono burlesco, imitando la entonación del ama de llaves.

Cada vez es más difícil hacer feliz a Agnete, mientras, poco a poco, se le restringen todos los placeres. Los médicos le prohibieron la comida húmeda hace un mes y todavía se está adaptando. Ursa sospecha que se inventan gran parte del tratamiento de Agnete sobre la marcha. Duda que los pulmones de su hermana hayan enfermado por comer demasiado estofado.

Siv trae un paño, un gran cuenco con agua humeante y la botellita que les dio el médico. Se dispone a quitarle la tapa, pero Ursa extiende la mano.

—Ya me ocupo yo. Gracias, Siv.

El ama de llaves la mira.

—Siete gotas, como dijo el médico. De lo contrario, no servirá de nada.

—Lo sé.

El ama de llaves le pone la botella en la palma extendida, le da un beso fuerte en la frente a Agnete y sale de la habitación.

—No pondrás siete, ¿a que no? Con una vale —dice Agnete y la mira ansiosa.

Ursa vierte cuatro gotas de aceite en el cuenco y lo remueve para que el amarillo se extienda por el agua. El olor le invade las fosas nasales y hace que le piquen los ojos. Deja el cuenco en la mesita junto a Agnete y la ayuda a incorporarse para que se incline sobre el vapor, con el pañuelo pegado a la nariz.

Le pone una mano en la frente para darle apoyo y le coloca el trapo sobre la cabeza para atrapar los vapores.

—Respira hondo.

Lleva la palma de la mano a la espalda de su hermana y escucha y siente a la vez cómo inhala de forma lenta y dolorosa y el húmedo torrente cuando exhala. Cuenta en voz alta hasta cien respiraciones y entonces Agnete emerge con la cara enrojecida por el vapor, los ojos llorosos y el pañuelo empapado. Tose y escupe en el recipiente limpio que ha traído Siv en la bandeja del desayuno.

—¿Qué tal? —pregunta Agnete, mientras Ursa cubre la escupidera y la deja a un lado.

—Iba a preguntarte lo mismo.

—Pica. Es horrible y me gustaría que los médicos me escucharan cuando se lo digo. Ahora tú.

—¿Qué tal qué?

Agnete pone los ojos en blanco.

—Cómo es estar prometida.

A pesar de las quejas, Ursa nota que respira con más facilidad.

—Más o menos como no estarlo. ¿Quieres bajar hoy?

—No. Háblame de él.

—No sé mucho todavía —contesta Ursa—. Solo lo que te dije ayer.

—¿Me lo cuentas otra vez?

Relata la magra historia tres veces antes de que el día llegue a su fin. Padre no las llama ni ese día ni el siguiente y Siv les dice que ha salido para ultimar los detalles con Absalom donde este se aloja, lo que hace que Ursa tenga que soportar sola la decepción de Agnete ante la falta de cortejo.

—¿Por qué no escribe?

—Nos conocimos hace dos días.

—Aun así…

—¿Para qué iba a escribirme? No sé leer.

—Pues una canción. Algo.

Ursa se encoge de hombros.

—Quizá da igual —responde Agnete—. A lo mejor basta con que te haya visto y desee casarse contigo.

Ursa supone que es algo romántico. Que alguien que ni siquiera te conoce te ame.

—¿Crees que padre escribía a madre?

—Ella tampoco sabía leer. —Agnete entristece el gesto y Ursa se apiada de ella—. Tal vez. Deberías preguntarle.

Sabe que no lo hará. Ella tampoco. Padre se desmorona cada vez que se menciona a madre, incluso después de todos

estos años. Hace poco, lo sorprendió mirándola con una tristeza terrible; sabe que se parece más a su madre con cada año
que pasa. Quizá por eso estos días se muestra tan distante,
aunque tiempo atrás le hablaba de todo tipo de cosas. Antes,
su relación era muy cercana y, ahora, el silencio los invade.

Ursa se pregunta si las cosas serían diferentes si madre no
hubiera muerto al dar a luz a su hermano. Si ambos hubieran
vivido y un niño corretease por la casa. Si padre no hubiera
perdido todo su dinero y los tres hermanos se escondieran en
las cortinas de terciopelo, mirando a su madre cepillarse el
pelo hasta que se le encrespase. Pero Agnete seguiría enferma,
ella se casaría con un desconocido y se marcharía con él a un
lugar del que nunca ha oído hablar.

Su hermana se acerca de repente.

—¿Me echarás de menos?

Ursa quiere decirle que sí. Quiere decirle que la necesita
tanto como respirar y que es la mejor amiga que podría desear.
Sin embargo, solo le acuna el fino rostro entre las manos y
espera que entienda lo que ese gesto significa.

La noche antes de la boda, bajan a Agnete por las escaleras en
la silla para que cene con ellos por primera vez en meses. Es
una tarea poco elegante y todos están sudando cuando dejan
a Agnete frente al fuego, envuelta en chales. Siv la observa,
vigilante, como si, en cualquier momento, fuera a desplomarse
como un barco hundido.

Pero Agnete se sienta erguida y apenas tose. Padre sirve
a Ursa un pequeño vaso de *akevitt*. Sabe amargo, como una
medicina, pero se lo traga y la quemazón se convierte en un
calor suave en el vientre.

Envalentonada por el alcohol y la presencia de su hermana, Ursa pregunta a padre cómo Absalom Cornet llegó hasta su
puerta y la gente deja de masticar para escuchar. Ursa sabe que
su hermana ha imaginado todo tipo de historias extravagantes.

—Lo conocí en el puerto —responde padre, sin mirarla—. Se me acercó y alabó mi cruz.

La cadena brilla en el bolsillo de su chaleco. Ursa sabe que la saca a menudo y la aprieta en la mano sin darse cuenta; la devoción convertida en un tic.

—Me contó que lo habían destinado a Vardø, que Dios se lo había ordenado.

—Creía que había sido el *lensmann* —comenta Ursa, y guiña un ojo a Agnete. Su padre no capta el tono y se sirve otro vaso de *akevitt*.

—El *lensmann* sirve al rey y el rey, a Dios.

—Tu marido es muy servicial —dice Agnete, que le devuelve el guiño. Ursa le da la mano a su hermana por debajo de la mesa. Es tan suave que quiere llevársela a la mejilla, besarla y no soltarla.

—Necesitaba un barco y una esposa.

—¿En ese orden? —susurra Ursa, y Agnete resopla de forma tan repentina que comienza a toser.

Siv se lanza hacia delante con la escupidera y Ursa le aprieta la mano hasta que pasa lo peor. Padre apura el *akevitt* y habla más consigo mismo que con sus hijas.

—Le ofrecí un buen precio por el pasaje.

«Y por mí», piensa Ursa.

Tienen que subir a Agnete en brazos y Ursa insiste en hacerlo. Se recoge las faldas para no tropezar por las escaleras. Su hermana está caliente y pesa demasiado poco, como un cachorro recién nacido. Le pasa los brazos por el cuello.

—No es muy romántico, ¿verdad? —susurra; le tiembla el pecho.

—Es lo que hay —responde Ursa. Su hermana arruga la nariz, decepcionada.

Por una vez, Agnete duerme, pero el *akevitt* burbujea en el interior del cuerpo de Ursa y no deja de moverse, inquieta. Se levanta para caminar por la habitación y apoya la frente en el gélido cristal de la ventana. Su vista llega hasta el puerto y a los barcos, que parecen de juguete en el horizonte. Allí siempre hay hombres, ocupados y en movimiento. «El mundo sigue adelante», piensa, y, bajo el peso que siente en la boca del estómago, en parte por la comida de Siv y, en parte, por el temor que se apodera de ella, se alegra al pensar que, pronto, también ella será parte de él.

Salir de casa por la mañana es como caminar por un paisaje de ensueño; todo lo que le resulta familiar se le antoja extraño porque no volverá a verlo, al menos durante mucho tiempo. Quizá nunca. Descarta ese pensamiento. Es la hija de un naviero, claro que volverá.

Padre la detiene en el pasillo con un raro apretón de mano.

—Tu madre... —comienza, pero se le cierra la garganta.

Cree que no dirá más y espera que así sea; ya tiene los ojos bastante hinchados por lo que ha llorado con Agnete, a pesar de las compresas frías de Siv. En vez de eso, la conduce a la oscuridad de su despacho, enciende un candil y cierra la puerta.

—Deberías llevarte esto.

Es una botellita de vidrio, la que siempre estaba en el tocador de madre antes de venderlo. Ursa la toma, la destapa y presiona el olor viciado de las lilas en sus muñecas.

—Gracias, padre.

Espera que tener una persona menos que vestir y alimentar le facilite las cosas. Quizá pueda contratar a alguien para que lo ayude con Agnete, pues, aunque no ha habido tiempo de anunciarlo en las páginas de sociedad del diario y su dote comprende básicamente un pasaje al norte, un frasco de perfume y el vestido de su madre muerta, es un matrimonio ventajoso. Su marido es un comisario con una carta de un *lensmann* en el bolsillo.

Padre la besa en la frente. Le tiembla la mano y huele a cerveza pasada: a levadura y picante. Más tarde, su marido la besa en el mismo lugar para sellar la unión y no huele a nada. Es un olor limpio como la nieve.

9

Todavía es temprano cuando Cornet le abre la puerta de la taberna donde ha reservado una cama y se marcha al bar mientras Ursa se retira a la habitación.

Se prepara lo mejor que puede, se echa perfume de lilas en las muñecas y en el punto donde el pulso mueve la fina piel debajo del lóbulo de su oreja. Se imagina que la besará allí y le tiemblan las manos. El lino del camisón le raspa los hombros y los pechos. Tiene el cuello alto y no parece diseñado para tumbarse, pero, como es el regalo de bodas de Siv, tal vez esa sea la idea después de todo.

Lo almidonó la propia Siv; Ursa sabe que dedicó un tiempo que no tenía a hacerlo. Olió el salvado hirviendo y vio cómo lo dejaba en remojo los tres días desde el compromiso hasta la boda. El camisón todavía huele a agua agria, aunque Siv lo había frotado en la laja para quitar lo más fuerte; aún crujía cuando Ursa se ató las cintas por delante.

Agnete le dio el pañuelo de seda azul, su favorito de todos los que habían pertenecido a madre. Cuando Ursa lo agarró, oyó un ruido metálico. Dentro había cinco *skilling*, la parte que correspondía a Agnete de lo que habían recibido por la venta de las cosas de madre.

—No puedo aceptarlo.

—No deberías marcharte tan lejos sin medios para volver.

—Puedo pedir el dinero a Absalom.

—Deberías tener el tuyo propio —repuso Agnete, aunque no sabía cuánto costaría el pasaje, al igual que Ursa—. Por si acaso.

Los ojos de Ursula se ven diminutos e insignificantes en la ventana oscura y grasienta y le tiembla el labio como a un niño enfurruñado. Echa las finas cortinas.

A pesar del orgullo con el que ostenta su título, es evidente que a su marido no le interesan los lujos. El alojamiento se encuentra lo bastante cerca del puerto comercial como para que le lleguen sus olores: el perpetuo hedor a tabaco y decadencia. Se filtran a través del marco podrido de la ventana junto con el frío y Ursa se lleva la muñeca a la nariz.

Las lilas la transportan a días más fáciles, antes de que madre muriera, cuando la casa estaba iluminada como un árbol de Navidad durante los fríos inviernos y los largos y luminosos veranos, cuando cuatro sirvientes y una cocinera se encargaban de vestirlos y alimentarlos. Sus padres cenaban con otros mercaderes y sus flamantes esposas, y a Ursa le permitían sentarse con ellos en el salón antes de que descendieran al oscuro brillo y las conversaciones del comedor.

Nunca había pensado mucho en el desayuno del día de su boda, pero había imaginado que sería similar a una de esas fiestas. Desde luego, pensaba que habría más invitados aparte de Siv, padre y Agnete, a quien le costaba respirar debido al aire frío. Aunque no tenía amigos a quienes avisar, pues padre las había alejado de la vida en sociedad, se había imaginado a mujeres como las que solían cenar con mamá, con cuellos esbeltos adornados por brillantes collares y cabellos dorados recogidos sobre la cabeza. A hombres con trajes elegantes y lechuguillas que sobresalían de sus cuellos como sofisticados pájaros, cargados de ciruelas azucaradas y seda para obsequiarlos. El aire olería a pomada y a lavanda, en la mesa se serviría ganso asado y espinacas a la crema, un salmón entero escalfado con limón y cebollino y un montón de zanahorias con mantequilla. Las velas iluminarían la escena dorada y preciosa.

No imaginaba la trastienda de la taberna Gelfstadt, que quedaba cerca de la *kirke* y del puerto, con una botella de *brandy* para los hombres, mientras a padre se le nublaba la mirada y se ponía nostálgico. Parecía viejo en el resplandor del fuego, que, debido a las corrientes de aire, salpicaba hollín y dejaba que el frío viento se colase a través del salvachispas de la chimenea. Las velas eran trozos fundidos por los extremos, amarillos y consumidos.

Cuando llegó la hora de las despedidas, Cornet le dio la espalda, como si sus lágrimas fueran algo indecente. Agnete se levantó sin ayuda, para demostrar que podía, y solo se apoyó un poco en ella de camino al carruaje. Padre había bebido demasiado y ya se habían despedido en el estudio. A Ursa no le quedaba nada que decirle a Agnete, pero se aferraron la una a la otra hasta que Siv las separó con dulzura.

—Cuídate, señora Cornet.

Y luego, se marcharon.

Se imagina a su marido abajo, con el anillo que le puso en la base del dedo tintineando contra un vaso, quizá brindando por ella. Adoptarán las costumbres de él, por lo que se ha convertido en la señora de Absalom Cornet. La han despojado de su propio nombre.

Desea complacerlo y sabe que una parte de ello comienza esa misma noche, en esa habitación cuadrada con una cama demasiado grande en una taberna de los muelles de Bergen, mientras un barco que pondrá rumbo a Finnmark los espera en el exterior, en el agua tan fría que se oye cómo los hombres del casco rompen el hielo que lo cubre. Con un tono acusatorio, Siv compartió con Ursa algo de lo que tendría que hacer, con las mejillas sonrojadas: «Ponte el camisón, métete en la cama, no lo mires porque es demasiado impúdico y reza cuando termine».

Esconde el orinal y desliza el calentador de un lado al otro de la cama. Hay algunas manchas pálidas en el colchón y la paja se abre paso a través del tejido en algunas zonas. No se atreve a mirar la almohada gris y se envuelve en su antiguo camisón.

Se tumba con mucho cuidado y se asegura de que el pelo le caiga sobre los hombros, como le dijo Agnete, para que parezca que yace en un brillante campo de trigo amarillo. La luz que emiten los faroles del puerto parpadea y, a través de las paredes de madera, le llegan voces toscas que hablan inglés, noruego, francés y otros idiomas que no reconoce.

Tras ello, advierte una especie de chirrido, como el que hacen la escalera de casa o las rodillas de padre cuando se sienta. Tarda un rato en comprender qué es y llega a preguntarse si se lo habrá imaginado, hasta que se da cuenta de que es el hielo que vuelve a atrapar los barcos.

Pronto estará en el mar y se alejará cada vez más de Agnete, de padre y de Siv, de su casa en la calle Konge, de las amplias y limpias carreteras de Bergen y del ajetreado puerto. Cambiará la mejor ciudad del mundo y la única que ha conocido por… ¿qué? No sabe nada de Vardø, el lugar donde vivirá. Ni sabe cómo será la casa que compartirá con su marido ni la gente que conocerá.

El chirrido aumenta hasta convertirse en lo único que escucha. Se acerca la muñeca con olor a lilas a la cara y aspira el aire como si fuera agua.

El crujido de una puerta y el parpadeo de una vela la despiertan. Se da la vuelta y busca a Agnete. Tiene el camisón arrugado bajo la mejilla y las manos congeladas sobre la sábana. En el pequeño círculo que crean la luz de las velas, Absalom, su marido, se desnuda. La sombra de su cabeza se inclina mientras se tambalea y forcejea con el cinturón.

Ursa no se mueve. Apenas respira. Al dormirse, ha arruinado la cuidadosa preparación del pelo, que le rodea el cuello como una soga. Se le ha enrollado el camisón hasta la cintura, pero no se atreve a bajarlo.

Absalom Cornet se ha quitado los pantalones y, ahora que se le ha adaptado la vista a la oscuridad, repara en que tampoco lleva los calzones. Es todavía más pálido bajo la ropa, como una criatura marina cuando sale del caparazón. Cierra los ojos cuando él se acerca a la cama y la paja rancia silba con el peso de su cuerpo al caer encima del colchón.

Una ráfaga de aire frío se cuela bajo las mantas cuando Absalom se tapa con ellas. Ursa se sonroja al darse cuenta de lo que estará viendo: su ropa interior, infantil y llena de lazos. La habitación se llena de un fuerte olor a alcohol y a humo. No lo había tomado por un bebedor. Los latidos del corazón le retumban en los oídos.

No pasa nada durante un rato y se pregunta si estará dormido. Abre un párpado y ve que tiene los ojos abiertos y mira al techo. Respira hondo y se aferra a las sábanas con la mano. Tiene los nudillos blancos y se da cuenta de que está nervioso. Por eso ha bebido tanto y ha llegado tan tarde. Debe de ser su primera vez. Se prepara para tenderle la mano, para decirle que a ella también le da apuro, cuando él vuelve la cabeza y la mira.

Reconoce su mirada, se la ha visto a los hombres que venían a cenar a casa con ojos claros y fijos, pero se marchaban tambaleándose. Su mirada parece afilarse cuando se tumba de lado. Recuerda la orden de Siv de no mirarlo a la cara y, sintiendo una premura casi dolorosa, agarra con fuerza el camisón y tira de él hacia abajo.

Absalom se sube de repente sobre ella con torpeza y su peso le aplasta los pechos. No se atreve a respirar hasta que lo siente duro entre los muslos y se le escapa un jadeo que se convierte en grito. Él se pelea con los lazos y después, más abajo, con las costuras. Tira y ceden. Se mueve sobre ella, pero su cuerpo no cede con tanta facilidad.

Llega otro grito, un sonido que nunca antes había oído. La asusta incluso más que él. Cree que la ha cortado, que la ha apuñalado. Siente un punto dentro de ella que no sabía ni que existía, un lugar brillante y palpitante que le duele tanto que tiene ganas de llorar.

Absalom tiene la cara sobre la almohada y dirige un aliento amargo a su oído y al pelo. Tiene los brazos a ambos lados de sus hombros y su pecho aplasta el de ella con una fuerza terrible. Intenta olvidarse de ese punto caliente y doloroso mientras él se adentra en ella y le causa ese suplicio entre las piernas, atrapadas y acalambradas bajo las suyas. Cuando trata de moverlas, él se incorpora un poco y le pone un brazo sobre las clavículas, y con ello entiende que no quiere que se mueva.

La cama chirría de forma salvaje, como un animal atrapado, y al final se le escapan las lágrimas por la humillación y el dolor. Le tiembla todo el cuerpo. Oye un gemido.

Cuando sale de ella le duele casi tanto como cuando entra.

Absalom se levanta tambaleándose y micciona en el orinal, pero falla. Tiene algo caliente entre las piernas: sangre y otra cosa que no le pertenece.

Cuando su marido se pone el camisón, apaga la vela y se desploma en la cama sin que sus cuerpos se toquen, Ursa rueda hacia el otro lado y se lleva las piernas al vientre para intentar aliviar el escozor.

Nunca habría adivinado ese saber vacío con el que las esposas deben cargar: que sus maridos les desgarran una parte del cuerpo. ¿Así se hacen los bebés? Se muerde la mano para no llorar. ¿Cómo va a contárselo a Agnete? ¿Cómo va a advertirle de que, incluso con un comisario al que la barba le huele a nieve limpia y que reza tanto como un pastor, no estará a salvo? A su lado, mientras la primera luz de la mañana atraviesa las finas cortinas, Absalom Cornet abre la boca y empieza a roncar.

10

La jerarquía de un barco es más estricta que la de la casa más elegante. Parecen regirse por un pacto divino y Ursa decide, a pesar de sus limitados conocimientos del mundo, que es imposible que exista un país que se gobierne con más dureza o pulcritud que un barco.

El lugar de las bestias lo ocupan los monos, chicos de doce o trece años que suben a los aparejos y limpian las cubiertas; hasta al gato del barco lo tratan mejor. Aceptan las palizas y los gritos sin protestar, como los caballos, son así de lamentables. Luego están los marineros, más viejos y más rudos. Son hábiles y toscos y ejecutan sus tareas con un ritmo inescrutable para Ursa. El capitán, al parecer, es más importante que un rey, aunque menos que Dios. Para ellos, Dios es el mar, que les ofrece misericordia o violencia y del que siempre se habla en tonos silenciosos y reverentes. No está segura de dónde encajan su marido y ella; supone que no lo hacen.

No comprende por qué ningún hombre elegiría una vida en el mar. Desde el momento en que sube a bordo del *Petrsbolli,* desea dar media vuelta y bajarse. Todo, desde la madera oscura hasta su delgada barandilla, se le antoja resplandeciente y peligroso.

Es una nave rudimentaria, incluso para su ojo no entrenado. No es que padre no se haya esforzado: hay sábanas limpias en la litera, de tamaño doble para su cama matrimonial, y le ha enviado un pequeño cofre de madera de cerezo, como la del armario de mamá, que cuenta con una cerradura de latón de la que solo Ursa tiene llave. Ahí guarda el agua de lilas y el pañuelo azul de mamá, junto con el dinero de Agnete. Sin embargo, esos detalles elegantes hacen que todo lo demás sea peor. Está oscuro, el suelo resbala por una grasa desconocida y es diminuto; su marido tocaría ambas paredes si extendiera los brazos y, cuando se acuesten, los pies le colgarán por el extremo de la litera.

Sabe que es lo mejor que han podido conseguir. No tenían suficiente para un pasaje en un barco mejor. Se pregunta si Absalom lamenta la oferta de su padre. Ni siquiera es un barco hecho para transportar mercancías finas, la carga es madera local, serrada en los bosques de Cristiania y traída por el fiordo para llevarla al norte, donde no hay árboles. La idea le parece tan extraña como el mar: en Bergen, todo es bosque.

No es la primera vez que se alegra de no haber nacido hombre y, así, no haber tenido que formarse en el negocio de la navegación. El suelo nunca se mantiene firme bajo sus pies, de modo que ahora está tomando el té bajo cubierta con su marido y el capitán en su camarote y, a pesar del balanceo de la diminuta lámpara de aceite y de que tienen que sujetar las tazas con pequeños relieves para que no se deslicen por la mesa, casi se imagina a sí misma en una especie de sociedad decente; y al cabo de un segundo, el mundo entero se inclina hacia un lado.

Luego está el sonido. No solo el del mar, del cual ya se hizo una idea la noche en la taberna Gelfstadt, sino de otras personas. El ruido de tantos hombres: los pesados pasos sobre las tablas arriba y abajo, las risas, siempre demasiado fuertes y largas; los gruñidos de esfuerzo cuando tiran de las cuerdas, limpian las cubiertas o mueven la carga; hay que darle la vuelta y revisarla cada dos días por si se pudre. Luego, sueltan al gato para que cace a las ratas.

Este no es un barco hecho, ni apto, para pasajeros. Su camarote formaba parte del alojamiento de los hombres, separado por finas paredes de madera barata que se doblan y se tensan en las juntas. Comparten una puerta, a la izquierda del camarote, a la derecha del gran espacio de la estancia de los marineros. Espera a levantarse hasta que la mayoría ya están trabajando, pero en un barco nadie duerme a la vez, así que todavía se encuentra hamacas colgadas como grandes capullos a proa y a popa, donde dos o tres hombres duermen tan cerca como murciélagos aglutinados en la oscuridad. Sin embargo, lo peor son los ruidos nocturnos, los ronquidos y otros fenómenos corporales que a veces hacen que se le enciendan las mejillas y se le tense el cuerpo.

A pesar de sus groserías, se dirigen a ella como la señora Cornet cuando pasan a su lado en cubierta, pero, en la cama, sabe cuál es su sitio. Al principio, cree que hace algo mal. Aunque su marido le da tiempo para desnudarse después de la primera noche juntos, aprende a mantener las piernas abiertas para no sentirse atrapada y se recoge el pelo para que no se le enganche con sus manos, duele todas las veces. No siempre sangra después, pero el dolor es constante.

Por la mañana, por la noche y después de las comidas, Absalom se pone de rodillas y reza con tanto fervor que duda que pudiera sacarlo del trance aunque el fuego le lamiera las plantas de los pies. Reza con un cuidado y una concentración que no le muestra a Ursa, recitando en silencio y presionando la frente contra las manos entrelazadas. Por dentro, recuerda con rencor las historias de amor de Agnete, las tiernas miradas de madre a padre y las risas obscenas de las cocineras, cuando aún las tenían, al ver al repartidor.

¿Todos sabían lo que era el amor y le mintieron?

Para sobrevivir, aprende a mantener las distancias. Incluso antes de que Agnete naciera, Ursa ansiaba la compañía, siempre seguía a padre y jugaba en la misma habitación que madre, hablaba demasiado aunque sabía que se arriesgaba a que la enviasen a la sala de juegos con sus muñecas y bloques. Ahora, se sume en el silencio.

Apenas habla, abre la boca lo justo para comer los cuadraditos de carne dura y zanahorias arrugadas, las gachas de avena o el pescado, comestible gracias a hierbas frescas que se marchitan y se tornan marrones rápidamente. Se esfuerza por ser invisible, se sienta muy quieta en la comida formal que toman a diario con el capitán y mantiene la boca tensa en una línea oscura, como una bisagra cerrada. Incluso cuando se arrodilla con Absalom para rezar, con la madera dura bajo las rodillas, procura no levantar la voz más allá de un susurro al pronunciar el «amén».

A veces, el capitán Leifsson y Absalom mantienen conversaciones enteras sin dirigirle ni siquiera un simple gesto. El capitán habla inglés con un acento muy marcado y Ursa debe escucharlo con tanta atención como a Absalom. Su marido se jacta a menudo de su nombramiento como comisario; así aprende un poco más de él. Descubre que, a los treinta y cuatro años, es el comisario más joven que el *lensmann* Cunningham ha seleccionado y que ambos son de la misma zona de Escocia, aunque Absalom tiene unos orígenes más humildes. Que el propio rey ha oído hablar de él.

—¿Y por qué lo ha traído? —pregunta el capitán Leifsson—. Escocia queda muy lejos.

—Debemos asentar más a la Iglesia en esas tierras —comenta Absalom, con la misma pasión con que reza—. Y destruir a sus enemigos.

—Estoy seguro de que no encontrarán muchos —responde el capitán, y toma un sorbo de su taza. Ursa advierte una pequeña sonrisa en la comisura de sus labios—. Apenas hay nadie allí.

Procura recordar toda esta información. Quiere sacarle a su marido todo cuanto pueda, sin tener que dar mucho de sí misma a cambio, así la balanza terminará por inclinarse a su favor y pronto tendrá algún poder en sus relaciones. Es evidente que la desea, pero la ternura es un destino tan lejano como el lugar al que se dirigen. Quizá, cuando lleguen a los confines del mundo, estarán más unidos, pero ya no tiene claro si eso es lo que quiere.

Lo que desea y por lo que reza es algún tipo de control. Solo lo encuentra cuando está sola, en el camarote que ha sido todo su mundo en alta mar hasta ahora. Su marido se marcha a otra parte durante el día. Es exactamente como imaginó al ver su perfil en el salón de su padre. Pura brutalidad, suavizada con toques de elegancia y modales.

Durante el viaje, hacen varias paradas a lo largo de la costa. Estarán en el mar más de un mes.

—Tal vez dos —comenta el capitán Leifsson sin darle importancia mientras Ursa empalidece.

La travesía sería mucho más rápida a bordo de un barco cuyos negocios no lo llevaran, al parecer, a todos los puertos. Ursa supone que padre debe aprovechar cualquier oportunidad de comercio.

A pesar de que suele pasar los días sola casi por entero, se viste con diligencia, como Siv le enseñó, abrochando los botones con un gancho diseñado para dicho propósito. Siv debe de tener uno para vestirse a sí misma, ¿o acaso sus vestidos se cerraban por delante? Ursa arruga la nariz e intenta recordar. No quiere perder ningún detalle de su hogar. Las náuseas ocasionales interrumpen la monotonía y, para aliviarlas, se tumba con un pie apoyado en el suelo.

Han pasado diez días desde que salieron de Bergen. Ha terminado de arreglarse cuando llaman a la fina puerta. El capitán Leifsson está agazapado bajo la tenue luz y le sonríe.

—Señora Cornet, estamos a punto de entrar en el fiordo de Cristián para comenzar la entrada en Trøndheim. Hace buen tiempo y los acantilados están despejados. Tal vez le gustaría venir a verlo.

Su voz suena como la de un pastor o un juez. Es una voz que convierte una sugerencia en una orden, imposible de desobedecer. Su marido le saca una cabeza, pero la barba del capitán es más fina, rubia, mientras que la de Absalom es morena. También tiene una mirada más amable. Ojalá Absalom la mirase así. Se pregunta si este es ahora su sino, comparar a todos los hombres con su marido.

La espera mientras se pone la capa y lo sigue. El corredor está tan concurrido como siempre, los hombres pasan corriendo y se detienen para cederles el paso antes de desaparecer de nuevo entre las sombras.

—Confío en que esté siendo un viaje agradable —dice el capitán.

—Mucho, gracias, capitán. Espero que no seamos una carga demasiado molesta.

—Es el contrato de su padre. —Se percata de que no dice que es el barco de su padre—. Es agradable —continúa, quizá para suavizar lo anterior— tener un motivo para encender las lámparas de mi camarote, y sé que el cocinero disfruta del desafío de crear delicias culinarias apropiadas para una dama de Bergen. —Se vuelve brevemente hacia ella, con una sonrisa entre la barba—. Además, no he viajado tan lejos desde mis días de cazador de ballenas. Ya hemos llegado. ¿Desea subir primero?

La escalera es empinada, casi vertical. Le gustaría ir por delante y tener a alguien detrás en caso de perder el equilibrio, pero sería inapropiado con su vestido. Le indica con un gesto que pase. Los peldaños están resbaladizos y helados, y el frío se le filtra al instante en los guantes y las finas suelas de los zapatos. ¿No podría padre haberla enviado con unas botas? El capitán Leifsson la espera arriba y la ayuda a subir, cargando su peso cuando tropieza ligeramente con el último escalón. Aunque el contacto es suave, siente los moretones incluso a través de la ropa: no soporta que un hombre la toque, por muy buenas intenciones que tenga. La lleva a la parte trasera del barco.

En el cielo, el sol brilla deslumbrante; es la clase de claridad cristalina que llega cuando el invierno todavía no se ha marchado por completo. Ya han entrado en la estrecha boca del fiordo y los acantilados se elevan escarpados a ambos lados, a treinta metros de distancia, rocas negras rastrilladas con líneas de gris más claro. El mar es verde y brillante, salpicado por trozos de hielo. En cuanto el viento le muerde la cara, le reaviva la sangre y le enfría los pulmones, se siente mejor de lo que se ha sentido desde que se marchó de casa.

—Son magníficos, ¿verdad?

—Sí que lo son. —Exhala y se avergüenza de lo aguda que le suena la voz—. Aunque seguro que habrá visto cosas más impresionantes, capitán.

—Me gusta disfrutar de cada visión por sí misma, señora Cornet. Venga conmigo.

Le ofrece el brazo. Ursa busca a su marido, pero no lo ve. La cubierta está llena de hombres que se asoman por la borda, a ambos lados, y se comunican en una cadena de voces que llega hasta el sotapatrón, Hinsson, quien dirige la caña del timón desde la popa. La vela se alza sobre ellos y corta el viento como si fuera una nube de lona. Los monos se deslizan por las jarcias y los marineros más fuertes se sientan a horcajadas en los baos para ajustar el trimado de las velas y controlar la velocidad.

Sienta bien estar rodeada de tanto movimiento. Ursa acepta el brazo del capitán por necesidad y comienzan a andar. Nota las piernas rígidas y blandas a la vez; protestan y se muestran agradecidas por el peso que cargan.

—Debería salir aquí más a menudo —le sugiere—. No sería inapropiado que pasease por la popa, aunque lo hiciera sola. Nadie la molestaría.

—Lo pensaré —contesta Ursa. Suena más severa de lo que pretendía, así que se apresura a añadir—: Gracias, capitán.

—¿Ha estado antes en el mar, señora Cornet?

—Nunca.

—Me sorprende. Su padre navegaba muy a menudo. Viajar era su gran pasión. Daba por hecho que la habría compartido con su descendencia, aun siendo muchachas.

—Padre no ha navegado en años —responde, sorprendida—. Dejó de hacerlo cuando nací y cuando madre… —Titubea. El aire limpio alienta las confidencias. Dado que el viento le arrebata las palabras en cuanto las pronuncia, no siente que deba ocultarlas—. Cuando madre enfermó, no quiso dejarla.

—Claro. Me enteré de que Merida había fallecido. Quise escribir muchas veces, pero… —Hace un gesto y Ursa cree entender lo que pretende decir. El mundo es diferente en la cubierta de un barco—. ¿Seis años?

—Nueve. Discúlpeme, no sabía que conocía tan bien a mis padres.

La mira.

—¿No me reconoce, Ursula?

Oír su nombre, despojado del de su marido por primera vez en diez días, es toda una sorpresa. Sin embargo, no encuentra nada familiar en su cara. Niega con la cabeza.

—Lo siento, capitán. ¿Debería?

—He cenado en su casa en varias ocasiones, cuando Merida aún vivía. Recuerdo que a menudo jugaba en el salón, correteando entre los pies de los invitados. A veces le pasaba comida por debajo de la mesa, como a un perro. —Se calla de golpe y se vuelve hacia ella, con los ojos muy abiertos—. No pretendía ofenderla, me refería a que era una niña traviesa.

Ursa sonríe ante su apuro y le da un ligerísimo apretón en el brazo.

—No me ofendo, capitán.

—Estás aquí, esposa.

Absalom Cornet está frente a ellos, súbito como una tormenta, apoyado en la barandilla; los mira. Parece muy decente, pero algo dentro de Ursa vibra por puro pánico. No ofrece ninguna muestra externa de ello, pero el rabillo del ojo empieza a temblarle al tiempo que el corazón.

—El capitán me ha pedido que lo acompañase, marido. Quería mostrarme el fiordo de Cristián.

Absalom dirige la vista a los acantilados como si se le acabase de ocurrir que vale la pena hacerlo.

—Llamados así por su rey, supongo.

—Existe cierto debate al respecto. —La voz del capitán Leifsson es firme, pero jovial.

—¿Sobre que reciba tal nombre en su honor?

—Sobre que sea nuestro rey. Algunos todavía cuestionan el tratado.

—Es la ley —sentencia su marido, sin igualar el humor de la voz del capitán—. No hay nada que cuestionar.

—Por supuesto. —El capitán ofrece una apropiada reverencia. Ursa repara en que sigue agarrada a su brazo y se suelta. Absalom tensa la mandíbula—. Vamos a pasear por la cubierta, ¿le gustaría acompañarnos?

Absalom niega con la cabeza y los mira fijamente de nuevo. Ursa advierte que se aferra a la barandilla con las manos y se pregunta si ha estado rezando.

Se sumen en el silencio. El intercambio con su marido le ha recordado que debe tener miedo. Se le eriza la piel de la nuca al captar el olor del hielo en el aire, a limpio, a nada. El nudo de su estómago que había empezado a deshacerse vuelve a enredarse, incluso cuando se alejan de Absalom. El fiordo arroja una poderosa sombra sobre ellos y trata de relajarse bajo el frío punzante.

—Entonces, ¿no lo recuerda? —La voz del capitán Leifsson es suave, como si fuese consciente de su miedo.

Aquellas cenas dejaron de celebrarse para cuando cumplió los once años. Incluso sin la atmósfera viciada de la distancia, las caras de los adultos le parecían iguales; todo era *glamour,* bigotes y edad. Nunca los miraba con mucha atención, tan solo se deleitaba con que le permitieran acceder a ese mundo de risas y humo. Apenas recuerda esconderse bajo la mesa. Debió de hacerlo en una o dos ocasiones en las que padre estaba demasiado enfrascado en la conversación como para darse cuenta y madre hacía la vista gorda.

—Lo siento.

—No se preocupe —responde, aunque Ursa cree haberlo decepcionado. Para cambiar de tema, le hace una nueva pregunta.

—¿Ha estado antes en Vardøhus, capitán?

El hombre asiente con firmeza.

—¿Es un castillo, como dicen todos?

—Algo así. Desde luego, es una estructura considerable para haberse erigido tan lejos de todo. —Debe de darse cuenta de lo consternado que parece, porque añade—: Aunque he oído que el *lensmann* Køning hará de él un lugar grandioso. Tiene mucha influencia sobre el rey y dicen que tiene grandes planes para Finnmark. ¿Qué le ha contado su marido al respecto?

—Muy poco.

—¿Y qué hay de su padre? Sé que antes gobernaba balleneros en Spitsbergen. ¿Alguna vez fue al este, a Vardø?

Se muerde el interior de la mejilla.

—No que yo sepa, capitán.

Se acercan a la caña del timón, donde el sotapatrón Hinsson los saluda con una mano regordeta. Delante de él, uno de los monos, un chico delgaducho de la edad de Agnete, arregla los extremos deshilachados de los aparejos.

—Me gustaría que me hablara de Finnmark.

—Solo lo conozco desde el mar.

—Yo no sé nada en absoluto. No he estado al norte de Bergen en toda mi vida.

Han llegado a la popa, donde hay una miniatura de san Pedro, que da nombre al barco, tallada con una eficacia algo tosca y fijada al mástil trasero. Hay pilas de cuerda recogidas en espirales, tan altas como barriles. El capitán le suelta el brazo y se apoya en una para mirar atrás por encima de la popa. Detrás, el barco arroja largas ristras de espuma. Se saca una pipa manchada de la chaqueta.

—¿Le importa?

Ursa niega con la cabeza. El hombre saca una bolsita de tabaco, toma un poco y lo aprieta; golpea un pedernal mientras lo protege del viento. El repentino destello del tabaco al prenderse hace que repare en que ya vuelve a oscurecer. La luz azulada se desvanece en una extensión más oscura de azul profundo. Pronto saldrán las primeras estrellas. No las ha visto en días.

El capitán da una larga calada y exhala humo blanco.

—¿Qué le gustaría saber?

Ursa lo medita.

—¿Dónde es lo más lejos que ha estado?

—¿De dónde?

Se sonroja.

—De Bergen.

Había olvidado que no era el centro del mundo para todos.

—Spitsbergen, como le he dicho.

—¿Está muy lejos?

Se ríe con un ruido gutural que se suaviza por el humo.

—Lo más lejos que se puede ir al norte.

—Y Vardø no está tan lejos.

—No, no tanto.

Eso la reconforta, un poco.

—¿Qué hay allí?

—Ballenas. Hielo. Algunos samis cruzan el hielo en invierno hasta el verano y regresan cuando el mar se congela.

—¿Samis? ¿Se refiere a los lapones?

—No, me refiero a los samis —responde con firmeza.

—¿Los ha conocido? —Le pica la piel de las comisuras de los ojos.

—A algunos.

—¿Cómo son? ¿Son temibles y salvajes?

—No más que cualquier hombre.

Algo entre ellos cambia. Parece molesto, así que Ursa piensa en algo que decir para recuperar su confianza.

—¿Hay algo más allá de Spitsbergen?

El capitán inhala y se frota la nariz. El momento incómodo acaba. La pipa ya se ha apagado; vacía los restos quemados y la rellena. Por un segundo, se pregunta cómo sería estar casada con un hombre como ese, que le habla con facilidad y la agarra del brazo con gentileza. Golpea el pedernal y el tabaco se enciende en el hueco oscuro entre sus palmas.

—Los estudiosos dicen que hay una roca negra. Una montaña, tan alta como el cielo. De roca magnética, por eso las agujas de las brújulas señalan el norte. Otros creen que, cuanto más cerca estén del lugar, más los arrastrará el mar hacia allí. Que si cruzan el golfo, la corriente los arrastrará hasta la roca negra.

—¿Se estrellarían?

—Los tragaría. —Da una calada—. Creen que el mar se acaba antes y que cae como una cascada, hasta el fondo de la Tierra. Aunque yo no lo creo —añade, y lleva los hombros atrás—. Los samis nunca lo han mencionado y han llegado más lejos que ningún escandinavo.

—¿Qué cree usted que hay allí?

—Tal vez haya una roca negra. Tiene sentido que las brújulas apunten en esa dirección por una razón. Pero no creo que el mar se convierta en un río y caiga. Creo que fluye alrededor. —La cazoleta arde—. Lo cual ya es bastante aterrador.

Apaga la pipa, saca otra bolsa de otro bolsillo, la abre y se la ofrece.

—¿Anís?

—¿Qué es?

—Una semilla, de Asia. Es dulce. —Ursa extiende la mano y el capitán vuelca una pequeña semilla verdosa. Cuando la muerde, le sabe amarga y hace una mueca. El hombre se ríe—. Se supone que hay que chuparla. Mire.

Se lleva una a la boca y ahueca las mejillas. Ursa se da la vuelta para escupirse la semilla en la palma y la lanza por la borda. El capitán le da otra y la chupa, muy consciente de cómo le mira la boca.

—Esposa. —La palabra es brusca; la convoca—. Capitán, deberíamos prepararnos para la cena. —Su marido la espera con la mano extendida—. Ven.

No era consciente de lo cerca que estaba del capitán. Se aleja.

—Gracias por la compañía, capitán.

—Un placer, señora Cornet.

Cuando Absalom le toma la mano, el agarre es demasiado firme. En cuanto se alejan lo bastante como para que ya no los oigan, inclina la cabeza hacia ella.

—No hables en noruego con él en mi presencia. Un hombre debe entender lo que dice su esposa.

Le suelta la mano. Lo sigue a la mayor distancia que se atreve y se preparan en silencio para la cena.

Pronto se le pasa el mal humor. Cuando se han cambiado, le dice que está hermosa, con el pelo recién peinado y recogido. Le coloca la mano en la parte baja de la espalda de camino al camarote del capitán y se sienta cerca de ella en la mesa.

—Capitán, he pensado que me gustaría esforzarme más por aprender noruego. Ya le he oído masacrar mi idioma lo suficiente. Lo justo es que ahora lo intente yo con el suyo.

—Por supuesto —responde el capitán Leifsson con alegría—. Se lo comentaré al doctor Rivkin, creo que tiene experiencia en la enseñanza.

Ursa siente que le ponen una soga al cuello. Pronto, no tendrá donde esconderse, ni siquiera en su lengua materna. Se excusa temprano y los deja hablando a la luz de la lámpara. De nuevo, se siente muy sola.

11

Llegan a Trøndheim de noche. Su marido no ha regresado todavía del camarote del capitán y, aunque no quiera, le gustaría tenerlo a su lado, a él, a cualquiera, mientras escucha el bullicioso ruido del puerto.

Intenta dormir, pero, antes de que salga el sol, se da por vencida. La cámara de los hombres está vacía, los sacos de las hamacas cuelgan sueltos en la penumbra. Los faroles no están encendidos en el pasillo, pero el capitán la había llevado por un camino recto hasta la escalera. El terror de la oscuridad casi la obliga a dar media vuelta, pero oye la voz de Agnete en la cabeza, que la insta a seguir adelante.

Apoya las manos en las ásperas paredes de madera y comienza a abrirse camino hacia lo que debería ser la escotilla para llegar a cubierta. Los sonidos la guían y, pronto, alcanza la escalera. La trampilla está cerrada y la oscuridad es casi total, pero comienza a subir de todos modos. A mitad de camino, aparece una luz repentina y se produce un chasquido al abrirse la escotilla.

Un pie desnudo pisa el peldaño superior.

—Un momento —grita—. Voy a subir.

Una cara delgada mira hacia abajo: es el chico que vio ayer arreglando los aparejos.

—¡Disculpe, *fru!* —Se apresura a apartarse de la salida de la escalera y, cuando Ursa se impulsa hacia arriba, le tiende la mano. Agradecida por llevar guantes, la acepta.

—Gracias. —Se alisa las faldas—. ¿Has visto a mi marido? ¿El comisario Cornet?

—Ha bajado a tierra, *fru* Cornet.

—Señora Cornet —lo corrige y mira alrededor. Los faroles iluminan Trøndheim y unos hombres les acercan un cabrestante desde el puerto de piedra; el barco está listo para descargar. El puerto se curva a su alrededor. Desde allí, se parece a Bergen y se siente animada—. ¿Está el capitán Leifsson por aquí?

El chico niega con la cabeza.

—No, señora. También ha desembarcado.

—¿Sabes dónde ha ido? —Daba por hecho que uno de los dos estaría a bordo.

—No.

—Pues entonces yo también desembarcaré. ¿Puedes buscar a alguien que me acompañe?

El chico se despide con una inclinación de cabeza y se marcha corriendo. El cielo empieza a clarear y se ven las casas del puerto, pintadas como en Bergen.

El muchacho regresa.

—Hinsson me ha dicho que la acompañe, señora.

—¿No hay nadie más?

—Nadie de quien puedan prescindir.

Cecea ligeramente y se pregunta si es más joven que Agnete, que todavía tiene algunos dientes de leche.

—¿Conoces Trøndheim?

—No, señora Cornet.

—Está bien —repone Ursa, que resiste el impulso de suspirar—. ¿Vamos?

El chico toma la iniciativa por la estrecha pasarela, avanzando con los pies descalzos. Al menos, tendría que haberle pedido que se pusiera unos zapatos; el suelo debe de estar congelado.

Va tras él, mientras el barco se tambalea por la descarga. Los hombres que cruzan la pasarela se detienen para dejarla pasar, pero, en cuanto pisa la madera húmeda, un golpe de viento la empuja hacia un lado. Se aferra a la cuerda tan fuerte que le duelen las manos y recupera el equilibrio, pero le arranca las horquillas del pelo, que le azota la cara como una sábana de látigos.

Los dientes le castañetean mientras avanza hasta llegar al extremo del puerto. El suelo está tan quieto que tropieza y, por segunda vez esa mañana, una mano pequeña y sucia la sostiene.

—Cuidado, señora.

—¿Está bien? —Un hombre que se mantiene a una distancia respetuosa la mira con una mano a medio tender, como si estuviera a punto de ofrecerle su ayuda.

—Sí, gracias. —Consigue esbozar una débil sonrisa—. ¿Hay algún sitio donde comer algo por aquí?

El hombre señala una estrecha estructura de madera pintada de un amarillo poco uniforme. Un cartel oscuro con el dibujo de una campana se balancea ligeramente por el viento. Asiente con la cabeza y, siguiendo al chico, avanza con pasos vacilantes hasta la puerta. Junto a la entrada hay una alcantarilla abierta para evitar que se congele. Aparta la mirada mientras cruza el tablón y se abre camino hacia la posada.

Está casi llena a pesar de ser temprano, pero el chico les encuentra una mesita en el rincón más alejado del fuego. Hay algunas mujeres bien vestidas entre la multitud, acompañadas por sus maridos, y sabe que es inusual que esté allí sin Absalom. Pero está agotada de no haber pegado ojo, así que manda al chico al bar con una de las monedas de Agnete a por cerveza ligera y un plato de lo que tengan.

Regresa con el cambio y unas bolas de patata, que están calientes y sorprendentemente buenas, rellenas de carne muy salada. El chico se balancea inquieto cuando ella empieza a comer y Ursa tiene que tirar de él para sentarlo en el taburete a su lado y ponerle una bola en la sucia mano para que coma algo. Le sonríe y la mira tan sorprendido que se pregunta qué semblante ha tenido hasta ahora. En un esfuerzo por tranquilizarlo, le pregunta su nombre y le dice que se llama Casper.

—¿Cómo llegaste a trabajar a bordo?

Se encoge de hombros y mira la comida. Ursa empuja el plato hacia él. No le molesta el silencio.

Cuando se marchan, uno de los marineros le abre la puerta con una reverencia burlona y, aunque no se molesta en hacerle caso, se va con una sonrisa en la cara.

—Por cómo me miraban —le dice a Casper—, cabría pensar que nunca habían visto a una dama.

—Allí había damas —responde Casper—, pero no eran como usted.

—¿Como yo?

—De otra clase, señora.

Se acuerda del colorete de sus mejillas y de sus vestidos de colores brillantes. Cuando por fin lo entiende, se ruboriza y se pregunta si los marineros también la confundieron con una ramera y si esas mujeres al menos recibían algo por su vergüenza.

Pasean por una ciudad que empieza a despertar. Las calles son estrechas y las casas parecen inclinarse hacia los lados, como si conspirasen. No es tan elegante como Bergen, por supuesto, a pesar de ser una capital.

Encuentran un mercado en una gran plaza comercial y Ursa compra unas botas y una máscara ovalada para proteger la piel y, aunque protesta, un par de guantes para Casper.

—Te he visto arreglando las cuerdas. Así no se te congelarán los dedos.

También quiere ofrecerle unas botas, pero se niega a probárselas, lo que parece aliviar al zapatero.

—Es mejor que vaya descalzo mientras crezco, señora. Me quedarán pequeñas en un mes. Es lo que dice el sotapatrón Hinsson.

Cuando vuelven al barco, su marido la espera en lo alto de la pasarela. Le da un coscorrón suave a Casper en la cabeza y el chico se esfuma entre el bullicio del barco, que han vaciado de la madera casi por completo y ahora flota un poco más alto sobre el agua. Absalom se fija en los paquetes que lleva.

—Es el primer día en todo el viaje que podemos ir a una *kirke*. En la que se corona a vuestros reyes, si no me equivoco. ¿Y tú aprovechas la oportunidad para comprar cosas? —Señala con desprecio lo que carga en los brazos—. ¿Cómo has pagado todo eso?

—Mi hermana me dio algo de dinero.

—Un marido debe estar al tanto de las finanzas de su esposa —responde, y la mira con ojos oscuros—. Tu padre debería habértelo dicho. —Extiende la mano y, tras una pausa, Ursa se dispone a tomarla, pero él la aparta—. El dinero, esposa.

Más tarde, cuando Absalom ronque a su lado, se clavará las uñas en la carne blanda debajo de la oreja y se maldecirá por habérselo dado. Habría sido fácil mentir: «Lo siento, marido, me lo he gastado», pero no lo hace. Hay algo en él que la obliga a obedecer y que, al mismo tiempo, la repele. Lleva la mano al cinturón y saca las monedas de Agnete.

Su marido se da la vuelta y la guía por la escalera hasta el pasillo. Ursa se pregunta si, al haber ido a la *kirke* y siendo un día de descanso, se acostará con ella esa noche. Lo hace, y siente que intenta inculcarle algo, como si quisiera castigarla en lo más profundo de su ser.

A menudo se pregunta qué le diría a Agnete si estuviera allí. No sabe cómo expresar lo confusa que se siente, cómo su cuerpo se ha convertido en algo inhóspito y ha aprendido a manejar el silencio como un arma.

Vuelve a mostrarse distante con el capitán Leifsson, a pesar de que siempre ha sido amable con ella; incluso le dio una bolsa de anís. No se atreve a confiar a nadie sus pensamientos, aunque sean temerosos y limitados. Dentro de ella, están a salvo, en una caja cerrada más segura que la de madera de cerezo que le regaló su padre. Los necesita para sí misma, cada palabra.

No obstante, por fin tiene un lugar adonde ir. El día después de marcharse de Trøndheim, se abriga tanto como puede.

Se lleva una semilla de anís a la lengua, se calza las botas y, con la máscara bajo el brazo, abre la puerta del camarote. La trampilla está cerrada, así que llama hasta que la levantan y no acepta la mano que le ofrece ayuda. Busca a Casper, pero no está en cubierta, o al menos no lo distingue de los demás monos que trepan envueltos en mantas por los aparejos y despliegan las velas del *Petrsbolli* para llevarlos al norte.

Pasear por el barco sin el brazo del capitán Leifsson para estabilizarla resulta desconcertante, pero no tropieza como le ocurrió en la pasarela. Regresa a popa, justo detrás del mástil donde san Pedro extiende su mano implacable. Se acerca a la gruesa bobina de cuerda enrollada en una especie de asiento y, tras comprobar que no hay nadie cerca ni mirando, se sube.

Apoya los pies en otra bobina de cuerda y se sienta envuelta en el abrigo y con la máscara sobre la cara. Morder la cuenta de sujeción la reconforta como un dulce. Al mirar por las estrechas rejillas de los ojos, todo le parece más llevadero. Se pregunta si así se siente un caballo, cegado desde ambos lados y únicamente capaz de mirar al frente. El sotapatrón Hinsson maneja la caña del timón, pero no le presta atención. Mientras avanzan hacia el norte, lanza sus pensamientos hacia delante, hacia los confines del mundo.

12

El pequeño Erik va a cumplir once meses cuando el pastor Kurtsson recibe una segunda carta del *lensmann* que avisa de que el comisario ya ha partido de Escocia y que deben prepararle el segundo cobertizo como vivienda.

Para gran sorpresa de todas, el pastor acude a Kirsten en la reunión del miércoles y le pide ayuda.

—Dice que soy una presencia tranquilizadora —les cuenta Kirsten a Maren y a mamá cuando salen de la casa de *fru* Olufsdatter—. Me pregunto qué lo habrá poseído.

—Busca aliadas antes de que llegue el comisario —dice Maren.

—A Toril no le hará gracia —comenta Kirsten con una sonrisa.

—Toril es incapaz de disponer una casa. Y el pastor también —responde Maren—. En cambio, tú sí. Toril sabe que su adorado pastor Kurtsson no ha demostrado la misma firmeza que tú.

Kirsten se encoge de hombros ante el cumplido.

—Va a traer hombres de Kiberg para ayudar, pero el comisario pretende buscar esposa en Bergen, así que la mujer necesitará ciertas comodidades. Tenemos una asignación limitada y el *lensmann* Køning ha enviado madera. Tengo que sacrificar carne suficiente para que les dure todo el verano, y esperaba que cosieras algo con las pieles.

Maren la mira, sorprendida.

—Toril es la mejor para esa tarea —dice mamá.

—Tal vez —reconoce Kirsten—, pero su amargura se filtra a sus bonitos patrones, y preferiría darte el dinero a ti.

Deciden que Maren recogerá las pieles la semana siguiente y que salarán y ahumarán la carne en el cobertizo que construyó Dag.

—Perfecto —contesta Kirsten—. Entre las dos, convertiremos el cobertizo en un hogar digno de un comisario.

Le duele escuchar esas palabras, aunque, por supuesto, el cobertizo nunca perteneció a Maren. Fue un gesto de bondad que la madre de Dag les permitiera velar a sus muertos allí. No tiene derecho a reclamarlo y, sin embargo, pasa por delante siempre que puede, toca las runas grabadas en el marco de la puerta y las tallas que *herr* Bjørn hizo debajo. Recorre su circunferencia las noches lúgubres en las que no puede dormir debido al llanto de Erik o de su madre, o cuando el silencio de Diinna es demasiado acusatorio. Ahora, lo ha perdido de verdad.

—¿Qué hay de la pesca? —pregunta.

La preocupación cruza el rostro curtido de Kirsten.

—Nada de pescar, por ahora. Esperaremos a que todo se resuelva.

Maren asiente y contiene un suspiro de decepción.

—Vendré a por las pieles la semana que viene.

Kirsten se despide y se marcha a casa.

—Hemos olvidado nuestro lugar en el mundo —comenta mamá mientras caminan en dirección contraria—. Kirsten Sørensdatter debe tener cuidado. Se cree que es nuestra *lensmann,* se le nota la misma arrogancia.

—Lo ha sido, en cierto modo —responde Maren, cuando pasan por delante del segundo cobertizo—. Nos mantuvo con vida. Es mejor *lensmann* que el que pronto se instalará en Vardøhus.

—¿*Lensmann* de qué? Un pueblo de mujeres. A ese hombre no le importamos más que una pirámide de cartas. Nos ha permitido llegar más alto de lo que esperábamos y ahora tal vez decida derribarlo todo.

Es la frase más larga que ha pronunciado en semanas. Su dolor es interminable y, a veces, a Maren le dan ganas de sacudirla para despertarla de sus lágrimas. En las largas noches de invierno, que, por suerte, ya han pasado, cuando mamá se aferraba a su costado como un niño a su madre, Maren anhelaba quitarse sus manos de encima y dejarlas colgando por el borde de la cama. La frustración se combina con el dolor porque no parece darse cuenta de que Maren ha perdido tanto como ella, además de un posible marido y, con él, un hogar propio.

Maren da las gracias porque su madre haya recuperado su voz, pero cree que se preocupa sin motivo. Nadie se enterará de sus incursiones en el mar y, de hacerlo, ¿quién iba a reprocharles que intenten alimentarse? La llegada prevista del comisario marca un cambio, una especie de inversión en la aldea. Después de todo, no las han olvidado; ya sea para bien o para mal, pronto lo verán.

Diinna está fuera, puliendo las tablas de los escalones con una piedra plana. El pequeño Erik llora dentro y Maren siente una punzada de alarma.

—Está llorando —dice mamá, que se lanza hacia delante.

—Se ha clavado una astilla —responde Diinna—. Ya se la he quitado.

—Pero todavía le duele —replica mamá—. Deberías calmarlo.

—Estoy puliendo los escalones para que no vuelva a pasar.

Diinna no levanta la vista ni una vez. Se inclina sobre la piedra, concentrada en lo que hace.

Mamá farfulla algo que Maren no llega a entender y pasa a propósito por encima de Diinna; está a punto de pisarle la mano. La tensión entre ellas tiene la misma estabilidad que un remo en su escálamo y no le falta mucho para perder el equilibrio. Es el turno de Maren de hacer de puente entre las dos y está al borde de perder la paciencia con ambas.

Se siente peor por el pequeño Erik, que no ha conseguido aliviar ninguna de las heridas no expresadas. Mientras Toril se mueve con su hijo apoyado sobre la cadera con facilidad, como si fuera una cesta hecha a medida, Erik parece una carga o un peso muerto para el enjuto cuerpo de Diinna. No lo llama Erik, como mamá insistió, sino Eret, la forma sami.

Hay algo antinatural en la manera en que actúa con el niño. Maren cree que lo mira con la atención vigilante de un lobo: lo considera sangre de su sangre, pero también una amenaza. Como si le robase algo que no quiere darle; de su pecho, de sus brazos, cuando le tira del pelo. Nunca le grita, pero lo observa. No hay crueldad, pero apenas hay amor, excepto en los momentos tranquilos de la noche, cuando, a través de la pared, la oye cantarle, siempre la misma canción.

—¿Qué es esa nana? —le preguntó una vez.

—Su *joik*. —Diinna entrecerró los ojos—. No es una nana. Es su canción, la que compuse para él.

—¿Tú también tienes una?

—Todos la tenemos.

—¿Yo también?

—No.

No añade nada más y Maren tiene que consolarse y contarse excusas: «No soy sami, eso es todo». Sin embargo, el constante rechazo de Diinna de su conexión familiar le duele, pues creía que su vínculo era más fuerte y que sería capaz de sobrevivir sin su hermano. Se ha equivocado en tantas cosas que cada día siente que tiene que replantearse su vida. De vez en cuando, Diinna se ata a su hijo a la espalda con una piel de reno y se marcha a caminar. Sigue el camino hacia el cabo y, en ocasiones, incluso toma un bote hasta el monte. Luego, regresa acompañada del aroma a brezo y al aire limpio y frío que solo se consigue allí.

Maren ama al niño con una fiereza casi violenta, aunque le preocupa que le pase algo malo, que le hicieran daño al nacer. No sonríe, ni gime, ni tira cosas con ira o frustración. Cuando Diinna lo deja con mamá y Maren, se sienta en la esquina de la casa que han cubierto con mantas y pieles y observa en silencio.

Erik habría adorado a su hijo. Maren permite que todo el dolor de lo que podría haber sido la alcance a veces, cuando ve al bebé soplar burbujas de baba con su boquita rosada o le levanta los bracitos para que lo aúpe.

—¿Era una astilla grande? —pregunta a Diinna mientras esta trabaja en el escalón. Erik ya ha dejado de llorar, así que es probable que lo hiciera más por la atención que por el dolor.

Diinna niega con la cabeza.

—No, solo se ha hecho un rasguño.

—Hemos estado en casa de *fru* Olufsdatter —dice Maren.

—Lo sé. Es miércoles.

—Kirsten nos ha dicho que un comisario vendrá a vivir a Vardø. El *lensmann* que se va a instalar en Vardøhus lo ha enviado.

Diinna continúa trabajando con la piedra y el ruido contrasta con su silencio. El escalón se comba por la fuerza.

—Vivirá en el segundo cobertizo. Acaba de casarse.

Diinna por fin se incorpora. Está en cuclillas y lleva unas faldas largas, lo que le da una apariencia casi decente; aun así, Maren desearía que no hiciera cosas que le diesen a Magda y a Toril motivos para chismorrear. Le responde con la franqueza con la que han hablado desde la infancia.

—¿En vuestra casa?

Maren nota un cálido cosquilleo de gratitud al pensar que, tal vez, Diinna entiende lo duro que es, pero la mujer asiente con brío y se pone en pie.

—Tiene sentido. Es un buen sitio. Será un buen hogar.

Lleva el pelo suelto y le cae sobre la cara. Se agacha para dar un último repaso al escalón y Maren se queda mirando boquiabierta mientras recoge la piedra y se vuelve para entrar. No sigue a mamá; entra por su propia puerta y deja que su madre se ocupe del bebé.

Maren no quiere entrar. Por un momento, creyó que Diinna le preguntaría cómo se sentía. Que quizá hablarían como lo hacían cuando se casó con Erik, como hermanas.

Se queda en la escalera pulida un buen rato y deja que la herida le sangre en el pecho. No entra hasta que el frío la entumece y ya no siente nada en absoluto.

Como prometió, Maren acude a la granja de Mads Petersson ocho días después. Todavía piensa en ella de ese modo, a pesar de que hace casi un año y medio que Kirsten se mudó. Sabe que es el momento de ir a por las pieles, pues la noche anterior el viento soplaba con fuerza desde el este y oyó los chillidos de pánico de los renos mientras Kirsten escogía los que iban a ser sacrificados. Tarareó para ahogar el ruido, pero Diinna salió con Erik y se quedó en las escaleras mientras los gritos golpeaban las ventanas como piedras.

Sigue la ruta más rápida, por el centro del pueblo. El clima cálido ha sacado a las mujeres a la calle, que se sientan en taburetes, cubiertas con chales. Dejan de hablar cuando pasa. Toril frunce la nariz al verla y clava la aguja en la funda de almohada que está zurciendo. Conque le ha llegado la noticia de que Kirsten acudió a Maren para coser las pieles. Se deleita en dedicarle una amplia sonrisa.

La granja Petersson está encaramada en el extremo opuesto del pueblo desde la casa de Maren y limita con una mezcla de campos sembrados y matorrales que se extienden hasta el mar. Ve a los renos pastar en la ladera antes que la casa; sus pieles blancas y grises se distinguen mejor ahora que el suelo se torna verde y el brezo empieza a crecer. También le llega el olor, húmedo y acre, que sigue el mismo camino de viento que los gritos de sus compañeros asesinados la noche anterior.

La casa está alejada del pueblo y la puerta principal y las ventanas apuntan al mar. No sabe cómo Kirsten lo soporta. Cuando se acerca para llamar a la puerta, da la espalda al islote de Hornøya, con sus cientos de pájaros chillones y sus farallones. Mads Petersson debió de tener una vista privilegiada de la ballena.

Cuando Kirsten responde, tiene las mejillas sonrojadas y huele a sangre. Con las uñas teñidas de rojo, le indica a Maren que pase con un gesto.

—Ya casi termino. He matado a seis, así que hay bastante para la cama y el suelo.

La habitación es luminosa y está desordenada. Es casi tan grande como el segundo cobertizo. Hay animales de caza colgados del techo: conejos despellejados y pálidos como bebés desnudos. Hay una puerta lateral abierta por la que se ve a la manada pastando en el campo y, algo más cerca, el caos púrpura y amarillo de los renos despellejados, a la espera de que los cuelguen. Maren recuerda a los zorros del cabo, pero no ve ningún indicio de que haya muñecos como los que tiene *fru* Olufsdatter.

Lo que sí ve es a Kirsten, ataviada con unos pantalones. Se detiene justo al cruzar la puerta y los mira fijamente.

—¿Qué? —Kirsten se mira—. Venga ya, Maren. No te irás a desmayar, ¿verdad?

—Claro que no —responde. Al fin y al cabo, ha visto a mujeres sami con pantalones. Diinna los llevó durante toda su infancia. Sin embargo, la imagen de Kirsten con las piernas separadas como un hombre la turba.

—Son de Petersson —explica, y tira de Maren para cerrar la puerta—. No creo que le importara.

—Deberías tener cuidado —advierte Maren—. ¿Y si no hubiera sido yo quien ha llamado a la puerta? ¿Y si hubiera sido Toril o el pastor Kurtsson?

—Estoy segura de que se habrían desmayado —dice con un tono despreocupado—. No pasa nada, Maren. ¿Quieres cerveza? También tengo queso. Lo preparé el mes pasado.

Maren asiente y se lleva la comida para ver a Kirsten terminar de despellejar los animales. Hilos amarillentos de grasa siguen pegados a la parte inferior y lisa de la piel, y Kirsten la arranca con un cuchillo para desollar focas.

—No hay tiempo para curtirla.

Ni siquiera presta atención a lo que hace. Tiene la vista fija en el mar. Su perfil es firme, como el de un halcón. Tiene la edad de mamá, pero su piel está curtida como la de un hombre. La hace parecer más vieja y atemporal a la vez. La vida en la granja le sienta bien. Maren prueba la cerveza; está buena, sin el regusto amargo de las que hacía papá.

Por las habladurías, sabe que ha perdido a cuatro hijos, a los que dio a luz por su cuenta antes de que se formasen por completo. Aun así, le cuesta imaginarla como a una madre. Tampoco es exactamente una amiga. Siente por ella lo que tiempo atrás sintió por su anterior pastor, Gursson, que se hundió en el barco con su padre y su hermano. Tenía la misma energía tranquila, la misma entereza. También tenía los ojos azules, unos ojos que Maren no soportaba mirar durante mucho tiempo sin sonrojarse. Si Kirsten fuera un hombre, sería más que una líder no oficial del pueblo; un pastor o un hombre de la ley, tal vez incluso un comisario.

—He vuelto a hablar con el pastor Kurtsson —comenta Kirsten, y Maren arquea las cejas—. Lo sé. Me hizo quedarme tras el servicio. Toril nos rondaba como un halcón. Creo que tenías razón y busca aliados. Me parece que espera algún tipo de enfrentamiento con el comisario.

—¿Lo respaldarás?

Kirsten resopla.

—Me respaldaré a mí misma. Y a ti. Aunque tengo la sensación de que el comisario será un hombre más fuerte que Kurtsson. Es escocés, como el *lensmann* Køning. Y su esposa es la hija de un armador de Bergen.

Maren arquea más las cejas y Kirsten suelta una risita gutural mientras imita la expresión de Maren y arranca otro trozo de grasa con un desgarro.

—Lo sé. Las hijas de armadores no abundan en Finnmark, ¿verdad? Tienden a quedarse en Tromsø o en Alta, como mucho.

—Me pregunto qué le habrá prometido el *lensmann* para conseguir que una dama abandone la vida de la ciudad.

—Quizá su marido sea muy guapo. —Kirsten la mira con ironía. Tiene la barbilla salpicada de sangre—. ¿Crees que es una lástima que venga acompañado de una esposa?

Maren frunce el ceño.

—¿A qué te refieres?

—Tal vez habría elegido a una de las muchachas de aquí.

Maren se sonroja y se frota las mejillas, como si así pudiera deshacerse del rubor.

—De haber sido así, dudo que me hubiera considerado.

—A Dag Bjørnsson le gustabas bastante —responde Kirsten con amabilidad.

—Sí. —Maren traga saliva—. Pero la mayoría de los hombres preferirían a una dama de ciudad.

—Eres una buena mujer, Maren. Lo bastante buena para cualquiera.

No se atreve a mirarla a los ojos y se ruboriza más.

—¿Es un marinero, como el *lensmann?*

—Es un hombre de Dios.

—¿Es pastor? —Maren se muerde los carrillos—. No me extraña que Kurtsson esté preocupado.

Kirsten clava la hoja del cuchillo en el suelo y sumerge las manos en un cubo que tiene al lado, con el agua ya teñida por la sangre.

—No está ordenado, pero lleva a cabo la obra de Dios.

—¿Un hombre de Dios que puede casarse? Toril estará encantada. Su esposa debería tener cuidado.

Kirsten resopla y se levanta para estirarse, con los brazos alzados al cielo.

—Llegarán en una semana. Sin embargo, la presencia del *lensmann* ya se ha notado en Varanger y Alta. También en Kirkenes. Ha habido arrestos.

—¿Arrestos?

—Por brujería —añade Kirsten con un tono sombrío—. A samis.

A Maren se le acelera el corazón al pensar en Diinna.

—¿Por qué?

—Por tejer el viento y tocar tambores.

Maren traga saliva.

—Los marineros necesitan tejer el viento.

—¿Y qué hay de los tambores? —Kirsten recoge las pieles y las amontona una sobre otra—. No te preocupes. Estaré atenta al tiempo.

—Toril tiene la lengua suelta —dice Maren—. Quizá debería…

—No le pidas nada —la interrumpe Kirsten, con las pieles en brazos—. Es imposible razonar con una mujer así. Ya pasará. El *lensmann* solo quiere hacer una demostración de poder. Aun así, todas deberíamos andarnos con ojo.

—Sobre todo tú —advierte Maren, y le mira los pantalones.

Kirsten no responde y Maren extiende las manos para recibir las pieles. En vez de eso, le limpia la mancha de sangre de la barbilla a Kirsten con los dedos. La acción las sorprende a las dos por igual y Maren no se atreve a mirar a los ojos a su amiga cuando le entrega las pieles. Son pesadas y desprenden el olor acre a carne cruda y al dulce aire del verano que se aproxima.

—Es una pena que no tengamos tiempo de curtirlas. —Algo gotea y le cae en los pies—. Solo podré rasparlas.

—Con eso bastará.

Kirsten la acompaña hasta el lateral de la casa. El mar brilla sobre las rocas amontonadas. Quiere preguntarle si tiene miedo, si la ballena la visita por las noches. Sin embargo, cuando mira a Kirsten, con las manos en los bolsillos del pantalón, supone que duerme tan profundamente como el pequeño Erik.

—No deberías dejarte ver mucho —dice.

Kirsten se ríe y le coloca tras la oreja un mechón de pelo que el viento le ha soltado.

—Y tú no deberías preocuparte tanto.

Maren siente la mirada de Kirsten mientras camina de vuelta a casa, cargada con las pieles. Manchas rojas y brillantes salpican el suelo y marcan el camino como si fueran hitos.

13

Ahora que Ursa ha encontrado un rincón para ella en cubierta, le resulta más fácil soportar lo que ocurre debajo. Nunca habría imaginado que sería una persona que prefiere estar al aire libre; antes estaba segura de que la habían criado para vivir en un salón. No obstante, aunque la popa solo es una jaula más grande que el camarote, el aire que la azota es libre y claro. Allí resulta fácil imaginar que todo es posible.

El sol sube cada vez más en el cielo y, en la piel alrededor de los ojos que la máscara no cubre, en ocasiones siente su calor, como el aliento fatigoso de Agnete por la noche. Se pregunta si Absalom saborea la sal marina en su piel o si nota el anillo de piel enrojecida que tiene en las muñecas y que ni el abrigo ni los guantes alcanzan a ocultar.

El *Petrsbolli* navega cerca de la orilla, de manera que, en los días claros, la tierra se deja ver. En el horizonte, las suaves llanuras de Trøndheim dan paso a un nudo de montañas que se elevan escarpadas como olas en la orilla. Cuando se adentran en la órbita del círculo polar ártico, el paisaje cambia ligeramente. Los árboles se inclinan en las gargantas de los fiordos, todavía lo bastante gruesos como para que Ursa imagine formas y caras de troles en sus cortezas, y la nieve se asienta en las coronas de las montañas. Observa cómo las islas, salientes de tierra desafiantes, se deslizan. Cuando viran hacia el este, ve un iceberg por primera vez, una enorme mole blanca tan brillante que se vuelve azul y verde, tan grande como su casa, en Bergen, y que emerge impenetrable como la roca a través del agua. El capitán Leifsson ordena dar un amplio rodeo y le explica que lo más peligroso es lo que se oculta bajo el agua. Se imagina que la acecha hasta Vardø.

Tras detenerse en varios puertos pequeños, arriban a Tromsø. Ursa no desembarca, pero observa desde su rincón en cubierta cómo se acercan al puerto en un torbellino de viento y espuma de mar. La ciudad se erige en una pequeña isla rocosa que parece lanzarse contra el agua tanto como las olas contra ella, gris sobre gris. Se quedan el tiempo suficiente para que su marido rece en la pequeña *kirke* y para subir a bordo suministros frescos para el último tramo de la travesía hasta Vardø.

En el último momento, ve a Casper cruzar la pasarela antes de que la quiten. Camina algo encorvado, cargado con un bulto, y sigue sin zapatos. Ursa se quita la máscara, se inclina por la borda y lo llama, pero el muchacho ya se ha dado la vuelta y se ha marchado. Siente algo cercano al pánico, un pinchazo caliente en las costillas. Se acerca al sotapatrón y le da un golpe en el hombro nada femenino.

—*Herr* Hinsson, Casper se ha quedado atrás.

El hombre se vuelve y la mira con indiferencia.

—¿Señora Cornet?

—Casper. El chico que arregla los aparejos.

—Lo siento, señora Cornet, no sé a qué chico se refiere.

Ursa señala el lugar donde suele estar.

—Se sienta allí.

—Dejamos que los chicos vayan y vengan según donde haya trabajo para ellos. Después de este viaje, iremos a Spitsbergen y algunos no están hechos para la caza de ballenas.

—No sabía que este era un barco ballenero.

Cambia el peso de un pie al otro.

—Hacemos lo que sea rentable. En Bergen sobra el bacalao, así que su padre quiere algo más demandado.

Hay algo en su tono que no le gusta, pero lo deja pasar.

—¿El chico no quería cazar ballenas?

—O no estaba preparado. Quizá no era lo bastante fuerte, quién sabe.

El sotapatrón se vuelve para mirar hacia la cubierta y Ursa se da cuenta de que la tripulación ya está preparada, a la espera de que Hinsson ocupe su puesto en la caña del timón.

—Pero no… —Deja que la frase se apague. Es poco probable que a Hinsson le importe. Desde luego, no sabe por qué a ella la inquieta tanto. La cara desconcertada de Casper, sus pies desnudos y sucios arrastrándose por el puerto… Cuando el hombre se aleja y da por terminada la conversación, Ursa vuelve a mirar a tierra firme. Es como si el chico nunca hubiera estado allí.

Siente no haberse despedido más de lo que puede explicar, aunque no hayan hablado desde el día que pasaron en Trøndheim. De algún modo, la reconfortaba imaginar que se quedaría en Vardø con ella y que sería una especie de criado. Pensaba pedírselo a Absalom o, al menos, sugerirle la idea. Era un pensamiento al que no le había dado muchas vueltas.

Ahora se alejan del puerto. Siente el balanceo del barco mientras los hombres vuelven a sus puestos, ya centrados en el mar. Pronto estarán en Vardø y será ella la que se quede atrás.

Unos días antes de llegar al puerto de Vardø, le duele el estómago.

El malestar se extiende por la espalda y le sube hasta la cabeza; le presiona las sienes y la parte posterior de los muslos. Siente una presión por todo el cuerpo y el sudor se le enfría en el labio superior y bajo los brazos. Busca al capitán y desea que Casper siguiera a bordo. Piensa en llamar al sotapatrón Hinsson, pero algo la detiene; un instinto oscuro y animal le dice que no debe decirle a nadie que no se encuentra bien.

Se baja de las cuerdas y un espasmo le recorre la espalda. Se muerde el labio. ¿La han envenenado? Se endereza con la respiración agitada; respira hondo cuando el dolor aumenta de repente una vez más y le azota la parte inferior del cuerpo como una ola al rojo vivo.

En esta ocasión, sabe que no debe moverse antes de que el dolor remita. En cuanto puede, avanza despacio por la cubierta. Aprieta la cuenta de la máscara entre los dientes para que nadie advierta el sudor que le empapa la cara y los ojos anegados en lágrimas.

La escalera para bajar bien podría ser una montaña. Cuenta sin aliento de diez a uno, una y otra vez, hasta que siente las tablas del suelo bajo los pies. Cierra los ojos y avanza a trompicones por el pasillo, concentrada en soportar el dolor cuando la asalta y en seguir respirando.

Ahora está menos confusa, pues ha encontrado el origen de su sufrimiento al trazar un mapa por su cuerpo. Se parece un poco a los dolores que padece cada mes, pero multiplicados por diez. Comienza en el espacio que su marido ha abierto dentro de ella y envía oleadas que primero bajan por las piernas y las lumbares y, luego, le suben hasta la cabeza. Es como si tuviera algo dentro que intenta salir. Se pregunta si Absalom ha desgarrado algo vital dentro de ella o si los experimentos culinarios del cocinero del barco la han matado por fin.

Tantea la cerradura del camarote, con los dedos sudorosos y entumecidos por el frío. Cierra la puerta con llave y se arrastra hasta el orinal. No se ha vaciado ese día y, en el fondo, hay un estanque amarillo. El dolor se desvanece y ondula, como el agua que se asienta.

Al fin, parpadea y ve con claridad de nuevo. Está acurrucada entre la cama y la pared, con las rodillas apoyadas en la estructura de madera y la columna pegada a la fina división. Se pregunta si habrá hecho ruido, pero no lo recuerda. Sus faldas esconden el orinal y no mira mientras se limpia con cuidado.

Cubre el orinal con el trapo, que se hunde un poco y se empapa de rojo. Aguanta la respiración y lo levanta para mirar. Debajo del trapo hay una ligera mancha. Recuerda bien los padecimientos de su madre, así que sabe lo que es.

Debería volver a taparlo y descorrer el cerrojo de la puerta. La cámara estará casi vacía; podría ir hasta la trampilla y vaciarlo. El contenido apenas teñiría el agua al caer.

Pero no se siente capaz de asirlo, ni siquiera de tocarlo, así que lo deja en el rincón oscuro de la habitación, junto al cofre, y se acuesta en el catre completamente vestida. El sueño le llega entrecortado, como si fueran olas.

Cuando despierta, oye ronquidos a través de la fina pared y su marido duerme a su lado. Se incorpora con pánico, y, con cuidado de no despertarlo, se acerca al rincón. El orinal está vacío. Se le acelera el corazón. Absalom debe de haberlo limpiado y la ha dejado dormir.

Siente el pecho en carne viva y lo presiona con una mano. Se desliza de nuevo en la cama y se acerca un poco más al cálido bulto que duerme junto a ella. Su marido se da la vuelta y le pasa un brazo por debajo, recogiéndola como una vela estibada.

LA LLEGADA

14

Llegan justo antes que la lluvia. Mamá va a buscar a Maren para ver la llegada y, acompañadas por Diinna y el pequeño Erik, se acercan al extremo del puerto, junto a la casa de Magda, para contemplar el barco que se aproxima. Tras la nave, se forma un gran banco de nubes, que ya se traga el horizonte entre cúmulos grises cargados de aguanieve.

El hijo de Magda patalea, aplaude y grita:

—Mirad cómo azota a los balleneros, les está dando bien.

—Sin pensar que en una hora los azotará a ellos por igual.

—No van a entrar —dice mamá. Incluso en la distancia, el barco es desmesuradamente grande y el istmo del puerto encoge a medida que se acerca.

Maren no se esfuerza en responder y se limita a mirar el enorme banco de nubes. La última vez que todas miraron el mar así, se tragó a cuarenta hombres. Aprieta los dientes.

El viento se levanta y el barco echa el ancla fuera de la estrecha boca del puerto. El pastor Kurtsson sale a zancadas de la *kirke,* con un sombrero oscuro aferrado a la cabeza. Parece un muñeco, como uno de los que tiene *fru* Olufsdatter. Maren se imagina que el viento le infla las ropas y se lo lleva volando hasta el mar. Ha salido a la intemperie demasiado pronto y ahora espera incómodo a un lado del puerto. El barco no se mueve durante un buen rato y mamá empieza a temblar.

—Deberías volver dentro —dice Maren, pero no se mueve para llevarla a casa.

Es vergonzoso, pero ya apenas soporta tocar a su madre. La forma en que luce su dolor es indecente y a Maren le preocupa que, si la toca, se le filtre en la piel. Quiere estar lejos de casa o tenerla para ella sola. Si no fuera por el pequeño Erik, es posible que ya lo hubiera hecho y se hubiera marchado a vivir con Kirsten. Ver el segundo cobertizo convertido en un hogar lo bastante bueno para un comisario y su esposa ha sido como una burla cruel.

Por fin, hay movimiento en cubierta. Unas figuras oscuras se recortan contra el cielo gris y, luego, incongruente como el sol invernal, un estallido de amarillo brillante aparece desde algún punto bajo la cubierta. Es un color que Maren no ha visto antes y no le quita los ojos de encima, expectante.

Cinco de las figuras, incluida la amarilla, bajan despacio a un bote de remos. La espuma blanca reluce cuando el bote se asienta sobre las olas. La figura amarilla se sacude, como si estuviera a punto de caerse.

—Casi —dice Diinna. Erik dormita apoyado en su hombro y le da palmaditas irregulares en la espalda.

En el puerto, el pastor Kurtsson zapatea y se sopla las manos. Siempre les dice que el amor de Dios es el único calor necesario para soportar el frío y Maren siente cierta satisfacción al verlo temblar. Kirsten se une a él en el muelle y le da un abrigo. El hombre lo acepta con reticencia y se lo pone.

En el bote, dos han cogido los remos y avanzan hacia la orilla. La figura amarilla va sentada en la popa. El viento le azota el pelo sobre la cara y, a medida que el bote se acerca, es evidente que es la nueva esposa de Bergen. Su vestimenta es absurda, sobre todo teniendo en cuenta el mal tiempo.

El hombre que va a su lado y la sujeta debe de ser su marido, el comisario. Es robusto, está erguido y se vuelve ligeramente hacia ella. Entre los remeros se sienta otro hombre de espaldas anchas, con la vista puesta en el mar. Cuando el bote se acerca al muelle y el pastor Kurtsson levanta una mano en señal de saludo, se gira, pero no devuelve el gesto.

Los remos suben como astas de banderas y es Kirsten quien agarra la cuerda y la anuda en el amarradero.

Mamá se muerde los carrillos.

—Debería tener cuidado.

Por una vez, Maren está de acuerdo. Todas saben que las cosas tendrán que cambiar, incluso Kirsten, ahora que Vardøhus las vigilará. Deberán respetarse las jerarquías habituales; habituales para el mundo, no para Vardø. El pánico se apodera del corazón de Maren cuando teme que Kirsten ofrezca la mano a los pasajeros para bajar del bote, pero la mujer retrocede y permite al pastor Kurtsson avanzar, que se engrandece dentro del abrigo prestado.

El hombre de espaldas anchas se baja con paso firme y el bote se balancea tras él. La mujer se agarra a los lados de madera. Maren está demasiado lejos para verle la cara con claridad, pero tiene unos rasgos uniformes y la mitad inferior de la cara oscurecida por una barba negra. El acompañante de la mujer se baja después y da la mano al pastor Kurtsson antes de volverse para ayudarla. Ella niega con la cabeza y dice algo.

—Ya quiere irse —comenta Diinna con sequedad—. Hay un largo camino de vuelta a Bergen.

El pastor Kurtsson hace señas a Kirsten para que se adelante. Esta inclina la cabeza para escuchar y, luego, mira de repente hacia las casas. Cruza la mirada con Maren y, aunque Toril está más cerca, echa a andar hacia ellas.

—¿Qué has hecho? —espeta mamá, pero Maren da dos pasos hacia Kirsten.

—Un abrigo —responde, levantando la voz sobre el viento.

No tiene sentido que Maren vaya, ya que su casa es la más alejada del puerto, pero Kirsten la mira directamente, así que se abre paso entre las mujeres reunidas y corre hasta la casa, con el viento en la espalda. Toma un abrigo de invierno del gancho, forrado con el pelo de conejos cazados en el continente, lo saca y cierra la puerta tras ella. Corre contra el viento y vuelve adonde estaba. Su madre se sobresalta.

Kirsten está algo más lejos y mamá la mira con evidente aversión. Maren se dobla el abrigo en el brazo y se aparta de las mujeres. Las faldas estrechas le golpean los tobillos.

—¿Qué le pasa? —pregunta cuando llega al lado de Kirsten, que se da la vuelta y echa a andar otra vez hacia el puerto.

—Le preocupa que se le levanten las faldas —contesta con diversión—. La verdad, no la culpo.

La mujer del bote se vuelve de pronto hacia ellas y, aunque es imposible, Maren teme que las haya oído. Tiene la cara regordeta, unos ojos grandes de color marrón claro y el pelo muy rubio, agitado por el viento. Parece insustancial, como si fuera a empezar a desvanecerse por los bordes y convertirse en espuma de mar, y, al mismo tiempo, también es una figura demasiado grande y estridente con ese vestido amarillo.

—Aquí tiene un abrigo, *fru* Cornet —dice el pastor Kurtsson. Se lo quita de las manos a Maren y se lo ofrece a la mujer—. No es tan elegante como las prendas a las que está acostumbrada…

—Pero está lo bastante limpio —lo interrumpe Kirsten, y a Maren le arden las mejillas cuando el hombre de espaldas anchas las mira. De cerca resulta imponente, tan oscuro como pálida es la mujer. No teme ocupar espacio, igual que Kirsten. Se encoge un poco y agacha los hombros ante su escrutinio.

—Mi esposa no está acostumbrada al frío —responde en noruego con un acento muy marcado—. Y deberán dirigirse a ella como señora Cornet.

¿Él es su marido? ¿Por qué no iba sentado junto a ella ni le ha ofrecido la mano para ayudarla? A la mujer le tiemblan los labios, algo entreabiertos, como si quisiera decirle algo, pero después mira detrás del pastor Kurtsson, a Maren.

—Gracias —dice con voz firme y la suave línea de su mandíbula se cuadra de pronto cuando un músculo le tiembla en la mejilla.

Extiende los brazos para tomar el abrigo y el hombre que Maren creyó que era su marido, pero que ahora comprende que es lo bastante mayor como para ser su padre, les indica por señas a Kirsten y Maren que se acerquen.

—Vengan, por favor.

Se acercan al bote, que se mece en el agua, y el hombre hace un gesto a los remeros, que obedecen de inmediato, por lo que Maren sospecha que debe de ocupar una elevada posición en lo alto de la cadena de mando. Es posible que sea el capitán. Bajan la mirada, con los hombros todavía hinchados por el esfuerzo de remar. A la vuelta, tendrán que enfrentarse al viento.

—Dele el abrigo —le dice el capitán al pastor.

Maren lo recupera de los brazos de Kurtsson. Las mejillas de la mujer se tiñen de rosa cuando acepta el brazo del capitán para estabilizarse en el bote y, con la otra mano aferrada con firmeza a las faldas, se pone en pie con rapidez. Kirsten se mueve para esconderla de la vista cuando las faldas se arremolinan a su alrededor a causa del viento. Tiene los nudillos blancos de agarrarse al brazo del hombre y los labios apretados.

Está avergonzada y Maren siente vergüenza por ella. Nunca ha visto tanta tela. Le cuesta meter la temblorosa figura de la mujer en las mangas del abrigo, endurecido por el forro de piel. La señora Cornet es más bajita y más regordeta que Maren y el abrigo le queda rígido, con los brazos en ángulo y la espalda tensa. En ese momento, aunque tiene un cuerpo de mujer y la forma del vestido le marca la figura, la mirada confusa de sus ojos pálidos la hace parecer una niña. Cuando la ayuda con los botones, el vestido se mantiene firme sobre sus rodillas y, por fin, sale del bote.

—Gracias —repite, y su cálido aliento acaricia la mejilla de Maren. Tiene algo dulce e inesperado que le hace sentir un cosquilleo en la boca.

Maren asiente, sin separar los labios ni mostrar los dientes. Incluso a bordo de un barco, esa mujer se ha cuidado mejor que todas las mujeres de Vardø y se ruboriza al pensar en el aspecto que debe de tener ella misma. Hace un momento, sentía pena por ella y, ahora, se siente avergonzada por vestir sus faldas desgastadas y el abrigo de papá, que ha perdido su olor tras las salidas al mar de los últimos meses.

El marido de la mujer ha observado toda la escena sin inmutarse. Cuando su esposa llega por fin al muelle, se dirige al pastor Kurtsson, aunque sus ojos no lo miran, sino que revisan las casas que rodean el puerto.

—¿Es usted el pastor? —Maren no tiene claro si la brusquedad con la que se expresa se debe solo a la falta de confianza con el idioma.

—Así es, comisario Cornet. Bienvenido a…

—Gracias por el viaje, capitán.

Ofrece la mano al hombre más bajo, al brazo del cual sigue aferrada la mujer.

—No hay de qué, señor Cornet. Ha sido un placer.

Asiente y vuelve a dirigirse al pastor.

—¿Es esa la *kirke?*

—Sí. Permítame que…

Pero el hombre no le deja terminar antes de darse la vuelta y echar a andar hacia allí. El abrigo largo y oscuro aletea a su paso como una bandada de cuervos. El pastor Kurtsson vacila un segundo y Maren juraría que se balancea nervioso como un niño. Aunque no es uno de los suyos, no de verdad, vuelve a sentir una punzada de vergüenza.

—Vaya —le dice Kirsten al pastor—. Ya acompañaremos nosotras a la señora Cornet a su casa.

El pastor Kurtsson se yergue y trata de recuperar el control de la situación.

—Sí. Le mostraré la *kirke* al comisario. Encargaos del equipaje.

Sigue al comisario, sin darse cuenta del todo de lo que acaba de decir, sospecha Maren. Kirsten sacude la cabeza y mira al capitán.

—¿Eso es todo, capitán?

En la proa del bote hay tres cajas, un paquete más pequeño y un elegante cofre de madera rojiza. Tiene unas bonitas tallas y una cerradura de latón. Cuando los remeros empiezan a descargar, la mujer revolotea alrededor, con una mano aferrada al abrigo y la mirada fija en el arcón, con el ceño fruncido.

El capitán levanta el cofre con cuidado y los hombres cargan las tres cajas. Kirsten toma el pequeño paquete y Maren no se mueve; no sabe si seguirlos o no. Nadie le hace ninguna señal y se queda tan confundida como el pastor Kurtsson hace un momento. Los cinco desaparecen entre las casas de Toril y Magda. Las mujeres y sus hijos se vuelven para mirar mientras el roce y el revoloteo de las faldas amarillas de la mujer desaparecen de la vista, en dirección al segundo cobertizo.

La esposa del comisario no mira atrás, aunque Maren desearía que lo hiciera; no sabe muy bien por qué. Siente una punzada de pánico y espera que Kirsten sea amable con ella.

Se marcha del muelle. El suelo endurecido por el frío cruje bajo sus pies. Mamá se ha ido, pero Diinna continúa junto a la casa de Magda, con Erik desplomado sobre el hombro mientras le da golpecitos en la espalda con un ritmo sin sentido. Regresan juntas a casa y Diinna no habla hasta que llegan a la puerta.

—No traerá nada bueno —comenta, con la vista puesta más allá de Maren, en dirección al bote que se rebela contra las amarras del puerto.

Inclina la cabeza, como si escuchara algo; luego, se da la vuelta y desaparece en el interior de la casa. Maren la oye cerrar de un portazo después de entrar en su habitación y la de Erik.

Al momento, las nubes que habían seguido al barco se abren sobre sus cabezas y la lluvia empieza a caer.

15

Aunque Maren tiene la excusa perfecta para acercarse al cobertizo, pues tiene las pieles de reno ya cosidas y preparadas junto a la puerta, pasa los tres días hasta el *sabbat* dando vueltas por casa como una bestia con una soga al cuello. La lluvia es feroz; convierte el suelo blando en barro, y no quiere que su primera visita allí sea un desastre.

El clima lo vuelve todo borroso y gris y la esposa del comisario le ha generado una inquietud que se mece en su interior, aunque no sabría definirla. Siente que debe conocerla. El vestido amarillo la acecha en sueños; se ha obsesionado con su recuerdo. Con lo suave y densa que era la tela cuando le rozó la muñeca al ponerle el abrigo, con lo brillante que era, cómo se doblaba en pliegues sueltos, suficientes para envolver a tres personas. Con el dulce aliento de la mujer; sus uñas pálidas y delicadas.

La ropa de Maren es rígida y le pica. El hedor que emana es tan perceptible que se pregunta cómo alguien soporta estar cerca de ella. Se lava en las aguas grises que utilizan para las tareas de la casa y trata de recogerse el cabello en una trenza más cuidada. El punto donde se clavó la aguja la noche de la tormenta ha desaparecido por completo, pero le preocupa que la delgada membrana entre el índice y el pulgar vuelva a estar en carne viva y la piel se encoja. Tiene las uñas quebradizas y grisáceas y la boca llena de sarro a pesar de que se cepilla con una rama de abedul hasta que las encías le sangran y escupe el líquido cobrizo en el barro. Se pregunta si alguna vez estará limpia, si alguna vez lo ha estado. También empieza a lavar al pequeño Erik más a menudo, pero incluso su aliento apesta por la leche de Diinna y tiene las manitas sucias de gatear. Quizá hayan nacido así.

Las nubes de lluvia proyectan una luz extraña en la casa; el brillo de la nieve ha desaparecido y el interior es monótono y oscuro. Antes, Maren disfrutaba de ese tiempo incierto, cuando el pueblo entero se despierta tras el invierno y todo se prepara para el sol que nunca se pone antes de retomar su lenta danza, hasta que el frío las obliga de nuevo a esconder las manos en los bolsillos. Ahora, es un recordatorio de cuánto han cambiado sus vidas y de cómo, con la llegada del comisario, están a punto de cambiar de nuevo. «Ahora que por fin empezábamos a levantar cabeza…», piensa Maren.

Cuando papá y Erik vivían, salían a pescar durante días mientras que Maren y mamá sacaban de casa todas las pieles y las telas, las golpeaban y las estiraban sobre juncos frescos en el suelo. El verano pasado, fue Maren quien se hizo a la mar y la casa permaneció cerrada y enclaustrada, mientras las pieles acumulaban polvo hasta que estuvo segura de que inhalaba trozos de sí misma. Pronto empezarían las expediciones por mar hasta el monte y los comerciantes vendrían de Kiberg y Varanger. Pero la lluvia la ha atrapado y, aunque a mamá le alegra pensar que preparará el suelo, al despertar al musgo y al liquen, Maren se aburre. Deshace el dobladillo de las pieles de reno, las cose de nuevo con manos más cuidadosas, quema el último ramillete de brezo seco y coloca las pieles sobre el humo para deshacerse del olor a almizcle.

El sábado amanece seco y con un cielo tan brillante que la luz resulta casi dolorosa. Maren camina delante de mamá. Pasan cerca del segundo cobertizo y aminora el paso para tratar de descubrir si el comisario y su esposa están dentro. La casa está tranquila y los rayos de sol uniformes se reflejan en las altas ventanas hasta volverlas inescrutables. Acelera a pesar del barro.

Un grupo de mujeres ya se congrega en la puerta de la *kirke*. En el centro está Kirsten, que le saca una cabeza al resto. Sabe que chismorrean porque, a medida que se acerca, se vuelven para comprobar quién es antes de inclinarse unas hacia otras. No es un día caluroso y tienen que arrastrar los pies para que el barro se los succione, pero ninguna quiere perderse la llegada del comisario Cornet y su esposa.

—¿Qué te pareció? —pregunta Toril cuando Maren llega hasta el grupo—. ¿Qué te dijo?

—Solo «gracias» —responde—. No lo suficiente como para que me parezca nada. —Mira a Kirsten—. ¿Qué pasó después de que los llevases a la casa?

Kirsten se encoge de hombros.

—Me quedé lo necesario para enseñarle las provisiones y encender el fuego. No abrió la boca. El capitán fue bastante amable.

—¿Y qué hay del marido?

—Cuando me marché, aún no había regresado de la *kirke*.

—El pastor Kurtsson dice que rezó durante horas antes de visitar Vardøhus —comenta Toril, embriagada de admiración—. Será una bendición.

Maren siente lástima por su esposa, sola en su nueva casa mientras su marido rezaba.

—¿Llevaste las pieles? —pregunta Kirsten. Maren niega con la cabeza—. Le dije que irías.

Maren se pellizca la piel dolorida entre el índice y el pulgar. Está a punto de farfullar algo sobre la lluvia, el barro o los dobladillos, pero la salva el repentino silencio que se forma cuando una figura ancha llega hasta ellas a zancadas, seguida por otra más bajita envuelta en el abrigo de Maren y con unos destellos de azul oscuro en los tobillos.

Las mujeres se separan y Maren agacha la cabeza sin saber muy bien por qué. Las botas embarradas del comisario entran y salen de su campo de visión, seguidas poco después por las zapatillas de su esposa.

Levanta la mirada a tiempo de ver un halo de cabello pálido desaparecer en la penumbra de la *kirke,* iluminada solo por las velas. Parece diminuta en comparación con su marido y Maren se la imagina entrando en el vientre de una ballena. Kirsten la sigue y las mujeres entran formando un arroyo mudo.

Maren espera unos minutos más a su madre. Llega resoplando y despeinada.

—¿Me los he perdido?

—Todos están ya dentro. ¿Diinna no viene?

—Dice que no se encuentra bien —replica con evidente desaprobación.

El pastor Kurtsson ha abandonado su lugar junto a la puerta y se inclina para hablar con el comisario, que se sienta en el banco delantero. Maren empuja a mamá para sentarse al otro lado y más atrás, desde donde los ve a ambos. Los bancos alrededor de los recién llegados están llenos, a pesar de que, por lo general, las mujeres se reparten más por la estancia.

Las velas titilan cuando Toril cumple con su deber habitual de cerrar la puerta y el pastor Kurtsson toma su lugar en el púlpito.

Maren apenas escucha el sermón. No aparta la vista del comisario y su esposa. A su alrededor, las cabezas se vuelven de forma similar y, cuando rezan, Maren se pregunta si las otras mujeres también tratan de discernir el hilo de voz de la esposa en el enredo de las suyas.

Tras el último «amén», el silencio es sepulcral. Maren fija la mirada en la nuca del comisario, que sigue con la cabeza inclinada durante un minuto entero después de la oración.

—Seguro que hablará —dice mamá, en un susurro tan tenue como el crepitar de las velas.

El pastor Kurtsson ha bajado del púlpito y se acerca, vacilante, al comisario. Su esposa mira al frente. Un cuello alto le cubre en parte la palidez de la nuca y sus mejillas parecen de cobre a la luz de las velas. Es el tipo de piel que cambia para adaptarse a cualquier luz que la ilumine. Maren vuelve a mirarse las manos agrietadas, toscas y enrojecidas. Las de mamá están igual.

Al fin, el comisario levanta la cabeza y se pone de pie. En el profundo silencio de la *kirke,* se oye incluso el roce de la tela de sus ropas al moverse y cómo traga saliva antes de volverse para hablar. Planta los pies en una postura amplia, con las manos entrelazadas a la espalda, y Maren se pregunta si sería un marinero o un soldado. Vuelve a percibir esa extraña atracción de energía que sintió en el puerto, una especie de espiral magnética que resulta casi peligrosa.

Viste un traje de tela negra, no tan fino como los ropajes de su mujer, pero bien confeccionado y, aunque es oscuro y apagado, lo lleva como un aristócrata. Se ha recortado la barba y ha revelado unos labios parejos y muy arqueados y una mandíbula fuerte.

Maren supone que es apuesto, pero también tiene un punto salvaje. Tiene algo que mantiene oculto, pero que, si no se controla, podría volver su rostro cruel. Mamá se le acerca y ella no se aparta.

—Solo sé un poco de noruego. El pastor Kurtsson traducirá cuando sea necesario. Me llamo Absalom Cornet y vengo de las islas del norte de las Orcadas, en Escocia. —Saca una carta del bolsillo, arrugada de tanto leerla—. Aquí está la misión que el *lensmann* Cunningham me ha encomendado, para la que he sido nombrado comisario de Vardø y, por tanto, de todos vosotros.

Sigue en inglés. Maren solo conoce algunas palabras sueltas que ha aprendido de los balleneros que en contadas ocasiones se desvían de las principales rutas comerciales o se establecen en las poblaciones cercanas más grandes.

Lo escucha con atención y reconoce algunas palabras inconexas, como tablones a la deriva en la corriente de su voz. El pastor Kurtsson traduce a duras penas y Maren sospecha que su inglés no es tan bueno como hizo creer al comisario. Tiene la frente llena de arrugas por la concentración y no se molesta en dar énfasis a sus palabras, por lo que deja en manos de ellas decidir qué es lo más importante.

Les dice que su deber es ser los ojos y oídos no solo del *lensmann* John Cunningham, que Maren supone que debe de ser el nombre inglés de Hans Køning, sino también de Dios.

—¿Quiere decir que el *lensmann* no va a venir? —susurra Maren a Kirsten, pero esta la ignora y mira al comisario con los ojos entrecerrados.

Les habla un poco de su vida anterior, en las Orcadas y en Caithness, lugares de los que Maren nunca ha oído hablar, y de su participación en el juicio de una mujer. Explica que esto es lo que lo ha traído a Finnmark, a Vardø. Dice que sabe que perdieron a muchos hombres en una tormenta y la estancia al completo se tensa al oír mencionar a sus hombres en la boca de un desconocido. Explica que creará un registro de todos sus nombres, un censo, para que el *lensmann* sepa cuántas y quiénes son.

—Debería haberse hecho antes —traduce el pastor Kurtsson, sin darse por aludido.

El comisario le pide a su esposa que se levante y esta obedece. Se vuelve hacia la congregación y se inclina en una reverencia que hace que mamá resople. La presenta como la señora Cornet. Maren lo repite en voz baja y se pregunta cuál será su nombre de pila.

La mujer apenas levanta la mirada. La piel debajo de la barbilla se le arruga cuando asiente y cruza las pálidas manos sobre el vestido. Lleva el pelo bien recogido, aunque un poco torcido. Debe de estar acostumbrada a usar un espejo, si es que antes se arreglaba el pelo ella misma. Maren ansía que levante la cara, que la vea y la reconozca como la muchacha que le puso el abrigo, pero la señora Cornet vuelve a sentarse en cuanto su marido se lo pide, antes de que el pastor Kurtsson termine de traducir.

—Pensad en mí como una especie de *lensmann,* un juez. Podéis confiar en mí como en el pastor. Habéis estado demasiado tiempo sin guía. Estoy aquí para ofrecérosla y debo pediros que estéis alerta.

El comisario Cornet vuelve a expresarse en un torpe noruego.

—Tomaré los nombres ahora. Además, espero actuar como mediador para cualquier cuestión o problema que haya surgido.

En muchos sentidos, lo que describe debería ser tarea de un pastor. Tal vez el *lensmann* Køning comprendiera que habían enviado a un hombre débil y haya tratado de remediarlo enviando a uno fuerte. Algunas mujeres levantan la mano y el comisario señala la parte posterior de la *kirke.* La voz de Toril se eleva sobre las demás.

—¿Qué hay de quienes no vienen a la *kirke?* ¿Deberíamos darle sus nombres?

El rostro del comisario se vuelve inexpresivo y Maren se pregunta si no la ha entendido. El pastor Kurtsson asume lo mismo y se acerca para hablarle al oído, pero el hombre se vuelve para fulminarlo con la mirada y el pastor se retira.

—¿Hay quienes no vienen a la *kirke?*

Maren repara en una mancha de yeso húmedo al lado de la cruz, oscura en la pared.

—No muchos —afirma el pastor Kurtsson—. Lapones, algunos ancianos…

—Eso se acabó —espeta, y vuelve a dirigirse a Toril—. Dame sus nombres.

16

Su marido está furioso. El ambiente en la casa está viciado por la tensión que emana de él como una nube de tormenta. La noticia de que hay paganos entre sus gentes solo es la gota que colma el vaso, pero todo comenzó el día que llegaron y nadie lo recibió en Vardøhus.

Acababan de echar el ancla y Ursa tenía miedo de mirar a tierra firme. La fortaleza era de piedra gris y se veía desde el mar, alta y amenazadora como una prisión. De hecho, el capitán Leifsson les dijo que a menudo había servido para tal propósito. Más allá de la costa, una serie de casas se apilaban a intervalos irregulares. Sin árboles, la tierra parecía plana y monótona, como una página en blanco.

Mientras remaban hacia el puerto en el terrible viento, Ursa sintió ganas de llorar. El capitán Leifsson iba sentado a su lado, con la mirada fija en las rodillas mientras el viento le golpeaba las mejillas.

Absalom era un manojo de nervios, aunque en los últimos días se había mostrado casi amable, si bien no de una forma que los demás advirtieran. Había empezado a llamarla Ursula en vez de «esposa» y le preguntaba cómo estaba en noruego. Eran pequeñas muestras de esfuerzo, quizás incluso de afecto. Desde la noche en que estuvo indispuesta, no había vuelto a tocarla. Cuando se acercaban a Vardø, le pidió que se pusiera el vestido amarillo, colocó la mano junto a la de ella en la barandilla; la acercó tanto que sintió su calor oscuro y las arrugas de la piel a través de los finos guantes.

Las mujeres que la ayudaron en el muelle estaban quemadas por la nieve y apestaban. La más grande, que se presentó como Kirsten, fue descarada y brusca. La otra, de edad similar a la de Ursa, la envolvió en un abrigo apestoso. La joven parecía embrujada, con unos ojos de color gris azulado como el mar y las mejillas hundidas. Aun así, Ursa llegó a sentirse agradecida por el préstamo del abrigo cuando le enseñaron su casa.

«Casa». La palabra le quema el estómago mientras ve a su marido recorrer la corta longitud de la estancia donde deben dormir, comer y existir. No está segura de que una vida en ese lugar sea digna de considerarse vida. Creyó que sus circunstancias en Bergen habían sido calamitosas tras la muerte de mamá, con una sola criada y muchas habitaciones cerradas, pero su nueva situación es completamente diferente.

Solo hay cuatro ventanucos altos por los que apenas se ve nada. La cama es grande y ocupa un lado completo de la habitación. Encima tiene unas vigas y unos lazos largos de cuerda de los que cuelgan unas cortinas rugosas para ocultarla de la vista. El hogar ocupa otro lado por entero y hay dos cacerolas y una olla grande dispuestas en el estante de leña. No hay alfombras en el suelo, solo unas tablas sin clavos suspendidas sobre la tierra. Por el suelo se cuela un intenso frío, aunque Kirsten, quien acompañó al capitán Leifsson y a Ursa hasta la casa, dijo que ya estaban en verano.

Hay una segunda puerta en la esquina trasera de la habitación. Cuando Kirsten la abrió, Ursa estuvo a punto de desmayarse. Había colgados grandes cuerpos de animales muertos sin cabeza, rajados del cuello al vientre y cosidos.

—Con esto bastará para pasar todo el verano —dijo Kirsten, antes de encender un fuego con el musgo amontonado en la chimenea. El capitán Leifsson dejó el arcón de Ursa en una esquina. No se atrevía a mirarla a la cara.

—Señora Cornet, ha sido un placer.

El capitán hizo una corta reverencia formal y ella quiso abrazarlo y aferrarse a él. Le ofreció una bolsa negra; Ursa aflojó el cordel que la cerraba.

—Más anís —explicó el capitán—. Sé que le gusta.

No se atrevió a hablar, a pesar de que Absalom no estaba presente, y le dio las gracias con un asentimiento. Se preguntó por un instante si le diría que se fuera con él, que la llevaría de vuelta a Bergen, pero se marchó con Kirsten y la dejó sola en la habitación con los ventanucos por los que lo vio irse. No se dio la vuelta. Una hora después, el barco levó anclas y desapareció en el horizonte difuminado por la lluvia. Ursa se dejó caer en el duro banco junto a la mesa, cruzó las manos en el regazo y esperó a que su marido regresara.

Sin una puesta de sol, Ursa se siente desconectada. No sabe cuánto tiempo pasó sentada el primer día antes de que llegara Absalom y la encontrase aún en el banco. La habitación apenas seguía caliente porque el fuego casi se había apagado. No la regañó; se limitó a avivarlo de nuevo y le preguntó si tenía hambre.

Ursa se encogió de hombros y negó, pensando en las reses masacradas de la habitación contigua. Su marido asintió con aspereza y miró a su alrededor.

—No es a lo que estás acostumbrada. —Había algo parecido a una disculpa en su voz.

Temía que se enfadara por su decepción, pero, en su lugar, tomó asiento frente a ella en la mesa grande y sacó una carta.

—Creía que ya lo había conseguido —dijo, no solo para sí mismo. Ursa esperó—. He ido a Vardøhus. El *lensmann* no ha venido todavía. Casi no había nadie. Hablé con un viejo que montaba guardia. No saben si vendrá, a lo mejor se instala en otro lugar. —Apoyó el puño cerrado en la mesa—. No mencionó nada de esto en sus cartas.

Levantó la vista tan repentinamente que Ursa se sobresaltó, pero su rostro estaba apagado y apenado. Casi se atrevió a tocarlo por encima de la mesa.

—Crecí en una casa como esta —continuó—. En una isla no mucho más grande que Vardø. Me marché a la ciudad en cuanto pude. Allí llegué a ser alguien. —Golpea la mesa—. Pero aquí estoy otra vez.

Ursa no sabe de dónde salieron las palabras, pero dijo:

—Aquí conseguirás más.

La expresión de Absalom cambió y se le iluminó el rostro. La miró como si la viera por primera vez. Después, extendió el brazo por la mesa y le dio la mano.

Permanecieron sentados juntos mientras la lluvia caía con fuerza sobre el tejado. Debía de ser pasada la medianoche cuando la llamó a la cama, aunque la luz gris del exterior era la de un perpetuo atardecer. Fue más amable que nunca; aun así, Ursa no consiguió ignorar la rígida estructura de la cama que tenía debajo ni la lluvia que embestía las paredes y su mente se marchó lejos de allí.

17

Absalom sale de casa dos veces al día las tres jornadas que quedan hasta el sábado, durante muchas horas. Siempre regresa empapado.

—No había nadie —dice—. Ni en la *kirke* ni en la fortaleza de Vardøhus.

Ursa sabe que busca consuelo, pero no puede ofrecerle ninguno. La mirada que le dedicó cuando lo tranquilizó la primera noche la asustó; está ansioso por conseguir su aprobación y no sabe por qué. Desearía volver a ser invisible.

Es testigo de cómo su estado de ánimo empeora, pero, cuando la lluvia amaina el sábado, lo interpreta como una señal de que todo va a mejorar. Se pone un vestido oscuro y sigue a su marido por el barro.

Mientras caminan, Absalom le cuenta que la vecina más cercana es *fru* Olufsdatter, una mujer que, como la mayoría, perdió a su marido y a su hijo en la tormenta. Su casa es la mejor del pueblo, una construcción de dos pisos con un césped grueso que cubre el abedul plateado. Unos pilares de madera tallada rodean el porche y, por las ventanas de marco claro, se ven los colores del interior; el amarillo y el rojo adornan las paredes. Ursa se pregunta si Absalom le permitiría decorar su casa. No cree que vaya a soportar ni un segundo más su desnudez. Por lo demás, las casas son cuadradas, sin ventanas y de un solo piso, ninguna tan grande como la suya.

La *kirke* tiene un tamaño considerable; es tan alta como su casa de Bergen y tiene un estilo más ornamentado que las nuevas iglesias luteranas de la ciudad. También parece más vieja; todo es de una madera oscura que se inclina hacia el cielo, como si hubieran sacado un barco viejo del mar y lo hubieran colocado en la tierra. Una docena de mujeres esperan fuera y, por cómo se callan y se separan cuando se acercan, es evidente que su marido y ella son el tema de la conversación.

Se encoge dentro del abrigo prestado y siente que todas las miradas se clavan en ella. Kirsten está allí y también la joven que la ayudó con el abrigo. Se pregunta si debería sonreírles, pero decide no hacerlo. Se siente ridícula con las zapatillas cubiertas de lodo; tendría que haberse puesto las botas que compró en Tromsø. Cuadra los hombros al pasar y, luego, se arrepiente de no haber sonreído. Si no hace amigas, se volverá loca de verdad.

El servil pastor los saluda y los invita a sentarse en el primer banco. Hay zonas más claras en las paredes detrás de la cruz de madera, como si hubiera habido otra cosa colgada allí, y una mancha oscura enorme al lado, en la que Ursa vislumbra todo tipo de patrones. Durante el servicio, nota el calor de las miradas y el escrutinio adquiere un peso casi físico.

Su marido no aparta la vista del pastor, con una intensidad que suele reservar para la distancia media. Tiene la mano inmóvil sobre la rodilla y apenas se nota que respire.

Ursa trata de parecer más atenta cuando Absalom se levanta para hablar a la congregación. La traducción del pastor Kurtsson es rudimentaria y la disonancia entre ambos le crispa los nervios, por lo que casi se pierde la señal de levantarse y mostrarse al pueblo de Vardø. Todas las miradas le caen encima como piedras. Debería enderezar la espalda y alzar los ojos. Hace una ligera reverencia, por cortesía, y oye un leve bufido procedente de la parte posterior de la *kirke*. Antes de volver a sentarse, echa un breve vistazo. La mujer delgada que le dio el abrigo está sentada al lado de una versión más vieja y delgada de sí misma, con los mismos ojos azul grisáceos. ¿Ha sido ella quien se ha reído? Se siente traicionada, aunque no le debe nada. Se le arrebolan las mejillas y la nuca mientras espera a que su marido termine.

Tarda una hora entera en recoger todos los nombres para el censo, a pesar de lo pocas que son. Algunas mujeres están ansiosas por hablar con él y Absalom las mira a los ojos a todas e incluso deja entrever los dientes en algún momento. Se ha arreglado la barba para el servicio y lleva el traje que se puso cuando la conoció y para su boda. La dieta del barco le ha hecho perder mucho peso y la oración de la mañana le ha suavizado la mandíbula, pero vuelve a endurecer el gesto cuando mencionan a las ausentes en la *kirke*. La luz de las velas lanza rayos rojos y dorados hasta su barba.

Por un instante, Ursa lo ve como cree que lo hacen los demás. Un pueblo de mujeres, donde solo hay un pastor debilucho y dos ancianos en la congregación. Un hombre como Absalom es más que bienvenido. De camino a casa, es consciente de que ella no lo es. La miran como cuervos y, en cuanto pierden de vista la *kirke*, las oye graznar.

A la luz del día, parece más viejo y los surcos de su frente son más profundos.

—Seis no vienen —dice—. ¿Por qué lo ha permitido el pastor?

A Ursa le tiemblan los labios; todavía no sabe si sus preguntas van dirigidas a ella. Asume que esta no, porque no detiene el paso. Ya conoce la ruta de ir a rezar dos veces al día y por sus peregrinaciones a la fortaleza. Pasan por delante de tres casas de bloques muy juntas y entre dos más grandes; los límites están marcados con hitos.

Ursa trata de aprenderlo; está decidida a memorizarlo. La aldea da la curiosa sensación de estar apiñada y extendida al mismo tiempo, se amontona y se dispersa, mientras la tierra se interpone entre los edificios de madera y piedra, cubierta de césped y barro. Absalom no le ha contado casi nada del pueblo, solo que fue el más afectado por la tormenta y que ahora es un lugar de mujeres. Se había imaginado una hermandad, pero ahora no está segura de que haya nada para ella en este lugar. Un gaviotín vuela hacia adelante y se eleva hacia el cielo.

Cuando llegan a la puerta de su casa, Absalom se detiene de pronto y tiene que esquivarlo. Entrechocan las caderas.

—¿Esposo?

Tiene los ojos entrecerrados.

—Ahí. ¿Lo ves?

Ursa mira, pero no sabe qué ve. Sobre el dintel, toscamente talladas en la madera, hay una mezcla de formas. Un círculo con líneas alrededor. ¿Un sol? A su lado, un pez, tan básico como el que dibujaría un niño. Están rodeadas por más tallas. Al principio, cree que alguien ha intentado borrarlas, pero los tachones son demasiado regulares y deliberados.

—Runas —murmura Absalom. Su voz le suena extraña y tarda en reconocer lo que pasa. Se toquetea la chaqueta de forma compulsiva. Su propio miedo se alza y choca con el de él.

—¿Esposo?

—Son runas —contesta con voz temblorosa. Se da la vuelta y escudriña las casas que los rodean. Ursa lo observa mientras se acerca a la más cercana y llama a la puerta. Nadie responde; lo más probable es que sigan chismorreando en la *kirke*. Absalom regresa.

—Es tal como dijo el *lensmann*. Quizá peor.

Su mirada refleja inquietud. El barro ha empezado a tragarse las zapatillas de Ursa, pero no quiere entrar.

Oyen una letanía de pasos a su espalda y dos figuras se acercan, una apoyada en la otra. Es la joven que le dio el abrigo y la mujer mayor que comparte los mismos pómulos finos y los mismos ojos: su madre.

—Vosotras —dice Absalom.

Las mujeres, que caminaban con la cabeza gacha, se detienen en seco.

—Mirad —espeta, y el miedo se ha convertido en algo que Ursa reconoce mejor: ira—. ¿Qué hace eso ahí? —Señala las marcas sobre la puerta—. Son runas, ¿no es cierto?

La joven sigue la dirección del dedo y asiente.

—¿Quién las talló?

—Diinna —responde la madre. Ursa mira a la joven.

—¿Tú eres Diinna? —pregunta, y la muchacha niega con la cabeza sin mirarla a la cara.

—Esta es mi hija, Maren —explica la madre—. Yo soy Freja. La viuda de mi hijo, Diinna, talló las marcas. —A Ursa no le pasa desapercibida la indiferencia con la que habla de su nuera—. Acabamos de darle nuestros nombres y el suyo.

—¿Diinna no estaba en la iglesia? —pregunta su esposo—. ¿Por qué?

—Está enferma —replica la hija, Maren—. Tiene un niño pequeño, debe estar sana para él.

Freja la fulmina con la mirada.

—¿Qué hace eso ahí? —pregunta con repugnancia, y corta el aire con el dedo.

—Este fue el lugar de descanso de mi padre y mi hermano —dice Maren—. De su marido. —Mira a Ursa, después a Absalom y se da cuenta de que no la entienden—. Tras la tormenta, los trajimos aquí.

Ursa comprende que se refiere a sus cadáveres y siente arcadas. Los ahogados yacieron en su casa, en el suelo. Piensa en las reses colgadas en la despensa y la bilis le pica la garganta. «Por el amor de Dios, no vomites».

—¿Por qué no se nos informó?

—Solo era un lugar de descanso. —Maren debe de percibir el peligro, porque su postura cambia. Se vuelve más pequeña y hunde los hombros—. Comisario, no pretendemos ofenderle. Antes era un cobertizo, el único lugar del pueblo que nos pareció lo bastante grande para usted y su esposa.

«Se ha hecho con mucho ingenio», piensa Ursa. Absalom suaviza la postura ante la sumisión de la mujer y desearía saber ser así con él. Siempre siente que es demasiado audaz o demasiado mansa.

—Deberían habernos informado. —Se da la vuelta y observa las figuras talladas—. No son símbolos cristianos.

—Diinna es sami —repone Freja.

Maren tensa la mandíbula y el hueso se le clava en la pálida piel. Es evidente que habría preferido que no se supiera.

—¿Una lapona? —Sacude la cabeza, alterado, como un toro que espanta una mosca—. ¿Se celebraron ritos lapones?

—No —contesta Maren, que se gana otra mirada desdeñosa de su madre—. Solo velaron los cuerpos. No hicieron nada malo.

—Todo lo que se aleje del dominio del Señor es pernicioso, en todas sus formas. ¿Emplearon un tambor?

—No.

Absalom la mira con los ojos entrecerrados.

—Informaré al *lensmann* de lo ocurrido.

Acto seguido, entra en la casa. Los ojos azul grisáceos de Maren brillan con intensidad y una capa de pánico se instala en su rostro. Ursa se refrena para no acercarse.

—¡Ursula! —El grito de Absalom la saca del trance. Piensa en despedirse, pero las dos mujeres se han desvanecido por el lateral de la casa.

El barro le cubre las zapatillas e imagina que se hunde hasta las rodillas, la cintura y la garganta, hasta quedar atrapada en la tierra; hasta yacer allí, fría, asfixiada y a salvo.

—¿Esposa? —Absalom se asoma a la puerta. El fuego encendido destella tras él y alarga su sombra. En la mano sujeta un instrumento plano, una especie de cincel y, bajo el otro brazo, el banco de la mesa—. Prepara la cena.

Lo mira aturdida y, después, baja la vista hasta los pies, atascados. Su marido suspira, deja el banco y el cincel, le coloca las manos bajo las axilas, la libera y la deja en la puerta. La cabeza le da vueltas. ¿Cuántas veces se imaginó con Agnete que un hombre las llevaba en brazos hasta la puerta de la casa que compartían? La realidad no se le parece en nada y se siente una tonta. Sus zapatillas están destrozadas. Absalom cierra la puerta.

Se dirige aturdida a la cámara frigorífica. Casi no les queda pescado ni pan, lo que les habían dejado las mujeres. Pronto tendrá que preparar masa. Siv dejó de darle lecciones domésticas cuando despidieron a la criada de Agnete, y Ursa se hizo cargo de su cuidado. Sabe calentar aceite de menta en agua y apoyar la cabeza de su hermana en la mano para que respire sobre ella, pero no sabe hacer cerveza ligera. Sabe levantar y lavar la pierna mala de Agnete, pero no cómo ocuparse de una casa.

Aunque recordase cómo preparar pan, Absalom no se contentaría solo con eso. ¿No esperará que corte la carne de la despensa? Se estremece y da la espalda a la puerta lateral. Creía que, al menos, tendría una sirvienta. Su padre también; de lo contrario, no la habría enviado tan mal equipada para sus deberes. Rebana el pan duro, pero tiene los dedos helados.

Le gustaría saber escribir y enviar una carta a padre. Le diría que Vardø no tiene nada bueno, que es una isla llena de mujeres afligidas y vigilantes, algunas de las cuales no van a la iglesia. Que hace frío aunque sea verano y que el sol no se pone nunca. Que no tienen una casa a la altura de un comisario; que, de hecho, ni siquiera se parece a algo digno de considerarse una casa, sino que es una habitación con runas talladas sobre la puerta, porque aquí guardaron a los muertos.

Se lleva una mano fría a la boca y respira el aire ahuecado para calentársela. ¿Qué iba a hacer? No puede abandonar a su marido, la vergüenza la seguiría como un perro sarnoso hasta Bergen. No podría volver a casarse, sería una solterona, una carga. Es poco probable que Agnete encuentre marido y Ursa murmura una pequeña oración de agradecimiento por ello.

Le llegan sonidos de raspado del exterior mientras Absalom tacha las runas con el cincel. Hace que le castañeteen los dientes y se le nuble la vista. Aprieta el cuchillo con más fuerza, hasta que se le pasa el mareo. Para cuando su marido entra, ha dispuesto la vajilla despareja en la mesa. Comen lo que queda del pan.

Todos los días, Absalom sale a rezar y a aprender noruego con el pastor Kurtsson. También acude hasta las puertas de la fortaleza de Vardøhus en busca de noticias. Espera una carta del *lensmann,* una invitación. Ursa también lo espera, y no solo para atenuar su tormentoso estado de ánimo. Quiere salir de la casa y comer algo que no sea *tørrfisk,* el bacalao seco que llena la despensa. Le encantaría algo fresco: una zanahoria, alguna hierba. Sueña con fruta y sabores dulces. Raciona las semillas de anís; se las mete en la boca hasta que se ablandan y apenas crujen al morderlas. Sueña con compartir una comida con cualquiera que no sea su esposo.

Sin embargo, cuando sale a hacer visitas o a comprobar si el *lensmann* ha llegado, es todavía peor. Entonces, se queda sola. Incluso su compañía es mejor que la soledad.

18

El comisario y su esposa ya llevan aquí una semana, pero las pieles cosidas siguen dobladas y preparadas junto a la puerta en casa de Maren. El encuentro con el comisario Cornet la inquietó, aunque sabe que podría haber sido peor si hubiera reaccionado demasiado tarde como para impedir que mamá mencionara el tambor.

Cuando la regañó en casa, su madre se cerró en banda, y Maren ya no estaba tan segura de que haber hablado de Diinna fuera un error. Tendrá que vigilar a las mujeres a las que considera su familia, ahora que se han separado tanto que parece peligroso. Casi tanto como la cara del comisario cuando se mencionaron los ritos samis.

Es consciente de que esas cosas no están bien vistas. El pastor Kurtsson frunció el ceño al ver las mortajas de abedul, pero les permitió usarlas. El comisario Cornet no entiende que aquí todo funciona diferente. Esta tierra era de los samis, aunque no lo digan. Los marineros todavía recurren a ellos para que el viento les sea favorable o en busca de buena suerte. A pesar de lo mucho que lo niegue, Toril acudió a Diinna cuando necesitó ayuda para concebir un hijo. No obstante, la furia del comisario la ha hecho recapacitar sobre situaciones que no había advertido antes. Los samis que levantaban sus *laavus* en el cabo durante el verano llevan años sin venir; Diinna es la última sami que queda en Vardø.

Cuando le cuenta la conversación, esta se encoge de hombros mientras Erik le tira de la gruesa trenza y mordisquea el extremo con sus encías doloridas.

—Estoy acostumbrada a la ignorancia —dice, y dirige la mirada a la espalda de mamá.

Maren siente que es la única que se preocupa, la única que consciente de que se acerca una tormenta.

Cuando su madre se cansa de tropezar con las pieles y le espeta que las llevará ella misma, Maren por fin las recoge y se dirige al segundo cobertizo.

Es un día claro y lleva un cómodo vestido de lana. El barro se ha endurecido en crestas agitadas y se le clava en las suelas. Toril golpea una manta en el escalón delantero de su casa y las dos se ignoran. La mujer le lanza una desagradable nube de polvo a la boca y Maren sacude las pieles, que se han llevado la peor parte.

El segundo cobertizo está cerrado y en silencio, pero sale humo por la chimenea y el lugar donde habían estado las runas está pintado de un blanco fresco y brillante. No sabe de dónde han sacado la pintura; nadie, salvo la madre de Dag, insiste en hacer algo que genera más trabajo en lugar de reducirlo. Escucha un segundo antes de llamar, pero no oye nada.

Un minuto después, la esposa del comisario, Ursula, abre la puerta, con el pelo suelto sobre el rostro redondo.

—Buenos días, señora Cornet.

—Maren, ¿verdad?

Oír a la mujer pronunciar su nombre le provoca un cosquilleo en el esternón. Asiente.

—Maren Magnusdatter.

—Mi marido no está. Ha ido a la *kirke* con el pastor Kurtsson.

No la mira a los ojos. Tiene las pestañas tan rubias que parecen casi blancas. Lleva el vestido azul oscuro que usó el sábado, todavía con el dobladillo manchado de barro. Maren se pregunta por qué no lo ha lavado aún.

—Traigo esto. —Le enseña las pieles. La mujer retrocede un poco—. El *lensmann* se las pidió a Kirsten para cuando llegasen. Son para el suelo.

146

—Vaya.

—Las he cosido yo.

—Gracias —responde Ursula, pero no hace ademán de aceptarlas. Las mira como si todavía tuvieran carne viva dentro y fueran algo de lo que desconfiar.

—¿Quiere que la ayude a colocarlas?

Abre la puerta del todo para dejarla pasar y se la ve tan agradecida que a Maren le da un escalofrío.

Los hombres de Kiberg han hecho un buen trabajo. Hay una cama ancha en un lado de la habitación, con una cortina para ofrecer cierta privacidad. También una mesa sólida y, debajo, un banco y una serie de ollas y sartenes colgadas sobre la repisa de la chimenea que parecen intactas. Junto a la rejilla donde Dag la besaba, hay un estante de madera en la pared para la palangana y una pila de platos al lado. En la puerta de la despensa, donde le dio la mano por primera vez, crece una telaraña. Se clava las uñas en la palma de la mano. La casa está bien, pero, por algún motivo, resulta desagradable. Aparte del crucifijo sobre la chimenea, no hay ningún adorno. El fuego está mal alimentado y humea; apenas ofrece luz ni calor.

El frío del suelo se le filtra a través de las botas. No es de extrañar que Ursula esté temblando, aunque trata de disimular. Hay una manta de lana áspera tirada en el respaldo de una de las sillas y se pregunta si la llevaba puesta cuando ha llamado a la puerta y se la ha quitado para salvar las apariencias. Al mirar alrededor, repara en que la palangana está llena de agua sucia. Más telarañas acechan en los rincones de la habitación, sobre la cama, y los juncos del suelo están cubiertos de barro y marchitos.

La casa huele a cerrado y a humedad, pero no hay rastro de la putrefacción que Maren olió la última vez que estuvo allí. Por supuesto que no, han pasado dieciocho meses desde que su padre y su hermano estuvieron allí. Desvía la mirada a la zona de la chimenea y le parece que el suelo es más oscuro allí. Ursula mira al mismo lugar.

—¿Fue ahí?

Maren asiente con la cabeza antes de pensárselo dos veces y Ursula se tambalea. Está más pálida que antes y le han salido unas profundas ojeras, aunque todavía tiene las mejillas regordetas.

—¿Está bien?

—Lo siento —responde Ursula. Se lleva la mano al estómago—. No nos lo dijeron. Resulta un poco turbador saber que hubo muertos aquí.

—No tiene nada de malo —contesta Maren—. Los muertos suelen descansar en el interior durante el invierno. Normalmente, los habríamos tenido en casa, pero… Pero eran dos. Habrían ocupado toda la habitación. Esto era un cobertizo. No sabíamos que sería su casa.

Ella no habría permitido que las telarañas se instalaran en las puertas y los techos. Habría colgado cortinas tejidas en las ventanas y habría puesto las ollas sobre el fuego, llenas de guiso de reno.

Necesita salir de esa casa.

—¿Dónde las pongo?

Ursula mira a su alrededor, como si hubiera perdido algo.

—Pues… —Señala la zona delante la chimenea.

—Hay dos —responde Maren—. ¿Qué tal una aquí y la otra delante de la cama? No es agradable pisar el suelo frío al salir del calor del lecho.

Ursula se sonroja al asentir. ¿Se habrá avergonzado por la mención de la cama? Quizás en Bergen son más reservados al respecto. Sin embargo, ella sabe que el padre de Dag insistió en tener dos pisos en su propia casa, para que los dormitorios estuvieran separados como en su casa de Tromsø.

Maren toma una de las alfombras y la coloca delante del fuego. La piel es buena y ha rematado el pecho blanco de cada animal en las esquinas para que pareciera un diseño. La alisa y mira a Ursula en busca de aprobación, pero la mujer tiene la mirada perdida y todavía se abraza la cintura.

Coloca la segunda piel al lado de la cama. Está hecha, pero las mantas están arrugadas. Antes de incorporarse y regresar a la habitación, la toca con la mano; sigue caliente. Ursula rastrilla el fuego y hurga entre las cenizas humeantes. Quizá no sea asunto suyo, pero no soporta mirar sin decir nada.

—Hace falta madera fresca. —Señala la puerta de la despensa—. Debería haber de sobra, Kirsten se aseguró.

—Sí, ya…

Ursula se pone en pie y le tiemblan los ojos. Maren se adelanta y la sujeta por el codo; siente su brazo suave y blando. Ursula coloca la otra mano en el hombro de Maren para estabilizarse y la joven recuerda su primer encuentro en el muelle, cuando colocó su mano suave y fría sobre ella.

—¿Se encuentra bien?

Ursula cierra los ojos. Tiene los párpados de color rosa pálido, como el interior de las conchas marinas o las uñas de un recién nacido. Respira demasiado rápido y de forma entrecortada. Su aliento sigue siendo dulce y la pone nerviosa.

—Sí. Lo siento. —Recupera el equilibrio. Maren le suelta el codo y le pone la mano en la espalda—. Estoy un poco mareada.

—¿Quiere agua? ¿Un poco de pan?

Maren la ayuda a sentarse en la silla más cercana y le echa la manta sobre los hombros. Se da la vuelta antes de que Ursula responda para traer la jarra, pero está vacía.

—No les queda agua.

—Ni pan. —La voz de Ursula suena plana y tranquila—. No sé…

—¿No sabe qué? —Maren mira más de cerca la palangana. Hay una fina película sobre el agua. La casa no solo está algo descuidada; es un desastre.

—No sé… —Se calla e inhala profundamente.

El hormigueo del pecho de Maren crece mientras levanta la jarra.

—Traeré agua. Quédese aquí.

—Lo siento, debería…

Maren oye un crujido de faldas. Ursula se ha apoyado en la mesa. Tiene la suave piel de la muñeca agrietada y el gesto contraído. Aparta la vista y se centra en andar.

—Siéntese y descanse. No tardaré.

La silla cruje y Maren se adentra en el día brillante, aliviada de haber salido de allí, aunque con prisa por volver. Respira hondo el aire fresco y corre hasta casa. Toril se ha metido dentro y la alfombra que había colgado sobre la puerta se ha caído al suelo. La pisotea al pasar.

Mamá vigila a Erik, que juega junto al fuego, y levanta la vista de pronto cuando Maren entra.

—Has tardado mucho.

—He entrado para colocarlas.

—¿Es demasiado fina para poner una alfombra? ¿Cómo está la casa?

—No se encuentra bien. Está mareada. —Se acerca al cubo de agua y llena la jarra—. La casa…

No sabe cómo expresarlo. Ursula, el suelo polvoriento, la cama caliente; todo desprende tristeza. El lugar parecía más abandonado que nunca, más que cuando Dag y ella se encontraban allí, más incluso que cuando Diinna y Varr velaban a sus hombres. Erik se le agarra a la falda cuando pasa por delante para tomar una barra de pan negro de la cesta.

—¿Para qué es eso?

—No les queda pan.

Mamá suelta un bufido.

—¿Al comisario no le queda pan? La gorda de su esposa se lo habrá comido todo. —Entrecierra los ojos y se le marcan las mejillas hundidas—. No nos sobra para dar.

—Tenemos bastante para la semana —replica Maren mientras envuelve el pan en tela y lo coloca sobre la boca de la jarra—. Nos darán otra a cambio cuando tengan hecho.

—Inepta holgazana —espeta su madre, con tanto asco que Maren la mira fijamente—. ¿Qué tiene que hacer durante todo el día? No como su marido, que se dedica a realizar visitas sin parar.

—¿Visitas?

—Toril y Magda me han dicho que ha rezado con ellas. Seguro que está pendiente de Diinna. —Se lame la comisura de la boca, donde tiene la piel seca y sangrante—. Vendrá pronto.

—Quizá. —Disimula un escalofrío mientras se cubre los hombros con un chal—. No tardaré.

Evita la casa de Toril. Se pregunta si el comisario está allí ahora, rezando con la familia en vez de hacer compañía a su esposa. Vuelve a pisar la manta caída y le clava el talón.

La puerta del cobertizo está entreabierta y el frío se cuela en el interior. El fuego titila. Ursula está sentada en el mismo sitio donde la ha dejado, con los nudillos blancos de agarrar la manta. Maren se traga la exasperación. ¿Por qué no ha cerrado la puerta?

—Tenga —dice, y deja la jarra en la mesa. Ursula da un respingo cuando cierra la puerta—. Agua y pan. ¿Dónde tiene los cuchillos?

—Allí.

Barre las migajas de pan duro de la tabla de cortar. El cuchillo no tiene filo y no encuentra por ningún lado la piedra de afilar. Corta dos rebanadas de pan, las sirve en el plato más limpio que encuentra y las lleva a la mesa junto con una taza de cuerno que tiene una mancha en el borde.

Duda si tendrá que acercarle las manos a la comida o incluso alimentarla cuando Ursula parpadea, la mira por primera vez y le agarra la mano.

—Gracias. Lo siento. —Se separa y traga—. ¿Qué pensarás de mí?

—No me corresponde a mí pensar nada —contesta Maren, y se sonroja. La mano de Ursula está caliente por la manta y es tan suave que no nota ni un solo hueso. Se vuelve muy consciente de lo angulosa, dura, seca y fría que debe de ser la suya, y de lo sucia que está. La aparta—. No es molestia.

—Te pagaré. —Ursula se dispone a levantarse—. Puedo pedirle a mi marido que...

—Solo pido una barra a cambio.

—Sí, por supuesto. Por favor, únete a mí.

Le dan ganas de reírse de que la inviten a compartir su propio pan y agua, pero toma asiento en la silla junto a Ursula y acepta una rebanada.

Observa lo pequeños que son los mordiscos de Ursula, delicados como los de un pajarillo. Tiene los dientes muy blancos y los labios más rosados ahora que se calienta bajo la manta.

Maren vacila al verla dar otro bocado y un sorbo de agua.

—Señora Cornet, si no le importa, me gustaría hacerle una pregunta.

—Ursula, por favor. O Ursa.

—¿Ursa?

—Puedes llamarme Ursula, si lo prefieres, por supuesto. Pero las personas con quienes tengo una relación cercana me llaman Ursa y nosotras hemos compartido pan. —Sonríe débilmente y Maren le devuelve la sonrisa, algo tensa.

—Ursa —prueba a decir—. Si no te importa, seré directa. Hay harina de sobra y Kirsten dejó cinco reses en la despensa. —Ursa se tensa y Maren se apresura a añadir—: Me preguntaba si todo va bien.

Ursa mastica un largo rato, hasta que el pan debe de haberse pulverizado en su boca. La oye tragar en el silencio y la mira a los ojos. Son de color marrón claro, casi dorados.

—Pensarás que soy una tonta.

—Claro que no.

—No sé hacer pan.

Maren abre la boca, sorprendida, mientras Ursa continúa hablando.

—Soy incapaz de preparar la carne, nunca había visto un animal muerto entero, ni siquiera soy capaz de entrar en la despensa. Apenas consigo mantener el fuego encendido y mi marido tiene que revivirlo cuando se apaga. No sé cómo llevar una casa. —Se le escapa una risa nerviosa y a Maren se le acelera el pulso—. No soy muy buena esposa.

—Seguro que no… A ver, bueno… —Quiere consolarla, pero ¿cómo? Entiende lo de la carne; su madre también es muy aprensiva con eso e incluso suele dejar que Maren se encargue del pescado. Pero ¿hacer pan, barrer? No son cosas tan difíciles.

—Es terrible —la interrumpe Ursa, con el rostro contraído por la ira, que Maren sabe que va dirigida contra sí misma—. Pero no sé qué hacer al respecto. —Vuelve a tomarle la mano y la estrecha en la suya—. Necesito ayuda, eso es evidente. Tenemos algo de dinero. Me preguntaba si tú me ayudarías.

—¿Ayudarte?

—Enséñame. No serías una criada, sino más bien una amiga, una maestra. A menos que sea una idea estúpida. Puedes decírmelo.

Maren se pregunta si debería sentirse ofendida. Suena exactamente a hacer de criada.

—Tampoco soy la mejor ama de casa.

—El listón no está muy alto. —Ursa le dedica otra sonrisa débil. Maren mira alrededor, al fuego moribundo, las ventanas sucias de humo, las telarañas—. Por supuesto, si no quieres, no pasa nada. Ni siquiera sé si Absalom…

Se calla y se le ensombrece el gesto de nuevo. Le suelta la mano, pero Maren aprieta la suya en respuesta.

—De acuerdo —contesta. Las palabras vuelan antes de que le dé tiempo a pensarlo.

—¿Estás segura? —Ursa sonríe—. Gracias. Hablaré con mi marido.

Maren se levanta de pronto.

—Se lo diré a mi madre.

—Está bien.

—Nos vemos el sábado. Ya me dirás qué opina el comisario.

—Sí. —Ursa la sigue hasta la puerta. Los ojos marrones le brillan con alivio. Tiene una miga pegada en el labio inferior y Maren se aferra a las faldas para contenerse y no quitársela.

—Gracias, Maren.

La puerta se cierra y, entonces, Maren siente que es ella quien se ha quedado encerrada en una habitación sin aire.

19

—Sé que no somos tan distinguidas como la señorita de Bergen, pero no somos criadas. —Mamá camina airada por la casa mientras se lame la comisura agrietada de la boca. La mira—. ¿Por qué le has dicho que sí a esa gorda idiota?

Pero Maren no sabe cómo responder. Ya tienen bastantes problemas con el pequeño Erik y Diinna para mantenerse ocupadas, y trabajo de sobra por hacer durante el mes que queda de sol de medianoche para asegurarse de que sobreviven al invierno. Hay que plantar nuevas cosechas y recolectar las del anterior. Tendrán que ir a Kiberg a por pescado, vender pieles para comerciar, acudir al monte a por brezo fresco y musgo para cubrir los huecos del tejado en los que el hielo del invierno pasado se abrió paso, se hinchó y dejó que la humedad se colase tras derretirse.

Esto supone que Diinna tendrá que asumir sus tareas, igual que mamá. Pero mamá se está haciendo mayor y es cada vez más frágil. Además, ha desarrollado una ira hacia Diinna que aterroriza a Maren, incluso más de lo que su madre la asusta ahora.

Cuando le repite varias veces lo tonta que es y que supone que no hay forma de zafarse de aquello sin ofender a la señora Cornet y, por extensión, al comisario, a Maren no le queda otra que darle la razón. No sabe explicar lo que pasó, por qué sintió que no tenía elección. La única excusa que tiene, y que no piensa dar, es que, cuando Ursa le soltó la mano, sintió que se le escapaba algo importante y que tenía que aferrarse a ello. Tenía que decir que sí. No le quedaba otra opción.

Aunque está más o menos decidido, no sabe cómo funcionará el acuerdo. Le resulta raro aceptar dinero, pero mamá no la dejará ayudar a cambio de nada. No sabe cómo abordar el tema o si debe ir a la casa sin ser invitada. Solo queda un día para el sábado y supone que entonces averiguará más.

Intenta centrarse en sus tareas con el mismo cuidado y atención que siempre, pero la idea de salir de casa la ha alterado, tiene una sensación de inquietud, caliente y casi dolorosa. Aunque ya no van a salir a pescar como hacían antes de que llegara el comisario, sigue siendo un cambio de escenario y el lugar donde besó a su prometido y veló a su hermano y su padre. En otra versión de su vida, el cobertizo sería suyo y, ahora, tiene la oportunidad de reclamar una pequeña parte de él.

Además, está Ursa. Ella también le provoca una reacción en el cuerpo. Se parece a lo que siente cuando ve a Erik dormir, pero es ridículo albergar tanta ternura por una mujer adulta, incluso una que resulta tan despistada como una cría. La sorprende. ¿Qué clase de vida llevaba en Bergen para llegar tan poco preparada? Aunque le parece igual de impensable que a mamá, Maren no siente desprecio, solo lástima.

El día que transcurre desde que acuerdan que la ayudará hasta la reunión en la *kirke* lo dedica a pensar en Ursa, sola en la gran casa, sentada como una piedra junto a la mesa bajo la manta o acostada en la cama después de que su marido se haya ido. Se la imagina con los pies desnudos sobre la piel que cosió y cortando con mucha atención el pan que le llevó. Con los labios fruncidos como el pico de un pájaro.

Aunque tiene prisa por marcharse, el sábado llama a la puerta de Diinna y la insta a acudir a la *kirke*.

—El comisario no aprueba que la gente no asista.

—¿Y a mí qué más me da su aprobación?

Maren no sabe cómo hacer entender a la crédula de su cuñada que el comisario no es como el pastor, que es importante contar con el favor de ese hombre y que perderlo podría ser muy peligroso. No le ha contado a Diinna lo que mamá le dijo sobre las runas y los ritos, aunque supone que las habrá oído discutir a través de la pared. Aun así, no hace nada que indique que está al tanto, ni de que le importe lo que diga nadie, ni siquiera Maren. El enfrentamiento entre ella y mamá va cada vez a peor. Maren extiende la mano; está pegajosa, no sabe de qué.

—Por favor, Diinna. Deberías venir. Quizá tenga más preguntas para el censo.

Se encoge de hombros.

—Ya sabe dónde estoy. —Mira hacia la pared. Tal vez sí que las oyó, sabe que Toril le dio su nombre y que mamá confirmó que vivía aquí.

—Al menos déjanos llevar a Erik —insiste Maren, impaciente por irse.

Diinna lo levanta en una invitación muda. Maren toma al niño y lo coloca con cariño en el suelo. El pequeño se deja caer, como un bebé mucho más joven que uno de casi catorce meses. «Debería caminar más y balbucear o, al menos, intentarlo», piensa Maren. La mira muy serio con esa carita. Tiene los ojos de Diinna y la cara estrecha y los labios de su padre. El inferior le tiembla, pero no llora.

—Hola, Erik. Vas a venir a la *kirke* conmigo. ¿Te apetece? —La mira a la cara y, luego, aparta la vista.

Diinna cierra la puerta y Maren se coloca a Erik en la cadera, lo lleva a casa y lo besa en la frente. El aroma a algodón limpio ha desaparecido hace tiempo; ahora huele a lana mojada. Tiene el pelo más grasiento de lo que debería. Llama a mamá para que se dé prisa y traiga una manta para Erik. Diinna se lo ha dado solo con una muda. Mamá sale refunfuñando.

—Debería llevar a su propio hijo a la *kirke*. ¿Y cómo se le ocurre mandarlo con tan poca ropa? —No se molesta en bajar la voz—. Esa mujer lleva al diablo dentro.

—Mamá, calla —la regaña Maren, que mira a su alrededor—. No digas esas cosas.

157

Su madre envuelve a Erik en la manta como a un recién nacido. El pequeño se retuerce un instante para liberar los brazos cuando lo aúpa. Ella lo mima, mientras que Diinna lo trata como si se muriera de ganas de que crezca y se marche de casa.

¿Qué será de él? El hijo de Erik, tan serio como su padre. Su hermano y ella vivieron vidas separadas desde muy pequeños. Maren, dentro de casa; Erik, fuera, aprendiendo a trabajar la tierra y, después, el mar. A veces, jugaban en el cabo, en los escasos años en los que eran lo bastante mayores para no necesitar supervisión, pero lo bastante jóvenes como para ser más útiles fuera de casa que ayudando con las tareas domésticas. Mundos enteros surgieron de la llanura de Vardø; tierras de trols y reinos de hadas.

En compañía de otros, Erik era tranquilo y Maren siempre hablaba por su hermano pequeño. Ahora lo recuerda. Erik tardó mucho en hablar, no lo hizo hasta los dos o tres años, porque tenía a Maren para hacerlo por él. ¿Quién hablaría en nombre de su hijo? De adulto, Erik era un hombre callado. Incluso Diinna, siempre deslumbrante y risueña entonces, no conseguía sacarle más palabras que las necesarias. Ahora su esposa se ha tornado taciturna como él, además de huraña.

El comisario y su esposa todavía son una novedad y las mujeres siguen sin entrar directamente. Están de nuevo reunidas en la puerta de la iglesia y Kirsten les saca una cabeza a todas las demás. El pastor Kurtsson también está allí. Al acercarse, Maren se da cuenta de que hay dos grupos algo diferenciados. La mayoría se han acercado al pastor, pero un puñado, sobre todo las que salían a pescar, hablan con Kirsten.

Mamá se acerca al grupo del pastor y Maren al otro. Las mujeres hacen carantoñas sin mucho entusiasmo a Erik, aunque es demasiado grande para eso y a la mayoría no les gusta Diinna más que a mamá.

—¿Diinna no viene? —pregunta Kirsten, con la vista en la espalda de mamá. Maren niega con la cabeza—. Deberías haberla obligado.

—No puedo obligarla. Lo he intentado.

—Haberte esforzado más —replica Kirsten—. Edne ha traído a su padre, y eso que está casi ciego. El censo… —Baja la voz—. Sería bueno que dijera su propio nombre. Sobre todo después de los asesinatos en Alta y Kirkenes.

—¿Ha habido asesinatos?

Maren siente un escalofrío.

—Tres samis, todos tejedores del clima.

—Pero Diinna no…

—Da igual lo que haga, solo importa lo que es. El *lensmann* se ha propuesto acabar con las viejas costumbres.

—Ni siquiera está en Vardøhus.

—Ni en Alta —repone Kirsten—, pero tiene a sus comisarios, y Cornet debería ver a Diinna en la *kirke*.

Maren lo entiende. No venir es peligroso, pero no hacerlo siendo sami lo es mucho más.

—Ahora no tengo tiempo de ir a buscarla.

—Quizá no se dé cuenta —dice Kirsten, pero las dos saben que no es un hombre a quien se le escapen las cosas. Por eso, cuando lo ve acercarse a la *kirke,* seguido de Ursa, con un vestido azul más claro, intenta pasar lo más desapercibida posible.

—Buenos días —las saluda el comisario.

Las mujeres responden como un coro de niñas. Kirsten hace una mueca.

—Buenos días —añade una voz más baja, una que Maren siente que se dirige solo a ella.

Ursa se ha detenido a su lado y Kirsten sonríe con nerviosismo. Lleva el pelo mejor que el sábado anterior; debe de haberse acostumbrado a peinarse sin espejo.

—Buenos días —responde Kirsten.

—¿Podrías empezar con lo que acordamos? —dice Ursa.

—Por supuesto.

Ursa ensancha la sonrisa e incluso muestra algunos dientes.

—No me he olvidado del préstamo del abrigo. Tal vez podría comprarle más pieles, *fru* Sørensdatter. ¿Qué le parece?

—Desde luego —responde Kirsten—. Se las llevaré mañana, si le parece bien.

—Me parece perfecto. Quizá Maren podría darle también una lista de lo que más necesitamos. Tengo entendido que tiene una buena reserva de granos y similares. Parece muy emprendedora.

—Muchas gracias, señora Cornet.

—Ursula, por favor.

Maren repara en que otras las observan. Toril se debate entre mirar al comisario o prestar atención a la conversación con su esposa.

—Hasta mañana —se despide Ursa, y sigue a su marido al interior de la oscura *kirke*.

—¿Tenéis un acuerdo? —pregunta Kirsten con evidente curiosidad.

—Necesita ayuda con la casa —repone Maren. Se le retuerce el estómago. La invade una extraña sensación de triunfo—. Me ofrecí a ayudarla. —Kirsten arquea las cejas—. Me pagará bien. Con moneda de Bergen.

Kirsten asiente despacio.

—Dame la lista después del servicio. Y Maren. —La mira a los ojos con intensidad—. Ten cuidado.

Le da un apretón en el brazo y entra antes de que pueda preguntarle por qué.

20

Absalom se marcha temprano a Alta al día siguiente, antes de que Ursa haya tenido tiempo de pedirle permiso para meter a Maren en casa. Le cuenta que tiene un nuevo plan.

—Me he cansado de esperar en las puertas de la fortaleza día tras día. Hasta que el *lensmann* llegue a Vardøhus, intentaré hacer algo útil. Ha habido movimiento en Alta y quiero enterarme de todo.

Ursa cree que también le interesa reunirse con los otros comisarios para hacerse una idea de la relación que tienen con Cunningham. Sabe que le enfurece pensar que los demás están en contacto con el *lensmann* mientras que él se encuentra varado en Vardø. Espera que la situación sea común entre los comisarios y reza para que no vuelva con más rabia en el corazón.

Le explica que tendrá que viajar en un barquito de remos unas horas por la costa, hasta Hamningberg, tripulado por un pescador de allí, donde un barco ballenero más grande lo llevará hasta Alta, que se encuentra a un par de días al oeste. Debieron de pasar por el pueblo en el viaje desde Bergen, pero Ursa no recuerda que echaran el ancla allí.

Entre el viaje y la visita, estará fuera al menos una semana y siente la misma mezcla de alivio y ansiedad que la noche en alta mar que no vino a la cama. La casa ya le resulta más familiar, puesto que pasa ahí todo el día, pero, por la noche, incluso con él roncando a su lado, no deja de pensar en los cadáveres de la despensa, en las runas pintadas sobre la puerta

161

y en la zona delante del hogar cubierta por la alfombra de Maren, donde yacieron los hombres ahogados.

No le ha hablado de Maren, pero quedó impresionado por las alfombras y, cuando se lo pidió, aceptó darle algo de dinero para las pieles y suministros adicionales que Kirsten le había prometido. Ursa calculó un pequeño extra para pagar a Maren. No cree que se hubiera negado, ahora que la vergüenza que daba su casa se había vuelto evidente tras la visita de la mujer. No le importaba cuando se quedaba sola sentada entre la miseria que invadía el lugar, pero, cuando la joven acudió con las pieles que ahora adornan el suelo, fue consciente del desorden por primera vez.

Había hecho lo que había podido en el poco tiempo que transcurrió desde la partida de Absalom y la llegada de Maren. Barrió con la escoba de cerdas, lanzando columnas de suciedad y polvo al aire. Fue a buscar agua al pozo y trató de limpiar el barro del vestido azul con un cepillo y una tabla. Se imaginó a Agnete sorprendida y pensó en el rostro delgado y cansado de Siv, en sus manos agrietadas llenas de ampollas y en sus uñas, tan cortas que las hermanas se reían de ella porque les parecían masculinas.

Se ruborizó al recordarlo, por la crueldad no intencionada y la completa estupidez que suponía. Le duelen los brazos tras unos minutos en la tabla de fregar y tiene las manos grasientas por el jabón de sebo y manchadas de ceniza. Debería pedirle a Absalom que escriba a Siv para darle las gracias por mantenerlas limpias y alimentadas, por quererlas a su manera. Le encantaría volver a sentirse así y tener una bañera delante del fuego crepitante, donde el calor alcanza los huesos con facilidad. Sentir la presión de la columna de su hermana en la espalda al sentarse juntas en la bañera, el zumbido del arduo aliento de Agnete en las costillas...

Maren aparece en la puerta antes de que Ursa se haya secado las lágrimas. Lleva en las manos un paquete de tela, que deja en el suelo junto a la mesa con gran esfuerzo, agachándose con cuidado. Ursa le ofrece un té.

—¿De qué? —pregunta Maren, mirando de reojo los estantes casi vacíos.

—Mi marido trajo hojas de arándano de Bergen. Seguro que no le importa que usemos unas pocas.

Maren asiente y se acerca al hogar.

—Deja que lo haga yo —dice Ursa—. Sé prepararlo.

Es la tarea más sencilla de mundo, pero nunca la habían observado hacerlo y la mirada de Maren le quema en la nuca como en la *kirke*. La empuja a moverse más erguida, bajar las tazas del estante con más cuidado y remover las hojas con elegancia para hervirlas. Disfruta de la atención de la mujer; no le parece maliciosa, como si esperase a que cometiera un error, sino más bien afectuosa, igual que cuando Siv la supervisaba al bordar.

Maren acepta la taza con los dedos fríos y Ursa se percata de que tiene las uñas de un color rosado natural, como si acabase de lavárselas. Las yemas que la rozan son tan ásperas como las de su marido. Se avergüenza de sus propias palmas, suaves y poco hábiles como las de un bebé, y las esconde entre los pliegues de las faldas. Deben de tener más o menos la misma edad, pero están hechas de maneras muy distintas. Ursa se siente demasiado grande en presencia de Maren, incómoda y absurda en sus enaguas. Los ojos de la joven son grandes y de un color suave, pero tiene una mirada aguda e inteligente.

La última vez que estuvieron juntas como ahora en la casa, Maren se hizo cargo de la situación al momento, y Ursa espera que haga lo mismo. Sin embargo, la chica parece insegura y baja la vista al vapor de la taza. Ursa se inquieta, incómoda. Escucha su respiración y le parece demasiado fuerte en el silencio. Intenta respirar de forma más superficial, pero nota una opresión en el pecho.

Se sientan juntas en la mesa sin decir nada y Ursa comprende que, aunque los límites de su relación sean vagos, pues Maren no es una criada como Siv y, por tanto, no es su señora, debe ser ella quien empiece a hablar.

—Gracias de nuevo por venir. —Maren sigue sin levantar la vista de la taza—. Me alegro de que tu madre pudiera prescindir de ti. Con un poco de suerte, aprenderé rápido y volverás pronto. Habrá mucho que hacer aquí en verano, siendo tan corto.

Maren se inclina tanto sobre el vapor de la taza, quizá para calentarse la nariz, que Ursa advierte los pelillos que se le han escapado del tirante moño a la altura de la nuca, el cuello de su vestido arrugado y desgastado, y, debajo, los nudos de su columna. Tiene el bulto a los pies.

—¿Qué has traído?

Maren se agacha y se lo pone en las rodillas. La tela y sus brazos se tensan y los huecos en la base de su garganta se profundizan. Ursa se acerca para ayudar y le coge las manos por debajo para levantarlo hasta la mesa entre las dos.

—Diantre, pesa como una piedra —dice, de pie junto a la silla, mientras los delgados dedos de Maren se pelean con el nudo, tensado por la fuerza que ejerce el contenido. Entonces, se le engancha una uña sucia y suspira—. ¿Lo corto? —Agarra un cuchillo, pero Maren por fin reacciona y habla.

—No, por favor, señora Cornet. —Hay cierta angustia bajo la formalidad y ambas cosas sorprenden a Ursa. Maren se sonroja y se mueve para esconder el paquete de la mesa detrás de ella, como si protegiera a un bebé del cuchillo—. Es de mi madre.

Ahora, es Ursa la que se sonroja; se toma su tiempo para devolver el cuchillo a su sitio. No ha sido Maren quien ha vuelto a poner distancia entre las dos, sino ella, al tratar la tela como algo sin valor, que no importa tirar y fácil de reemplazar. «Esa era tu antigua vida», se dice.

Cuando se da la vuelta de nuevo, ha sacado la tela con cuidado de debajo del contenido y la ha dejado doblada con precisión a un lado. Ursa no iba desencaminada; junto a una columna de piedra lisa que reconoce como un rodillo, hay otra roca gris con forma de montículo y la parte superior plana, más o menos del tamaño del vientre de su madre cuando estaba embarazada del hermano que no viviría.

—¿Es una piedra plana? —pregunta. Maren suelta una risotada, un sonido abrupto que la hace llevarse la mano a la boca.

—Lo siento, es que… —Se le escapa otra risotada, seguida de una carcajada aguda. Se arrepiente al instante, lo que hace que también la otra mujer rompa a reír—. Perdona, lo siento.

—No lo sientas —responde Ursa; nota que la distancia que las separa se acorta de nuevo—. Pero, por favor, explícame qué es. —Sonríe—. Y, de paso, ¿por qué no es una piedra plana?

—Una piedra plana sirve para alisar o almidonar. Encaja como una mano en otra, así.

Extiende la palma y, en un gesto que es más una reacción que una intención, Ursa hace lo mismo y coloca la suya sobre la mano de Maren. Apenas le da tiempo a notar la fría sequedad y los ásperos callos de su piel antes de que la chica se aparte como si le quemase.

—Eh…

Llaman a la puerta. Tres golpes secos y decididos que a Ursa le recuerdan a su marido. El corazón le repiquetea en el pecho, pero Maren reconoce el sonido.

—Es Kirsten Sørensdatter —dice.

«Llama como un hombre», piensa Ursa al abrir la puerta. Kirsten ha venido con unos cuantos paquetes en los brazos, un cubo enganchado al codo y dos pieles atadas como una capa alrededor del cuello. No espera a que la inviten a entrar; pasa sin más y lo deja todo sobre la mesa.

—Buenos días, Ursula, Maren.

Sonríe a las dos, como si supiera que ha interrumpido un momento extraño y lo entendiera mejor que la propia Ursa. De nuevo, se ve impulsada a comparar a Kirsten con su esposo: está muy segura de sí misma y se planta en el medio de la habitación como si le perteneciera, de manera que Ursa casi siente cómo el aire la empuja hacia atrás para ofrecerle más espacio a ella. Y, aunque la exclamación de Maren llega de inmediato, tarda un par de segundos en reparar en que la mujer lleva pantalones.

—Kirsten, ¿estás loca? Te dije que esto tenía que acabarse.

Maren se acerca a su amiga y, aunque no le ve la cara desde donde ha abierto la puerta, sabe que está asustada.

Kirsten se mira.

—Lo que sería una locura sería hacer una matanza en faldas.

Ursa advierte las manchas oscuras que tiene en los muslos y en el bajo de los pantalones, que son un poco cortos y lleva atados a la cintura con una cuerda. Mira hacia fuera. No hay nadie mirando por las ventanas de las casas contiguas ni nadie junto a las puertas. Cierra y regresa a la mesa en silencio. Maren susurra, muy cerca de Kirsten, como si quisiera ocultarla de Ursa. Le parece que comparten una amistad mucho más profunda que la de dos mujeres que intercambian cotilleos en la puerta de la *kirke* una vez a la semana.

—No había nadie mirando —dice Ursa, con la esperanza de aliviar la tensión.

—Pero seguro que alguien la habrá visto. —Junta las manos como si rezase—. Siempre hay alguien por ahí. ¿Qué pasa si esto llega a oídos del pastor Kurtsson? ¿O del comisario?

Ahoga un grito y mira a Ursa, que retrocede. En ese momento, Maren parece peligrosa y desesperada, como un zorro en una trampa.

—Señora Cornet, Ursa, no… —Hace una pausa para calmarse—. Por favor, ¿podrías no…? —Se vuelve hacia Kirsten—. Has venido a la casa del comisario, Kirsten. ¡A la casa del comisario, en pantalones!

—Son mis mejores pantalones —se burla la aludida.

—¿Y se los pone para la matanza? —repone Ursa, siguiéndole la corriente. Maren tiene el rostro desencajado, así que trata de tranquilizarla—. No le diré nada a mi marido. *Fru* Sørensdatter, tiene mi palabra. ¿O debería llamarla *herr* Sørensdatter?

166

Maren no se ríe, pero Kirsten suelta una risotada y se quita un sombrero imaginario.

—*Milady*.

—¿Es que no ves lo peligroso que es? —Maren se retuerce las faldas con las manos—. Una cosa es que te los pongas en casa, pero...

—Lo peligroso es ese ceño. Como te dé un aire, te vas a quedar así y asustarás hasta a los trols.

—Los trols son cuentos de niños —dice Maren—. Esto es serio.

—Y, sin embargo, dejas migajas junto a la puerta en pleno invierno.

—¡No seguimos tales costumbres! —chilla Maren, rozando la histeria.

Ursa comprende que ella es la causa de su angustia. Es a su marido a quien teme, su rechazo a las runas y, sin duda, a los trols. En ese momento, Ursa lo desprecia; desearía que estas mujeres supieran que está tan asustada como ellas. Por el momento, se acerca a la joven y le pone una mano en el hombro.

—Por favor, no tienes de qué preocuparte. No le diré nada a mi marido. Está en Alta esta semana y estoy segura de que el pastor Kurtsson aprovechará al máximo su ausencia para descansar de las lecciones de noruego. Además... —Le dedica una sonrisa vacilante—. Yo también dejo comida para los trols en invierno. De hecho, mi hermana y yo insistimos en dejar arenques enteros, servidos con una patata y un pastel dulce.

—Me encantaría ser un trol de Bergen para comer tan bien —comenta Kirsten y, aunque Ursa decide tomárselo con humor, no le pasa desapercibida la burla y se regaña de nuevo por el despliegue de extravagancia.

Maren la mira a la cara y, por fin, decide creerla. Asiente despacio y levanta un poco la barbilla.

—Gracias.

—Aun así, Kirsten —añade Ursa, decidida a hacerse cargo de la situación y a mostrar seguridad para que Maren confíe en ella—, lo mejor será que te preste algo para volver a casa. —Abre la tapa del arcón de madera de cerezo y saca una falda de lana gris—. De todos modos, me quedaba un poco larga. —Se la tiende a Kirsten y, por primera vez, la ve dudar.

—No puedo aceptarla —responde la mujer—. Es demasiado cara.

—Tonterías. Insisto.

—La ensuciaré con las botas.

—Estoy aprendiendo a limpiar el barro de la tela. No es un problema.

Kirsten la acepta con reticencia y se quita las botas antes de ponérsela. Le queda un poco corta, aunque menos que las perneras.

—Tanto lío por unos pantalones —dice mientras vuelve a calzarse los zapatos—. Voy a llamar más la atención con una falda tan elegante como esta. Tenga cuidado, señora Cornet, o las mujeres de Dios vendrán a hostigarla y a pedirle que les dé encajes como limosnas. —Se endereza—. He traído todo lo que me pediste —se dirige a Maren—. Harina y demás. Hasta encontré algunas semillas de hinojo entre las cosas de Mads. A mí no me sirven para nada.

Ursa va a buscar dinero para pagar a Kirsten por las provisiones y la mujer se mete las monedas en el bolsillo del pantalón, por debajo de la falda.

—Gracias. Espero que las lecciones vayan bien, aunque nunca entenderé por qué ha elegido a una profesora así. —Sonríe con cariño a Maren, que todavía no se ha relajado del todo—. Te veo el miércoles.

21

Maren quiere llorar. Dichosa Kirsten y dichosas su arrogancia, su estupidez y su necesidad de llamar la atención. No se cree ni por un segundo que llevase los pantalones solo por la matanza. Era un espectáculo. Quería tomar la medida a la esposa del comisario y ya lo ha conseguido. Espera que se avergüence.

La puerta se cierra de golpe y se sobresalta.

—Por favor —dice Ursa—, no te preocupes.

Maren intenta suavizar el gesto hasta que le duele. No está acostumbrada a que se fijen de ese modo en ella, pero Ursa la mira como si le viera el corazón latir a través de la piel. Se cruza de brazos y se abraza.

—No estoy preocupada. —Se aclara la garganta, se pellizca debajo del omóplato y vuelve a la mesa, donde dejó la piedra—. ¿Me ayudas a ponerla en el fuego?

—¿Vamos a quemarla?

—Las rocas no se queman —responde con cautela y, acto seguido, mira a Ursa para comprobar que no le ha molestado; así es. La mujer le devuelve la sonrisa—. Es una piedra de cocción. —Desata el bulto más cercano, revisa el interior y saca un paquete de algo envuelto minuciosamente. Lo abre con cuidado y lo frota entre sus dedos para tantear el grano—. Qué bien que Kirsten haya traído hinojo, solo da harina de patata. —Se sacude el polvo de las manos—. Vamos a preparar *flatbrød*.

Ursa asiente.

—Creo que lo he probado, en Navidad, con arenques y cebollas.

Maren se estremece. El *flatbrød* es lo que comen más a menudo, pero, desde luego, no lo acompañan con cebollas. Espera que a Ursa le guste; no tendrá pan fresco en la despensa a menudo.

No le da más explicaciones y no le cuenta que ha elegido esta receta para el primer encuentro porque hasta un niño podría hacerla, ya que el *flatbrød* es casi imposible de quemar o cocinarlo mal. Lo ha preparado con mamá desde que tiene uso de razón, desde antes de que su hermano saliera con papá a cazar o a pescar. Cada pocos meses, pasan un día entero preparándolo. Mamá extiende la masa y Maren hornea.

—Este tipo de piedra mantiene muy bien el calor. En las noches muy frías, la colocamos a los pies de la cama.

Antes, iba con mamá y, a veces, incluso con papá, al monte para buscar rocas como esta. Papá las llamaba «piedras de fuego» porque se calentaban solo con el roce del sol. La acaricia con la mano. Es su segunda piedra de cocción, la que habían conseguido hacía menos tiempo, quizá unos diez años atrás. La que ha dejado en casa es mejor y está vacía como un cuenco por los años de uso. Quiere regalarle esta a Ursa, pero le da apuro ofrecérsela. Duda que mamá repare en su ausencia. Ya no se da cuenta de nada, como si una película le cubriera los ojos y se espesara con cada mes que pasa.

—¿Como un calientacamas?

No sabe qué es eso, pero asiente de todos modos.

—Mantiene el calor uniforme e impide que el aire entre en la masa. El pan se conservará durante meses, incluso años.

La levantan entre las dos y la colocan en el hogar. Ursa se sorprende de que Maren la haya cargado sola desde su casa.

—Tardará un rato en calentarse, pero podemos empezar a preparar la masa.

Distribuye sobre la mesa lo que ha traído Kirsten. Hay mucha harina, un cubo de *kjernemelk* con una fina capa encima que hace que se le haga la boca agua de solo mirarla. Al abrir los paquetes más pequeños de semillas e incluso un duro cristal de sal, Maren comprende que Kirsten vive mejor de lo que suponía. Acerca el mortero de Ursa, hecho de piedra gris fría, y se lo da para que muela las semillas de hinojo mientras ella calcula la cantidad de harina y la tamiza. Las semillas enteras serían demasiado fuertes, arruinarían el equilibrio del pan y harían que los huecos a los que no dan sabor quedasen demasiado sosos. Así se siente al lado de Ursa, frágil e insustancial como el *flatbrød*.

Ursa esparce el hinojo en la mezcla y Maren tiene que volver a tamizar porque la mujer no se ha esforzado demasiado y las semillas no han quedado tan molidas como le hubiera gustado. Sin embargo, cuando Ursa la mira ansiosa, Maren asiente y le da las gracias. Cuando la mezcla de la harina ya es menos arenosa, queda un pequeño montículo de cáscaras de hinojo en la mesa. Ursa se dispone a barrerlas, pero Maren extiende la mano. Esta vez, está preparada para el contacto y no siente la oleada de pánico que la invadió cuando la mujer puso la palma sobre la suya.

—Guárdalo. Podemos usarlo.

Ursa hace algo muy extraño. Se cubre la cara y suelta un gruñido de irritación, como una niña a la que han regañado.

—Perdona —responde—. Me siento como una tonta. Debes de pensar que soy horrible y una derrochadora.

—Claro que no —dice Maren—. Solo que tenías una vida diferente en Bergen. Espero que llegue a gustarte vivir aquí. —Siente calor en el cuello—. No digo que ahora lo estés pasando mal.

Ursa suelta una risita que desarma a Maren.

—Pero es la verdad.

Es un momento de confianza que la enternece.

—Todo irá bien.

Ursa la mira con gratitud y Maren se ruboriza.

—Eres muy amable. Doy las gracias por tenerte.

Se acerca a la joven y, aunque a esta no suele gustarle abrazar a nadie —de hecho, la última debió de ser cuando Diinna se desplomó en el suelo mientras mamá sostenía al recién nacido Erik—, algo la empuja a permitir que lo haga.

No hay reticencia ni timidez en la manera en que Ursa se acurruca entre sus brazos y encaja la cabeza debajo de su barbilla. El pelo le huele a sueño y a agua perfumada. Mencionó que tenía una hermana y quizá eche de menos abrazarla, porque se aferra a ella con un ansia inquietante.

Por su parte, Maren se vuelve más audaz y la abraza más fuerte. Siente sus suaves formas debajo del elegante vestido y la leve elevación de sus omóplatos, como olas en su espalda. No quiere respirar porque no quiere separarse el espacio necesario para hinchar el pecho. Entonces, Ursa la suelta y se aleja.

—Gracias —dice, y vuelve a dedicarse a las cáscaras de hinojo. Parece aliviada por el abrazo, mientras que a Maren la ha inquietado—. ¿Debería molerlo más?

Algo en su interior palpita, además del corazón. Asiente y empieza a añadir la *kjernemelk,* quitando la mantequilla de la parte superior para alcanzar el líquido que cubre. La acción requiere concentración y la tranquiliza. Envuelve la mantequilla con el paño limpio que Kirsten le ha dado para tal fin y el olor cremoso le inunda las fosas nasales. Se quedaron sin mantequilla el año pasado y ha echado de menos su consistencia, mezclada con la sal seca de un cubo de agua de mar y revuelta hasta dejarla dorada, lisa y perfecta.

Cuando ha añadido suficiente mazada, lo mezcla con cuidado y ladea el cuenco para que Ursa la vea mientras remueve el contenido hasta que la mezcla adquiere una consistencia firme, con la forma de la piedra de cocción que se calienta en el fuego.

Espolvorea harina en la mesa y Ursa le pasa el rodillo. Está hecho de una roca distinta a la de la piedra de cocción, más fría, para evitar que la masa se pegue. Divide la masa en dos montones y le pone uno a Ursa delante.

—Tiene que quedar fino como una galleta.

Ursa asiente, pero, en cuanto empieza a pasar el rodillo, es evidente que nunca ha preparado galletas. La forma que sale no se parece en nada a un círculo. Aun así, cuando la mira en busca de aprobación, con una mancha de harina en la frente cerca de la línea del pelo, Maren le sonríe alentadora y observa mientras lleva la masa con cuidado a la piedra de cocción y la coloca encima. Está descentrada y un lado asoma sobre las llamas. Sabe que esa parte se quemará y que el resto se cocinará de forma desigual.

—¿Cuánto tiempo?

Ursa mira la piedra.

—Hay que esperar hasta que el agua se haya evaporado, hasta que esté crujiente y se parta con facilidad. ¿Lo vigilas?

Después de asignar la tarea a Ursa, Maren ase el rodillo. No queda nada del calor de las manos de la otra. Trabaja la masa hasta formar unos discos precisos. No es tan hábil como mamá, pero quedan uniformes y moteados como los huevos que encuentran muy de vez en cuando en los huecos entre las rocas del acantilado que hay debajo de casa. No han ido desde la tormenta. Tal vez debería sugerírselo a mamá. Después de más de un año sin que los molesten, los pájaros se habrán olvidado del peligro que suponen las personas.

Tras algunos intentos en los que Ursa saca el *flatbrød* demasiado pronto o demasiado tarde, por fin aprende cuál es el momento exacto para agarrar el pan con las pinzas y dejarlo reposar para que se enfríe. No les cuesta encontrar un ritmo cómodo para las dos. No se comunican más que con miradas y asentimientos y, cuando la masa ya está extendida y apilada, Maren toma la tetera sin preguntar para preparar más té. La chimenea es doble, como Dag quería, de modo que las dos pueden estar juntas delante. Cuando el té está listo, los primeros panes ya están secos y frescos.

Ursa los pincha con el dedo.

—¿Están bien hechos?

—Solo hay una manera de averiguarlo.

Se sientan juntas a la mesa espolvoreada de harina. Ursa se dispone a probarlo, parte un trozo y se llena el regazo de migajas y trazas de semillas. Las tira al suelo sin miramientos mientras mastica.

—Mejora cuanto más tiempo se deja reposar —comenta Maren.

—Está bueno. —Ursa esboza una amplia sonrisa que le devuelve con ganas—. No existe bendición más plena que el pan.

—¿Qué?

—Es algo que decía Siv.

—¿Tu hermana?

—Mi criada. —Se sorprende a sí misma—. Y mi amiga. Mi hermana se llama Agnete. —Parpadea y las pálidas pestañas le rozan las mejillas—. Está enferma.

—Lo siento.

—Estuvo a punto de ahogarse al nacer. Los médicos dicen que se debe a que nació en la bañera y todavía tiene agua en los pulmones. Yo la cuidaba.

Maren no sabe qué decir. Come un poco más de *flatbrød,* recoge las migajas en la palma de la mano y las deja sobre la harina.

—Creían que no llegaría a cumplir un año, pero ya tiene trece. Será mucho mayor la próxima vez que nos veamos.

El silencio crece. Ursa no termina de comer y juguetea con el trozo de pan entre los dedos. El dolor de su rostro es tan evidente que incomoda presenciarlo.

—Mi hermano también era más joven —dice Maren al fin—. Nos llevábamos un año. Aun así, se casó antes que yo.

—Al menos, en eso le he ganado a Agnete. —Despacio, la mira a los ojos—. Lo echarás de menos.

De nuevo, no sabe qué decir. Siente una oscura atracción hacia el lugar delante del fuego, donde Erik yació con la piel verdosa y se encogía por momentos. No fue capaz de tocarlo durante las semanas que pasó allí, no se arrojó sobre su cuerpo entre lamentos como mamá. Aunque en la *kirke* hablan de almas y Varr y Diinna de espíritus, desde el momento en que lo

174

vio muerto sintió que no quedaba nada de él en este mundo, ni en ningún otro. No era más que un cuerpo vacío, como las reses de la despensa. Erik no era esa figura encogida, no estaba atrapado como un pájaro que choca contra las ventanas, no se encontraba en el mar ni en la ballena ni en el cielo. Se había marchado y nada la consolaba.

—Lo siento —dice Ursa—. He hablado sin pensar. Agnete y yo no solíamos conversar con nadie más que con padre y Siv.

—En casa ya apenas hablamos siquiera —responde Maren con brío—. Deberíamos guardar esto. ¿Tienes barriles para pan?

—No que yo sepa. Aunque quizá…

Ursa mira a la puerta de la despensa. Ya no hay telarañas, pero Maren sospecha que las han limpiado, no se han roto al entrar.

—Ya voy yo —dice al tiempo que se pone en pie, pero Ursa se levanta con ella.

—Deja que lo haga yo. —Vuelve a alzar la barbilla con la misma determinación que cuando se bajó del bote con el vestido amarillo—. Puedo hacerlo.

Cruza la habitación y lleva la mano al pestillo. Maren observa cómo se le levantan los hombros al respirar hondo antes de abrir la puerta y dejar rastros de harina en el marco. En la pared más alejada hay un ventanuco pequeño y estrecho y la luz que se filtra entre las figuras colgantes de los cuerpos de los animales ilumina los pelillos sueltos tras las orejas de Ursa, que estropean su perfecto recogido.

Duda un momento antes de entrar y desaparecer de la vista de Maren. Los cuerpos de color rojo oscuro y nervudos de los renos sacrificados se balancean. Ahora estarán jugosos, ricos y salados. Debería ofrecerse a enseñarle a trocearlos, pero quizá sea demasiado pronto. Se oye un chirrido y Ursa sale, empujando un barril delante de ella. Se estremece cuando una de las reses la roza. Cierra la puerta con los labios apretados, hace rodar el barril hasta la mesa, lo endereza y apoya las palmas en él.

Envuelven el *flatbrød* y lo guardan dentro. Cuando terminan, limpian la mesa y barren el suelo. Maren lava las tazas en el agua gris del lavadero y se le arrugan las manos mientras frota la huella de un dedo de la taza de Ursa.

Sacan la piedra del fuego con los atizadores.

—Déjala aquí hasta mañana —dice Maren—. Para entonces ya estará fría.

—¿Te la llevo?

—Puedes quedártela. El rodillo también. Tenemos otro.

Con la familiaridad que la caracteriza, le da la mano.

—Gracias.

—No tengo que irme todavía —añade Maren, aunque no es cierto. Le prometió a mamá que volvería para ayudarla a cocinar. No obstante, regresar a su pequeña casa, sumida en un silencio y una tristeza tan espesos que apestan, le resulta inconcebible en ese momento, en esa cálida habitación y con la suave mano de Ursa en la suya—. ¿Empezamos con las pieles?

—Soy una desconsiderada —repone Ursa—. Debes de echar de menos tu abrigo.

—Sí. —Es una mentira fácil; tiene el de su padre en casa—. Estaría bien recuperarlo.

—¿Seguro que tu madre no te necesita? Puedes llevarte el abrigo. No voy a ir a ningún sitio más que a la *kirke*. Además, aún faltan días para el sábado y cada vez hace más calor.

Maren siente que se le escapa la oportunidad.

—No me gustaría que te deshicieras de él. No tardaré mucho en enseñarte. Aunque, por supuesto, iríamos más rápido si lo hacemos juntas. Habremos terminado antes de que anochezca.

¿Por qué no dice que quiere quedarse? No es así como hablan aquí, si es que hablan, con ese baile de idas y venidas, como corrientes que se arremolinan al viento.

—No me importa que te quedes. De hecho, lo preferiría; Absalom está en Alta. —Los ojos le brillan cuando vuelve a mirarla—. Podríamos sentarnos frente al fuego y charlar mientras cosemos. Si te parece bien. No tienes por qué…

De nuevo, Maren siente que algo en su interior la empuja, como un brazo fantasma que se estira para aferrarse a Ursa; como si se ahogara y ella fuera una balsa a la deriva.

—Sí —consigue pronunciar—. Sí, me quedaré.

22

Extienden las pieles en el suelo y Maren ase un cuchillo para marcar los puntos correctos. Tiene que rodear a Ursa con una cuerda para medirla y se sonroja al hacerlo. Corta el cuero en varias formas mientras la otra mujer observa. Nota que quiere decirle algo.

—¿Las reuniones de los miércoles son algo habitual?

Maren deja de cortar y se apoya en los talones.

—La reunión del miércoles que mencionó Kirsten —explica Ursa, aunque Maren apenas recuerda la visita de la mujer. Le parece que sucedió hace siglos—. ¿Os veis solo vosotras dos?

—No. Nos reunimos unas cuantas en casa de *fru* Olufsdatter.

—Es nuestra vecina, ¿verdad? Me gustaría conocer a más gente fuera de la *kirke*.

Maren da un respingo.

—No les mencionaré nada de esto si no quieres. Fingiré que no te conozco.

Maren sabe que bromea, pero reacciona demasiado despacio como para esconder que le ha hecho daño.

—Haz lo que quieras.

—¿Te apetece un poco de anís? —Ursa se pone dos semillas en la palma y se las ofrece—. Tienes que ponértelo en la lengua. Tiene un sabor extraño, pero está bueno. —Coge una y se la mete en la boca. Saca la lengua para enseñársela—. Si no te gusta, puedes tirarla —añade, y se cubre la boca. Las palabras se deslizan un poco por el anís.

Maren acepta una semilla y se la lleva a los labios.

—¿A que está rica?

—Nunca había probado nada igual. ¿Son de Bergen?

—De Asia. El capitán Leifsson me las dio. Gobernaba el barco en el que vine.

Retoman el trabajo. Maren coloca las piezas de las mangas en la mesa para coserlas, una a una. Les hace agujeros con una barrena y le muestra a Ursa el punto de cruz que debe usar al coser para que dure.

—Espero que no te haya molestado que te preguntase por la reunión del miércoles —dice Ursa—. Lo entiendo si no soy bienvenida. He disfrutado mucho al pasar el día juntas y me gustaría conocer a otras, si es que son tan amables como tú.

¿Cómo va a explicar el nudo que se le forma en el pecho al pensar en que Ursa se haga amiga de otras mujeres? Es infantil sentir celos por una amistad así de nueva. Además, está el obstáculo de llevar a la esposa del comisario a una reunión informal. Confía en que Ursa no le hablará a nadie de los pantalones de Kirsten, pero ¿qué más escuchará?

—Sé que soy una desconocida —añade—, pero me gustaría mucho dejar de serlo.

—Estás más que invitada.

—¿Vendrás a buscarme? No me gustaría presentarme sin avisar la primera vez.

Maren asiente, sin saber qué más hacer.

—Perfecto. —Ursa sonríe—. Está decidido. —Vuelve a centrarse en la tarea—. Ahora, dime, ¿dónde me he equivocado?

La respuesta es inmediata; Maren la ayuda a deshacer los errores y le enseña cómo hacerlo más despacio. El fuego se consume dos veces antes de que terminen. El mundo está tranquilo y gris al otro lado de las ventanas y la noche es silenciosa, como si todos los seres vivos contuvieran la respiración.

Ursa tiene el pulgar enrojecido y sangrante de empujar la aguja por la piel gruesa sin un dedal, así que Maren piensa en traerle un pedazo de cuero la próxima vez.

—Pruébatelo. —Maren le tiende el abrigo y la mujer desliza los brazos por las mangas.

—¿Qué tal me queda? —pregunta Ursa, y da una vuelta—. ¿Parezco una mujer de Vardø?

No se les parece en nada, a ninguna. Siente un pinchazo en el pecho y agacha la cabeza para esconder la confusión mientras intenta deshacer el nudo del estómago.

Ursa se quita el abrigo y lo cuelga en el gancho junto a la puerta. Toma el otro y se lo tiende a Maren.

—Gracias por prestármelo. —Se acerca al arcón otra vez y regresa con dos semillas y unas monedas—. Aquí tienes.

Maren las acepta, doradas y tintineantes.

—Es demasiado.

—No con la piedra, el rodillo y todo lo demás —replica Ursa, que le cierra los dedos—. Hemos hecho mucho más de lo que esperaba. Ya casi soy una ama de casa.

—¿Y el anís?

—Una para ahora y otra para después. ¿Hasta el miércoles, entonces?

A Maren le gustaría que la retuviera una vez más, que le bloqueara el camino y la hiciera quedarse al menos hasta que vuelva el día. Sin embargo, Ursa le abre la puerta y deja que desaparezca en la noche neblinosa y soleada.

El tiempo que han pasado juntas la hace sentirse como no se había sentido desde que Dag se le acercó entre temblores y le pidió que se casaran. Incluso su amistad con Kirsten, aunque le es muy valiosa, existe en términos diferentes.

Nunca antes ha visto tanto dinero; en el pueblo se sirven más del trueque que de monedas. Su tintineo es como una burla. Convierte el tiempo que han pasado juntas en nada más que un servicio, como si no significase para Ursa más que Kirsten. Aun así, sabe que es demasiado y que servirá para pagar muchas veces sus pedidos habituales a los comerciantes de Varanger cuando vengan en verano. Además, mamá no la dejaría volver con las manos vacías; le prohibiría entrar en casa.

¿La escucharía Maren? Duda que la desaprobación de su madre la mantuviera alejada de esa casa ni de Ursa. Es la primera amiga que ha hecho en años y no ha sufrido por las dificultades de toda una vida en Vardø. Incluso antes de la tormenta, ninguna era tan suave como ella.

Cuando divisa su casa y la luz que sale de las ventanas la convierte en un barco entre la niebla, toma tres de las monedas más pequeñas y pesadas de un bolsillo y las pasa al otro, envueltas con un trozo de tela. No sabe lo que valen, no entiende lo que pone en la superficie, pero su peso y su color le dicen que son las más valiosas.

Las guardará para sí misma, para algún propósito que aún no tiene claro. Quizá vaya a Trøndheim y compre tela tejida, se haga un vestido como el azul oscuro de Ursa, con un escote que se acerque con descaro a los hombros y ribetes de encaje en los puños. No lo llenaría igual de bien, pero sería agradable tener algo nuevo, sin las costuras ni los bordes deshilachados. Aprieta las monedas en la mano hasta que están calientes y mira al cielo. El sol está bajo y difuso, su luz siempre se desplaza hacia los rincones de su vista. Quizás algún día podría construirse una casa propia.

Mamá está despierta, de pie ante el fuego. La piedra de cocción se encoge entre las llamas como un sapo y tiene una pila de *flatbrød* al lado. En la mesa, hay más masa. No levanta la vista cuando Maren cierra la puerta. La habitación se le cae encima después de pasar un día en la casa del comisario. Aunque está bien barrida, hay un olor que antes no había percibido, a humo y a pelo sucio. Se aclara la garganta; sabe a anís.

—¿Mamá?

La mujer alcanza con las manos el pan horneado, lo palpa y le da la vuelta en las palmas. Humea, pero se toma su tiempo para llevarlo hasta la rejilla y lo baja tan lento como si rezara una oración. «No existe bendición más plena que el pan», piensa mientras su madre levanta otro círculo de masa y lo coloca sobre la piedra.

—Siento llegar tarde —dice, y se quita el abrigo.

181

De pronto, siente una punzada en el pecho al recordar a Ursa y su manera de hacer que el abrigo nuevo pareciera algo extraordinario y bonito, como las plumas de un pájaro.

No sabe que Maren bordó dos pequeñas runas en la manga, las que Diinna le enseñó que significaban protección contra el daño y cuidado. Le complace pensar en ello, como mensajes garabateados en tinta invisible sobre la pálida muñeca de Ursa y los lisos pasajes de sus venas, verdes como el agua derretida.

Mamá sigue sin decir nada, pero tiene los hombros tensos y elevados. Cuando Maren se acerca al fuego, cuadra la mandíbula mientras da la vuelta al pan. Sus manos están tan acostumbradas al movimiento que no mira hacia abajo, sino al frente, y el calor la hace sudar. Le brilla la piel y la costra permanente de la comisura de su boca está descamada. Le parece una desconocida.

—¿Mamá?

Maren saca las monedas y su madre la mira por fin. Después, lleva la vista a su mano y, sin decir nada, asiente en dirección a la olla donde guardan sus escasos fondos, la cadena de cuentas que le dio el padre de Diinna al casarse con Erik y la perla gris que papá encontró en la boca de una concha y que pensaba darle a Dag como regalo de bodas. Maren guarda las monedas dentro y vuelve para pasar a mamá el siguiente trozo de masa de *flatbrød*.

Trabajan hombro con hombro y el silencio es a la vez más duro y más fácil que con Ursa. Lo han hecho juntas tantas veces que se sincronizan como un solo cuerpo.

—¿Cómo es? —pregunta mamá al cabo de un rato.

Maren piensa en las suaves manos de Ursa, en sus mejillas y en cómo se le arruga la barbilla cuando piensa o se avergüenza. Piensa en su aliento con olor a anís, el cual ahora comparten, como un secreto.

—No es como esperas.

Mamá bufa con incredulidad.

—La conocerás pronto —añade Maren mientras le pasa el último pan crudo y mamá lleva otro al estante—. Vendrá a la reunión del miércoles.

Al mencionarlo, siente la misma confusión que cuando Ursa se lo ha planteado. Su amistad es todavía nueva e indefinida, no ha madurado suficiente como para que se sienta segura al respecto. ¿Y si Ursa comprende que ha elegido a alguien mediocre para ayudarla, cuando podría tener a sus maestras? Toril es la más hábil con las agujas, Gerda la que más rápido bate y Kirsten la mejor a la hora de sacrificar animales. A su madre se le da mejor cocinar y hornear. Maren ni siquiera tiene un buen temperamento como la mayoría.

—No me digas. —Mamá arquea las cejas—. Será interesante. ¿Qué ha dicho Kirsten?

—¿Por qué tendría nada que decir?

—Le encanta ser el centro de atención. Si la mujer del comisario está presente, no le resultará fácil hacerse con el mando.

—No le importará. Fue ella quien lo mencionó en su presencia.

—Ya veremos —responde.

Comienza a apilar los panes en los barriles y Maren se acerca para ayudarla. A través de la fina pared, Erik se ha callado por fin y se oye una débil canción, a Diinna hablar en su idioma. El *joik* de Erik.

Se van a la cama justo cuando la mañana se cuela por debajo de la puerta. Maren espera a que mamá se duerma para sacar las demás monedas y el anís del bolsillo y meterlas en su almohada por el desgarrón. Mueve el anís para sentirlo en la mejilla y olerlo a través de la tela gris. Debería aprovechar uno de los largos días de verano para remar hasta el monte. No ha cambiado el brezo desde la tormenta y está crujiente como el pan quemado. Quizá, ahora que Ursa ya tiene abrigo, quiera acompañarla.

Todavía escucha el canto de Diinna. Erik debe de seguir despierto. Maren apoya la mano en la pared y cierra los párpados a la luz del día brillante. Se hunde, y la ballena que vino a por su padre y su hermano emerge a la superficie y la llama al mar.

23

Mamá la hace trabajar duro el día antes de la reunión del miércoles. La manda a casa de Toril a buscar unas prendas de invierno remendadas y la mujer es más severa con ella que nunca. Siempre ha sido alguien difícil de llevar, fría incluso con quienes la han conocido toda la vida, pero, desde la tormenta, ha vestido su fe como una armadura y blande su piedad como una espada. Maren cuenta cinco crucifijos en el estante sobre la chimenea, como armas recién forjadas. Hay más en las paredes, hechos de algas marinas tejidas y cordeles.

—¿Es por el comisario Cornet? —Maren señala los crucifijos con la cabeza.

—Es por Dios —responde Toril—. Viene casi todos los días.

—¿Dios?

—El comisario. —Maren se muerde las mejillas para no reírse al ver la cara furiosa de Toril—. Aunque hoy no ha venido. Está en...

—Alta.

Aprieta la ropa hasta que se le ponen los nudillos blancos.

—¿Te lo ha dicho?

—No eres la única que sabe cosas, Toril —contesta Maren, y recuerda con placer cómo Kirsten le arrebató su momento al compartir la información que tenía sobre el *lensmann*.

Extiende las manos para recibir el montón de telas remendadas, pero la mujer no se las da.

—No os ha visitado.

Maren se encoge de hombros.

—Sé que no. Nunca lo haría, no con una lapona y su bastardo bajo vuestro techo.

La ira llega rápida y le enciende el pecho.

—Erik no es ningún bastardo. Estaban casados, bailaste en su boda.

—Claro que no —responde Toril—. Jamás bailaría en una unión diabólica.

Le pica la palma de la mano. Le gustaría abofetearla y arrancarle el pelo. Se conforma con arrebatarle las prendas de las manos.

—Deberías controlar esa lengua, Toril Knudsdatter.

Toril pierde el equilibrio y tropieza. Choca con el estante que tiene al lado y tira varios crucifijos al suelo. Maren se da la vuelta con el corazón acelerado mientras la mujer se arrodilla a recogerlos.

Hay mucho movimiento en Vardø, como siempre ocurre en verano. Las mujeres se sientan a las puertas de las casas a batir mantequilla y escamar el pescado traído de Kiberg. Aunque le son familiares, los olores y la charla constante no la tranquilizan. Va directa a la puerta de Diinna y llama con el codo.

Tarda un rato en responder. Tiene la piel amarillenta, la boca tensa y el pelo suelto y lacio. Maren recuerda su expresión el día en que Kirsten la sacó de la nieve el primer invierno. Tras ella, la habitación está oscura y mal ventilada; huele a leche agria. El pequeño Erik sigue arropado entre las mantas y advierte el subir y bajar de su respiración.

Diinna se dispone a coger la ropa sin decir nada, pero Maren niega con la cabeza y le pide con un gesto que salga. La puerta se cierra despacio tras ellas, aunque Maren desearía pedirle que la dejara abierta para que entre aire fresco en la habitación donde duerme su hijo.

—Vengo de casa de Toril.

—Ya lo veo.

A la luz del día, Diinna parece más desdichada que nunca. Tiene los ojos llorosos e inertes. Si no fuera porque sabe que no tiene manera de conseguirlo, Maren pensaría que está borracha.

—Ha hablado de ti. Palabras nada amables.

—¿Y qué?

—Ha dicho que Erik y tú no estabais casados de verdad.

El dolor atraviesa el rostro de Diinna. Se lleva un mechón de pelo a la boca y lo chupa.

—Estuvo allí, nos vio casarnos.

—Lo ha llamado una unión diabólica. —Baja la voz para que mamá no la oiga.

Diinna se encoge de hombros.

—Siempre ha sido así. Incluso de niñas. Una vez me tiró una olla de agua caliente. —Se lleva la mano al tejido cicatrizado del hombro y Maren por fin recuerda que fue Toril quien lo provocó—. ¿Por qué vienes a contarme historias que ya conozco?

—No son parloteos sin importancia —replica Maren—. Ahora cuenta con la atención del comisario. Reza con ella casi todos los días.

Diinna resopla.

—¿Eso es lo que hacen a todas horas?

Maren deja la ropa en el suelo y la agarra por los hombros. Nota los huesos bajo los dedos.

—Diinna, por favor. Ven a la *kirke* el sábado. Tiene que verte allí.

Su cuñada se zafa de ella.

—Ya permití que Erik fuese, por tu madre y por ti. Con eso debería bastar.

—No lo hagas por mí. —Le dan ganas de sacudirla—. Hazlo por ti o, al menos, por Erik. En el censo del comisario dice que no vas a la *kirke*.

—¿El censo?

—Su libro. Está escrito y, una vez escritas, las cosas no se olvidan con facilidad. Además, eres…

—¿Lapona? —Entrecierra los ojos.

—Nunca usaría esa palabra, pero ya sabes lo que Kirsten me contó de los hombres samis que han muerto en Alta, y otro más ha perdido la vida en Kirkenes.

—Solo eran tejedores de viento. —Por un momento, arruga el gesto con tristeza—. Eran inocentes.

—Por eso deberías tener cuidado. —Maren aprieta los dientes—. El primer sábado —continúa al acordarse de pronto—, el comisario Cornet habló de su participación en el juicio de una mujer. Quizá no sea el único motivo por el que ha venido, pero sí está relacionado. Tienes que venir a la *kirke*.

—A mí me parece que lo mejor sería mantenerme alejada de él.

—Pero sabe quién eres. Toril le dio tu nombre en la *kirke* y tengo la sensación de que se lo ha vuelto a mencionar más veces.

—Debí haberle hecho un agujero en la lengua cuando lo dije —responde Diinna—. Nos vendría bien a todas.

Maren había olvidado la amenaza pronunciada en los terribles días tras la tormenta y el recuerdo le provoca una oleada de náuseas.

—No deberías decir esas cosas.

—¿Por qué? ¿También crees que soy una bruja? —Diinna la mira sin parpadear.

Maren se clava las uñas en las palmas y su desesperación raya en el enfado.

—¿No vas a venir?

Diinna aparta la mirada.

—Al menos, deberías ver a las demás más a menudo —añade—. Antes, algunas te gustábamos.

«Antes me querías», piensa mientras recoge la ropa. Diinna no se mueve para ayudarla. Sigue con un mechón de pelo en la boca y el sonido de succión pone más nerviosa a Maren.

—¿Por qué no vienes el miércoles? Como antes. Toril no asiste, ni tampoco la mayoría de las mujeres de la congregación.

—Pero tu madre sí. Además, creía que ahora todas erais mujeres de Dios —espeta.

—Sabes que no soy una de ellas —replica Maren mientras se endereza y le tiende las prendas—. Ni Kirsten, ni Edne, ni muchas otras; no somos como ellas.

—Sí, es cierto —reconoce y acepta la ropa—. Pero tampoco soy una de vosotras.

Dentro, Erik protesta.

—¿Vendrás a la reunión? —pregunta desesperada cuando Diinna abre la puerta y se vuelve para cerrarla después de entrar. No le da una respuesta.

Camina de un lado a otro ante la puerta. Siente que una trampa se cierne sobre ellas desde que Toril dio el nombre de Diinna en la *kirke*. Las noticias de Alta lo empeoran. El hecho de que los marineros hayan acudido a los samis en busca de amuletos contra el mal tiempo desde que se establecieron aquí no tiene ningún valor en un tribunal. Kirsten le dijo que los condenaron a muerte en un solo día.

Sabe que ir a la iglesia va en contra de las creencias de Diinna y de las costumbres de los samis, pero, ahora mismo, importa menos en qué crean que en qué finjan creer. A veces, se pregunta si ella también finge un poco. Desde la tormenta, siente que Dios la ha abandonado y, desde que llegó el comisario, teme a Cornet mucho más que a ningún dios.

En el interior de la casa, mamá envuelve el pescado salado con paños limpios. Están esparcidos por la mesa; una mezcla de varios tonos de blanco, aclarados por la sal. Las espinas se amontonan en una pila pequeña, listas para clasificar las que servirán como agujas o peines y las que se usarán para la sopa.

—¿De qué iba todo eso?

Maren deja la ropa en el estante y se une a mamá en la mesa.

—Diinna no vendrá a la *kirke*.

—No es ninguna novedad. —La mira con atención—. ¿Por qué lo intentas?

Maren toma un pez y unas pinzas. No quiere discutir lo mismo otra vez.

—¿Por Toril?

Maren asiente y mamá frunce los labios.

—Le dije a Erik que si se casaba con ella, la gente hablaría. Ahora no está aquí para protegerla.

«Y tú no haces nada por ayudarla», piensa mientras arranca las espinas a un bacalao.

—La he invitado a la reunión del miércoles.

Mamá arquea las cejas.

—¿Diinna y la esposa del comisario? ¿Te parece una combinación inteligente?

—Urs… La señora Cornet no es como el comisario. No pasará nada.

—Ya veremos.

Entrevé cierta emoción en su voz; no es la primera vez que Maren sospecha que el desagrado que su madre siente por Diinna se ha convertido en algo más cercano al odio. Mientras que antes a su madre le preocupaba que su nuera desapareciera en el monte, ahora sospecha que lo preferiría, siempre y cuando dejase al pequeño Erik aquí.

—En fin. —Mamá se pasa la lengua por la comisura de la boca—. Pase lo que pase, no dudes que Diinna se lo habrá buscado.

24

Aunque a Ursa le preocupaba dormir sola, su cuerpo está tan poco acostumbrado al esfuerzo que se sume en un sueño profundo en cuanto Maren se marcha. Al día siguiente, despierta confundida y con la cabeza a punto de estallar. La casa está barrida y ordenada y el nuevo abrigo cuelga detrás de la puerta.

Se plantea ponérselo, salir a pasear y, tal vez, ir a buscar a Maren. Mientras que en Bergen habría sido impensable que saliera sin compañía, en este lugar de mujeres no hay motivos para los chismes. Sin embargo, no conoce el camino a ningún lugar excepto a la *kirke* y no tiene ningún deseo de ir allí.

Se dice a sí misma que, a partir del miércoles, conocerá a más mujeres y, quizá, podrá visitarlas. Con el abrigo y las botas, se siente más estable. Se prepara un té y come un trozo de *flatbrød* untado con un poco de la mantequilla que Maren hizo con la *kjernemelk*. Un solo día con Maren le ha abierto los ojos y, donde antes le parecía que no había nada que hacer, ahora sabe que debe alimentar el fuego y, quizá, preparar panecillos frescos con la harina sobrante para que Absalom y ella los coman juntos cuando regrese.

Llega mucho antes de lo que esperaba. El miércoles por la mañana, Ursa se levanta temprano y se viste. Mientras hierve agua para el té, la puerta se abre bruscamente. Se da la vuelta, pensando que podría ser Maren, que viene temprano a recogerla para la reunión, pero es Absalom Cornet quien está en el umbral. Se quita el sombrero negro.

—Esposo. —Se fuerza a mantener la sonrisa antes de que desaparezca—. Has vuelto pronto.

—El viento no era favorable, así que tuve que enterarme de la situación de Alta desde Hamningberg. —Después de todo, solo había llegado hasta el siguiente pueblo por la costa.

Ursa escudriña su gesto, pero no le parece airado. Él la mira de arriba abajo.

—¿Has estado en la *kirke,* esposa?

—Perdóname, no, marido. Quería verme presentable.

Absalom arquea las gruesas cejas.

—¿Para quién?

—Más tarde me reuniré con algunas de las mujeres.

Temía su reacción, pero su esposo se limita a asentir con la cabeza.

—Bien. ¿Te ha invitado Toril Knudsdatter?

—No, marido.

—¿Sigfrid? Dijeron que lo harían.

Niega con la cabeza.

—No las conozco.

—Ayudan en la *kirke* y he supervisado sus enseñanzas espirituales con el pastor Kurtsson. —Ursa vierte el agua hervida y las hojas revolotean. Absalom frunce el ceño cuando le ofrece una taza de té recién hecho—. ¿Quién, entonces?

—Nuestra vecina, *fru* Olufsdatter. —No quiere darle el nombre de Maren, y mucho menos el de Kirsten.

—Ya veo. —Da un sorbo.

—¿Qué tal Hamningberg?

Dado que no se ha opuesto a que asista a la reunión, quiere desviar el tema cuanto antes.

—Bien, bien. El comisario de Kiberg también está atrapado allí. Larsen. Es un buen hombre, aunque un poco presuntuoso. El comisario Moe le había informado de la situación en Alta. El juicio transcurrió sin incidentes.

—¿Ibas a asistir a un juicio? ¿De qué?

—Ya había terminado. Solo quería saber cómo estaba el ambiente. Aunque han apresado a dos lapones más, así que tengo intención de volver cuando el viento sea más favorable.

—¿Qué hicieron los lapones?

—No se trata de lo que hayan hecho, sino para lo que han nacido. La brujería.

—¿Brujería?

Ursa se cruza de brazos.

—Suelen practicarla —responde Absalom. Es evidente que su interés lo halaga.

—¿Cómo se demuestra?

—Existen pruebas. —Se inclina hacia delante y, aunque es innegable que le emociona hablar del tema, hay un atisbo de miedo en su voz—. El rey Jacobo de Escocia ha escrito un libro sobre cómo localizar y determinar si una mujer es una bruja, pero los lapones son fáciles de atrapar. Tienen tambores de piel y los golpean para convocar a los demonios.

Absalom se persigna y Ursa siente un escalofrío bajo la piel.

—¿Demonios? ¿Pueden hacer eso?

—Igual que un pastor invoca a Dios —contesta con gravedad—. Antes de que el rey Cristián lo ordenara, la ley ni siquiera obligaba a destruir tales instrumentos. La carta de Moe dice que han confiscado uno, pero no se atreven a quemarlo, por miedo a que libere algo.

Ursa se estremece.

—¿De verdad lo crees posible?

—Lo he visto con mis propios ojos. —Su voz se ha tornado un susurro. Ha recordado algo que lo asusta, y eso perturba a Ursa—. En Escocia, se celebraron muchos juicios. No tenía ninguna necesidad de viajar para ver otro, pero creí que podría aprender algo de los métodos del comisario Moe. Desde luego, no voy a aprender mucho de Larsen. —Se recuesta en la silla—. Ni siquiera había pensado en realizar un censo hasta que se lo sugerí.

—¿Ha visto Larsen al *lensmann?*

—Sí, en Alta. —El rostro de Absalom recupera de nuevo su inescrutabilidad habitual—. Muchos de los comisarios son viejos amigos, marineros.

—Entonces, es un gran honor, ¿verdad, marido? —Absalom la mira—. Que te hayan hecho venir desde Escocia solo por tu reputación.

El hombre cuadra los hombros y una sonrisa fantasmal asoma por las comisuras de sus labios.

—Así es, Ursula.

Se termina la taza y se levanta con energías renovadas.

—Me marcho a la *kirke*. Espero que disfrutes de tu reunión. Pero, esposa... —Ursa lo mira—. Estate atenta. Si oyes cualquier cosa extraña... —No termina la frase y desaparece de nuevo; cierra la puerta al salir.

Ursa vuelve a respirar. Mostrar interés por Alta y el juicio ha sido un acierto, aunque le ha revuelto el estómago. La brujería era un ente lejano en Bergen, pero ¿aquí? Quizás aquí esas cosas son posibles. Vacía la taza y prepara otra tetera. No quiere beber de los mismos posos.

Maren llega instantes después de que el sol alcance el punto más alto y viene acompañada de otras dos mujeres. Reconoce a su madre y la saluda con una reverencia a la que la señora no corresponde; en su lugar, dirige la vista detrás de Ursa, al interior de la casa, con tal hostilidad que esta no las invita a pasar. Se pone el abrigo y echa el pestillo.

Las tres llevan fardos atados al pecho y Ursa reconoce la tela que quiso cortar; la lleva la madre de Maren. Espera que no le haya hablado de su ignorancia. El cielo es gris y azul, como un hematoma de hace un día, y sus figuras contrahechas destacan en contraste.

—Esta es Diinna —dice Maren con evidente tensión.

La otra mujer la mira a los ojos. El fardo le cubre todo el torso y tiene la cara ancha y los pómulos altos. No la ha visto en la *kirke* y comprende que es la mujer sami que Maren trató de proteger de las preguntas de su marido. La que talló las runas sobre la puerta.

Aunque es delgada como Maren y su madre, a Diinna le sienta mejor; se mueve con más facilidad. Tiene el pelo grueso y largo sin lavar, con las puntas enredadas. Se recoloca el bulto del pecho y Ursa tarda unos segundos más en reparar en que acarrea a un niño, pequeño, pero no tanto como para llevarlo cual bebé.

—Este es Erik —dice Maren—. El hijo de mi hermano.

—Y mío —apunta Diinna con cierta actitud desafiante.

Las tres mujeres juntas constituyen una imagen desconcertante y Ursa camina junto a Maren la corta distancia hasta la casa de su vecina.

La puerta está entreabierta y un parloteo les llega desde el interior, junto con el aroma a pan fresco que ya le es familiar. No tiene tiempo para prepararse antes de que Maren abra la puerta y se adentre en la habitación amarilla.

Hay bancos dispuestos a los lados y las mujeres se apiñan en grupos, charlando con sus labores de costura en el regazo. En la pared, hay un estante con lo que parece un surtido de piedras pálidas. Han colocado la mesa delante de la chimenea; está repleta de pan, pescado, jarras de agua y cerveza ligera. Se pregunta si debería haber traído algo, si tendría que ir a por los panecillos que preparó ayer.

Al principio, la charla continúa, pero las cabezas se vuelven cuando Ursa entra, caras que conoce de la *kirke,* pero a las que no pone nombre. Se hace el silencio, excepto por los niños que juegan en el suelo, a sus pies. Le recuerda a la primera vez que estuvo en la *kirke* y se encoge. Se mira las faldas.

Es Kirsten quien rompe el silencio.

—¿No te avisé de que venía? —le dice a una mujer de pelo rizado junto al fuego—. Apuesto a que ahora te alegras de haber sacado los platos buenos.

La mujer se levanta y se acerca a Ursa con la mano levantada para darle la bienvenida. Es *fru* Olufsdatter, la dueña de la casa.

—Me alegro mucho de que haya venido, señora Cornet.

—Ursula, por favor. Tiene una casa preciosa.

—La construyó el padre de mi marido —dice. Se desplaza un poco a la derecha y a Ursa le parece que intenta esconder el estante junto al fuego. A su lado, Maren se remueve inquieta, pero no le quita los ojos de encima, casi con reverencia—. Gracias por venir.

—Maren me invitó —responde, todavía deseosa de demostrar que tiene derecho a estar allí. La mujer ignora a Maren a propósito y Ursa sospecha que ha ocurrido algo entre ellas, las separa cierta distancia.

—Me alegro —repite, y señala hacia la mesa—. ¿Le gustaría comer o beber algo?

—Tengo un poco de sed —contesta Ursa, y la mujer se inclina hacia la mesa para tomar una de las jarras. Aprovecha la oportunidad para observar más de cerca el estante. No todos los objetos son piedras, también hay dos figuras talladas toscamente en hueso en el centro.

Fru Olufsdatter se endereza y le acerca una taza. No es agua ni té, que es lo único que ha bebido durante semanas desde el *akevitt* del barco, sino una especie de líquido turbio. Lo huele sin querer ser grosera.

—Es agua de acedera —le explica Maren—. Es un poco fuerte, pero creo que te gustará.

Al tenerla tan cerca, Ursa nota que el aliento le huele a anís. El aroma la reconforta y da un sorbo. Trata de no arrugar la nariz. El agua es muy amarga pero tiene un regusto dulce, como las manzanas para cocinar que Siv compraba en Navidad. A Agnete le encantaban, hasta que los médicos le impusieron una dieta de alimentos secos; las masticaba como un caballo y les arrancaba la piel con los dientes. Se le retuerce el estómago por la nostalgia.

Fru Olufsdatter la mira ansiosa, así que le sonríe y asiente para pedir más, aunque tardará un poco en acostumbrarse. Les han dejado un hueco en un banco a la derecha del fuego y, aunque hay espacio suficiente para la diminuta figura de Diinna, esta se queda de pie junto a la puerta incluso después de dejar a Erik con los otros niños. Su presencia afecta a las demás tanto como la de Ursa. Aunque se siente mal por la mujer, se alegra de que las miradas que ella recibe se deban más a la cautela que a una acérrima aversión.

Las mujeres retoman la conversación, pero de forma más sosegada. Cada una habla con su vecina y no con quienes están al otro lado de la habitación, como hacían antes. Mira a Diinna por encima de la taza. *Herr* Kasperson, el empleado de su padre, trabajó durante un tiempo en una estación ballenera de Spitsbergen. Les contó que los lapones eran bajos y de aspecto salvaje, con dientes diminutos y afilados como agujas, y que llevaban colas de lobo anudadas alrededor del cuello y sombreros puntiagudos en la cabeza. Sin embargo, no hay mucho que haga destacar a Diinna entre las demás, aparte de su piel, más oscura; los pómulos, más altos, y la actitud de las mujeres hacia ella. Piensa en el juicio de Alta y se pregunta si estrará al tanto.

Erik también se sienta un poco alejado de los otros niños, con las piernas estiradas. Las diferencias en él son más notables. Tiene algo raro en la mandíbula, como si estuviera suelta. Se pregunta si le pasa algo. Agnete también fue una niña lenta. Sin embargo, a pesar de su enfermedad, su mente se había agudizado. Tal vez a Erik le ocurra lo mismo.

Maren saca un pedazo de tela del fardo, desenvuelve una aguja fina y una hebra. Kirsten trabaja en unas botas grandes como las de un hombre en un taburete bajo delante de ella y corta retazos de cuero para forrarlas. Debería haberse traído su propia labor.

—¿Te ayudo? —pregunta a Maren, que la mira sorprendida.

Supone que recuerda su habilidad con las mangas. Aun así, entiende que Ursa necesita algo con lo que pasar el rato y le entrega un pedazo de tela más pequeño, quizás una funda de almohada, y una aguja más gruesa que no se le clavará con facilidad en los dedos.

Es consciente de las miradas que la atraviesan mientras enhebra la aguja, encuentra el parche desgastado y saca otro pedazo de tela nueva para cubrirlo. Sin embargo, cuando está a punto de dar la primera puntada, la puerta se abre de nuevo.

Una mujer de gesto severo entra con dos niños, seguida de otra mujer acompañada de una joven de ojos azules y labios finos. El silencio es más abrupto que cuando Ursa ha entrado. Kirsten se aparta del taburete y se levanta con los brazos cruzados.

—¿Qué hacéis aquí?

—Que yo sepa, esta no es tu casa y no tienes derecho a hacer esa pregunta, Kirsten Sørensdatter. —La mujer lleva dos cestos, levanta la tela de uno y se lo entrega a *fru* Olufsdatter—. No vengo con las manos vacías.

Fru Olufsdatter no lo acepta. Parece que se hubiera quedado atrapada en una corriente invisible; tiene el rostro pálido y parece asustada. Mira de reojo a la estantería junto al fuego, donde están dispuestas las figuritas de hueso y las piedras. La recién llegada frunce los labios y deja la cesta en la mesa. Lleva una cruz en el cuello y Ursa se da cuenta de que es una de las mujeres de la *kirke* con las que su marido se reúne.

—Sigfrid y yo solo hemos venido a haceros compañía. Y a hablar con la señora Cornet.

Pasan unos segundos antes de que Ursa caiga en la cuenta de que ella es la señora Cornet. Todavía no siente que el nombre le pertenezca; es un ente aparte, como la aguja que tiene en la mano, e igual de afilado.

—¿Conmigo?

—¿Qué quieres de ella, Toril?

Maren se ha puesto rígida y, de reojo, Ursa advierte el desprecio evidente en su rostro.

—No te incumbe —responde Toril.

Ursa le roza la pierna con la suya para contenerla.

—¿Qué necesita, *fru…*?

—Knudsdatter. —Toril frunce el ceño—. Creía que su marido le había hablado de mí.

—Y de mí —dice Sigfrid—. Nos pidió que le hiciéramos compañía.

—Ya está bien acompañada —espeta Kirsten, y señala la habitación. Las demás mujeres parecen inquietas y Ursa no está segura de qué desaprobación temen, si la de Kirsten o la de Toril. Está claro que hay una lucha por el poder entre las dos, aunque le parecen incomparables. Se pondría del lado de Kirsten sin dudarlo.

—El comisario desea que su esposa esté mejor acompañada —responde Toril, y Ursa se sonroja por la intromisión de Absalom. No debería haberle contado sus planes. Toril se acerca a ella y la madre de Maren se desliza por el ya apretado banco. Toril coloca la otra cesta en el suelo y toma asiento a su lado.

Fru Olufsdatter sigue ansiosa. Se ha acercado de nuevo al estante y mueve una jarra para ocultar las figuras de hueso.

Cuando Sigfrid se dispone también a sentarse en el banco, derriba la cesta de Toril. Retazos de encaje y madejas de hilo caen al suelo.

—Perdón —se excusa y se agacha para recogerlo.

Toril chasquea la lengua y varias mujeres se levantan para ayudar. Kirsten no se mueve, Maren tampoco, así que se queda donde está.

Diinna recoge un estuche para agujas y se lo tiende a Toril. La mujer la mira, pero no hace nada por aceptarlo.

—¿Es esto una amenaza?

—¿Amenaza? —Diinna suelta una risa seca y deja caer el estuche en la cesta.

—No me he olvidado de que quisiste enhebrarme una aguja en la lengua —espeta Toril y un murmullo se extiende por la estancia.

—Toril —advierte Kirsten con voz aguda—, solo te ha ayudado.

—No necesito ayuda de los de su calaña —replica la mujer.

Maren está tensa. Diinna parece a punto de decir algo, pero se muerde la lengua y toma a Erik en brazos. Se marcha sin despedirse y cierra de un portazo. Maren se sobresalta y parece dispuesta a seguirla; Ursa está segura de que su presencia es lo único que la hace quedarse.

Entretanto, Toril no hace intento alguno de entablar conversación con Ursa. Permanece sentada a su lado, demasiado cerca, y saca un pedazo de tela para zurcir. Es evidente que es muy hábil; sus dedos fijos trabajan con destreza y dan puntadas que nunca ha visto antes.

—Oye, Ursula. —La voz de Kirsten es como una campana en medio de la habitación silenciosa—. ¿Qué te ha enseñado Maren por ahora? Ya veo que has confeccionado un buen abrigo con las pieles que te llevé.

A su lado, Maren se encoge un poco. Tal vez le avergüenza su acuerdo, como temía, pero ya es demasiado tarde.

—Es una buena maestra. Tengo *flatbrød* suficiente para una década y el abrigo me ha venido muy bien.

—Un abrigo —dice Toril—. ¿Tú?

Se dirige a Maren, sentada al otro lado de Ursa, que en ese momento desearía ser delgada como la muchacha para fundirse con la pared. La joven no responde ni aparta la vista de su labor de costura, pero le tiemblan los dedos.

—Sí —responde Ursa—. Maren me ha ayudado a coser algo caliente. No he traído nada de Bergen que me sirva.

—Señora Cornet, me encantaría ayudarla con la costura. Podría decirse que es una de mis especialidades. Todo el pueblo lo sabe.

Nadie la respalda, aunque Sigfrid asiente como una lacaya.

—Estoy contenta con lo que tengo, gracias, *fru* Knudsdatter.

—Toril, por favor. —Se mueve para acercarse más todavía, si es posible, y su rodilla se le clava en el muslo—. A su esposo le parece buena idea que nos reunamos a menudo. Cree que le vendrá bien una conversación más ilustrada, siendo de Bergen. Mi madre era de Tromsø…

—*Fru* Olufsdatter es de Tromsø —la interrumpe Kirsten—. Si la señora Cornet desea una conversación ilustrada, no debería acudir a ti, Toril. A menos que quiera aprenderse la Biblia de memoria.

—Lo dices como si fuera algo malo, Kirsten Sørensdatter —espeta—. Olvidas quién es nuestro comisario. Un hombre de Dios, tanto o más que el pastor Kurtsson. Desea que su esposa tenga mejor compañía y, desde luego, un abrigo mejor que el que haya proporcionado Maren Magnusdatter.

Quiere defender a Maren, pero la voz se le queda atrapada en la garganta, como sus faldas bajo la pierna de Toril. La mujer se recompone y retoma el tono adulador.

—Tal vez le gustaría tener compañía estos días. Sé que su marido va a menudo a la *kirke* o atiende asuntos importantes del distrito…

—Ya tengo compañía, gracias, *fru* Knudsdatter.

Toril la fulmina con la mirada y se fija en Maren, que no ha dicho ni una palabra para defenderse.

—Está bien —responde con tensión.

—¿Es todo? —dice Kirsten—. ¿Podemos liberarnos ya de tu agradable presencia?

Toril arroja sus labores en la cesta. Luego, se detiene y pasa los dedos por los retales.

—¿Quién ha cogido el encaje?

Escudriña la habitación.

—¿Qué encaje? —pregunta Kirsten sin interés.

—¿Has sido tú? —Se enfrenta a Kirsten y, debido a la diferencia de altura, parece un niño ante su padre—. He traído un encaje en el que estaba trabajando.

—¿Para qué quiero yo un encaje?

Ursa contiene la respiración, pero Toril parece decidir que no vale la pena pelear.

—Elsebe, Nils, nos vamos.

Se levanta como un resorte y recoge a sus hijos, que la siguen en silencio y ordenados, como sus puntadas. Se da la vuelta cuando llega a la puerta y Sigfrid se apresura a guardar sus cosas y a conducir a su hija al exterior.

—No creas que no he visto lo que tienes junto al fuego, *fru* Olufsdatter, y quién ha salido de tu casa cuando hemos llegado. El tiempo de tales prácticas ha pasado. El comisario Cornet no las tolerará. Han quemado a hombres en Alta…

—A mi marido —interviene Ursa, airada— no le importa lo que la gente tenga en sus casas.

Todo el mundo contiene la respiración. Un silencio sepulcral reina en la estancia mientras Toril se vuelve a mirarla. Le recuerda a Siv cuando regresa de la *kirke,* con las plegarias todavía frescas, la cabeza alta y fortalecida por ellas.

—Como diga, señora Cornet. Informaré al comisario que ha preferido su compañía.

—Yo misma le informaré. —El corazón le late deprisa. ¿Hombres quemados? Absalom olvidó mencionarle ese detalle.

Toril se hace a un lado para dejar salir a sus hijos delante de ella y se dirige de nuevo a *fru* Olufsdatter.

—Deberías usar el regalo que te he traído. —Señala la mesa con la cabeza—. Devuélveme la cesta. Que Dios te bendiga.

25

Cuando la puerta se cierra tras Sigfrid y su hija, Maren respira de nuevo. Kirsten aplaude y hace un silbido.

—Señora Cornet, tiene un arrojo que confieso que no había previsto.

—Solo he dicho lo que pensaba —responde Ursa, decidida, aunque le tiembla el cuerpo. Maren quiere abrazarla y acunarla como a un niño—. No es asunto suyo cómo decido pasar el tiempo.

—Las figuras —dice *fru* Olufsdatter. Tiene la voz desgastada y el rostro tan pálido como unos harapos andrajosos—. Me había olvidado de ellas, señora Cornet. No son… Me las dieron después de que mi hijo y mi marido murieran. Muchas las teníamos… —Busca apoyo, pero las mujeres agachan la cabeza para centrarse en sus labores—. No significan nada. Debería arrojarlas al fuego.

Sin embargo, no se mueve, solo mira a Ursa con desesperación.

—No me importa lo que decida tener en su casa, igual que tampoco me gustaría que usted me dijera cómo llevar la mía.

—Diría que de eso se ha encargado Maren —añade Edne. La fulmina con la mirada.

—Solo le echo una mano.

—¿Quién era esa mujer? —pregunta Ursa, y Maren se complace al escuchar el desagrado de su voz.

—Ayuda al pastor Kurtsson en la *kirke* —dice Kirsten—. Y me parece que es la nueva emisaria de tu marido.

Nadie más habría osado decir algo así, pero el atrevimiento de Kirsten se ve recompensado con una repentina carcajada de Ursa que se extiende por los bancos. Maren siente envidia.

—No se preocupe por los muñecos, *fru* Olufsdatter —dice Kirsten—. A Ursula no le molestan y, sin duda, conoce los pensamientos de su marido mejor que Toril Knudsdatter.

Esta vez, Ursa no se ríe. Frunce el ceño de manera casi imperceptible.

—¿Qué regalos ha traído? —pregunta Edne.

Fru Olufsdatter no se mueve para mirar en la cesta, así que Kirsten se inclina sobre ella, resopla y saca una cruz de tela e hilo, como las que Maren había hecho que Toril tirase del estante.

—Debe de haber unas dos docenas. Suficientes para todas.

Lanza una a Maren, que la atrapa sin pensar. La deja caer en el fardo, quiere soltarla lo más rápido posible. Parece más una amenaza que un regalo.

Las reuniones suelen alargarse hasta la noche, pero no tiene apetito ni ganas de conversar. Es un alivio cuando, después de un periodo de silencio violento, Ursa se remueve incómoda, se inclina hacia ella y le dice:

—¿Nos vamos?

Mamá está hablando con Edne y se marchan juntas entre susurros, lo cual genera otro largo silencio. *Fru* Olufsdatter se sienta encogida y mira a la mujer del comisario como una presa a un cazador.

Cuando llegan a la puerta de Ursa, la mujer vacila y tensa la mandíbula. Maren escucha. Se oye una voz grave, la del comisario, y la voz de una mujer que responde. Maren reconoce el pomposo tono halagador de Toril al dirigirse a la autoridad. Ursa trata de retroceder, pero el escalón cruje cuando se mueve y las voces se callan. Unas pisadas se acercan y el comisario Cornet abre la puerta con el ceño fruncido.

—Esposa —dice, e ignora a Maren por completo—. Entra.

La mujer palidece, pero cuadra los hombros y se vuelve para dar las gracias a Maren antes de entrar en la casa. La complexión del comisario le tapa la vista, pero oye claramente cómo Toril saluda a Ursa. El hombre cierra la puerta de golpe y Maren se queda un minuto esperando. Pero ¿a qué? No va a abrir la puerta a empujones, ni a escuchar con la oreja junto al pestillo. En el marco, las runas no se han borrado del todo. Todavía se intuyen como cicatrices bajo la madera encalada.

Podría regresar a la reunión, pero el veneno que Toril ha esparcido por la habitación todavía sigue allí. A mamá nunca le había caído bien, pero está claro que eso ha cambiado. La ha visto asentir con satisfacción cuando la mujer ha dado sus discursos y cuando Diinna se ha marchado. Toril siempre se había opuesto a que los samis visitaran el pueblo y Kirsten siempre había sido testaruda. Sin embargo, la división entre las mujeres ahora se ha fortalecido y se ha vuelto más profunda y peligrosa.

Incluso Kirsten la irrita con tanto descaro. Todavía no se ha recompuesto tras verla llegar a casa de Ursa en pantalones. Al menos Toril no lo ha mencionado, así que no debió de verla. No habría perdido la oportunidad de difundir tal chisme.

Maren apenas es consciente de caminar de vuelta a casa. Su mente está muy lejos de su cuerpo, enmarañada en sus pensamientos como en una red de pesca. Diinna retrasó su marcha lo bastante para dedicar a Maren una mirada de profundo desprecio. Si creyera en las historias de las mujeres de Dios sobre los samis, se habría creído maldita. ¿Acaso pensaba que sabía que Toril aparecería?

Se lo dice a través de la puerta cerrada de su habitación, aunque no le responde. Tampoco oye a Erik. El silencio de Diinna es un muro que se convierte en una ola que la arrasa y la empuja a alejarse de la puerta. Pasa por delante del hogar de Baar Ragnvalsson. El tejado se ha podrido y derrumbado, y hay piedras dispersas, como si las hubiera lanzado un trol. Había sido una casa bonita, pero cuando Baar empezó a pasar los veranos con los samis en el monte, dejó de ser el lugar donde vivía y se convirtió solo en uno donde existía. Lo recuerda con su túnica bordada y su sombrero, sentado junto a la puerta incluso en los días más fríos, con la cabeza inclinada hacia un lado y los ojos cerrados, como si escuchase.

El recuerdo la golpea y se lleva el puño al pecho. Nunca lloró por él, aunque su cuerpo yació junto a los de Erik y papá durante todos esos meses. Ni siquiera se acuerda de sus heridas, si es que las tenía. Quizá sea mejor así. Reza una rápida oración al viento, que ha empezado a soplarle en la espalda, como una mano insistente que la empuja y tira de sus faldas hacia delante. El pelo le tapa la cara, así que se concentra en caminar sin tropezar y se olvida del deterioro de la casa de *herr* Ragnvalsson y del recuerdo del hombre sentado en el porche.

Va más allá del muro fronterizo y se dirige a los verdes y pantanosos terrenos al otro lado. Qué rápido se desvanece el débil dominio que tienen sobre la tierra, como si más allá de aquellos muros nunca hubiera habido gente y se hubiera adentrado en la tierra de los trols. Cuando eran niños, Erik y ella salían a cazarlos, bajo el pretexto de buscar el trébol dulce que a veces crece por la zona y que su madre hervía hasta que las hojas se ablandaban y goteaban un líquido lechoso, bueno para apaciguar los estómagos doloridos por el hambre. Removían el musgo y la hierba en busca de marcas y círculos de piedras, de puertecitas en montículos y rocas. Hablaban con frases a medias para decirse si habían pisado un montículo y estaban condenados a morir y, a veces, se perdían en la niebla que llegaba al cabo desde el mar.

Se acuerda de una vez que, de repente, se quedó allí sola, envuelta por un frío gris e interminable que le caló los huesos. Debería haberse quedado quieta y agazapada para mantener el calor, pero siguió caminando hasta que creyó que había cruzado al otro lado. El terror la había entumecido y, cuando la niebla se levantó en un suspiro, como una bandada de pájaros que se eleva en el aire, se encontró a un paso de una caída

205

de veinte metros y, al fondo, el mar rompía contra las rocas. Erik acudió corriendo y llamándola a gritos; él había hecho lo correcto, quedarse quieto y esperar. Tenía las mejillas llenas de mocos y manchadas de lágrimas. Maren lo empujó y lo llamó cobarde, a pesar de que estaba tan asustada como él y de que, en su estrecho pecho, el corazón le latía igual de rápido. Fue una de las muchas crueldades que le gustaría deshacer, momentos desconsiderados o, peor, tretas diseñadas para hacer daño.

Los pies la han traído hasta aquí, a ese lugar. El cielo está claro y despejado, la luz es de un color gris azulado, lo que significa que encontrarán escarcha en el interior de las puertas aunque el invierno esté a meses de distancia. Se acerca al borde todo lo que se atreve. A veces, durante el terrible año en que el dolor aún seguía fresco y era como vivir con un cuchillo en el pecho, venía aquí y se colocaba con los dedos sobre el borde, de manera que una fuerte ráfaga de viento podría habérsela llevado. Sería rápido, más que una cuchilla o que beber belladona. Este lugar no se ve desde el pueblo y la misma corriente que evita que se forme hielo en el canal arrastraría un cuerpo a mar abierto sin problema. Todas lo habían comentado; era una suerte que la tormenta no se hubiera desatado en este lado de Vardø, de haber sido así jamás habrían vuelto a ver a los hombres.

Ir hasta el acantilado era a la vez un desafío y una ofrenda. Como Baar Ragnvalsson, esperaba a que le dieran permiso para volver a casa y seguir viviendo, aunque a menudo se preguntaba si eso era lo que quería. Desde la tormenta, apenas ha encontrado nada por lo que vivir. No obstante, algo ha cambiado; ahora lo siente, es tan evidente como las estaciones. Alguien lo ha cambiado.

Unas florecillas amarillas crecen en tallos enroscados a sus pies. Arranca una para su padre, otra para Erik y una tercera. Esta se la acerca a los labios y deja que el viento se lleve las otras, más allá del borde.

Durante toda la semana, Maren teme que llamen a la puerta para decirle que sus servicios ya no son necesarios y que Toril ha ocupado su puesto en la casa del comisario. Debe soportar esta carga, además de la creciente hostilidad entre su madre y Diinna. El viernes tienen un desencuentro sobre lo poco que Erik se mueve y se convierte en una pelea tan feroz que Maren se lleva al pequeño y lo pasea diez veces alrededor de la casa de *herr* Ragnvalsson antes de que terminen.

Pero nadie llama a la puerta y, cuando llega el *sabbat,* aunque Ursa no se separa de su marido y Toril y Sigfrid la saludan por su nombre de pila, es a Maren a quien busca con la mirada y a quien se dirige después del sermón, mientras su marido conversa con algunas mujeres.

—¿Vendrás mañana?

No le salen las palabras.

—Suele marcharse a media mañana.

Le roza los dedos en un gesto que pretende ofrecerle consuelo. Unos moretones le rodean la muñeca y, cuando advierte que Maren lo mira, aparta la mano. Se baja la manga y regresa al lado de su marido tan rápido que Maren se pregunta si lo ha imaginado.

Al día siguiente, se presenta en casa de Ursa con el telar bajo el brazo. En cuanto entra y ve que están las dos solas, su cuerpo se relaja. Pasan el día tejiendo cortinas, despacio, entre muchos errores y silencios cómodos. Tocarse también se vuelve más fácil y Maren se siente libre e indefinida mientras Ursa teje.

—¿Qué quería Toril? —pregunta.

Ursa mira el telar con el ceño fruncido y la lengua entre los dientes, como si la hubiera traicionado.

—Perdió unos encajes en la reunión del miércoles. Dijo que quería pedirme prestado el que Kirsten me dio, pero creo que está convencida de que se los robó.

Maren deja de tejer.

—¿Lo dijo delante de Absalom?

Ursa asiente, concentrada en su labor.

—No te preocupes, me ocupé de corregirla. Lamento que Absalom fuera grosero contigo.

—No me importa. —No esperaba menos—. ¿Le habló de las figuras?

—Tal vez —responde Ursa—. Le disgustó mucho saber que Diinna estuvo allí. Le dije que las reuniones son inofensivas, nada de qué preocuparse. —Deja el telar en la mesa con un suspiro, porque se le resiste o por la intromisión de Toril, no está segura—. Lo he convencido de que no debería privar a Toril de rezar a su lado y de que los trabajos que hace para las demás son sus deberes cristianos. Que no sería justo quedármela solo para mí. Tú, en cambio —añade, con una sonrisa pícara— eres prescindible. Y también barata. Además, así quizá salvemos tu alma de vivir con una lapona.

La palabra suena fatal en boca de Ursa, pero el resto de lo que dice le agrada tanto que no protesta.

—De hecho, le parece bien que vengas dos veces por semana a partir de ahora. Cuanto más salgas de esa casa y te alejes se su influencia, mejor, ¿no estás de acuerdo?

A Maren le duele la cara de sonreír. La piel seca de los labios le tira, pero cuando Ursa se acerca al telar, vuelve a ver los moretones en la muñeca, oscuros como la suciedad.

—¿Qué te ha pasado?

La mujer se mira el brazo como si fuera el de otra persona.

—Nada. —Maren la observa en silencio—. Absalom a veces no controla la fuerza.

—¿Fue por culpa de Toril? ¿Por mi culpa?

—No —contesta, y se sonroja—. No lo causó la ira.

—No debería tocarte así —dice Maren al entenderlo. Siente una rabia repentina y aterradora que la calienta por dentro.

—¿No es el deber de una esposa permitir que su marido la toque?

Maren se arrebola ante su franqueza.

—No lo sé.

—¿No estuviste casada antes de la tormenta?

No quiere hablar de Dag, ahora no. Niega con la cabeza.

—No.

Desde ese día, acude a casa de Ursa los lunes y los jueves. Está atenta por si atisba más moretones, pero no encuentra ninguno. Piensa en el pálido cuerpo de Ursa y se pregunta si la habrá marcado en lugares que ella no ve.

Los miércoles asisten a las reuniones; pronto, la presencia de la esposa del comisario deja de causar revuelo. Maren se fija en que las figuras y las piedras rúnicas han desaparecido del estante de *fru* Olufsdatter y que una de las cruces de Toril los sustituye. Los bancos están menos llenos. Toril y Sigfrid no vuelven, Edne deja de acudir y, un par de semanas más tarde, su madre también.

—Toril ha organizado una reunión en su casa —dice mamá—. El comisario estará allí y rezará con nosotras. Deberías venir, Maren. Estoy segura de que su esposa irá.

Pero Maren sabe que no lo hará y la acompaña a la casa de la madre de Dag, donde Kirsten es el centro de atención y hace bromas cada vez más groseras sobre las mujeres de Dios. Maren trata de no pensar en lo que dirán de ellas a cambio. A Ursa no parece preocuparle el distanciamiento, tal vez no repara en ello o cree que no le afecta. No habla mal de Toril excepto con Maren y sospecha que es la única que conoce lo que piensa de verdad.

Dos veces a la semana son demasiadas para una casa de una habitación y una familia de dos. Maren desordena en la misma medida en que ayuda a recoger. Trabajan despacio y Ursa es cada vez más capaz; ya no necesita a Maren, pero no le sugiere que deje de ir. Trocean dos pedazos de carne de reno y preparan dos guisos con moras que Ursa deja demasiado tiempo en el fuego, así que tienen que pasarse horas frotando las ollas con arena. Maren le enseña a colocar los leños en el fuego para que, por las mañanas, solo tenga que romper la corteza que lo cubre y siga lo bastante vivo para hervir agua casi de inmediato.

Más allá de los moretones descoloridos, la presencia de Absalom en la casa no es más que una sensación. Nunca lo ve fuera de la *kirke*. Ursa le habla un poco de él y le cuenta lo frustrado que está por la falta de comunicación con Vardøhus, pero Maren no pregunta más, porque no le interesa oírlo. Cambia las sábanas y la ayuda a lavarlas, por lo que sabe que la sangre de Ursa llega mensualmente y se permite desear que no se acuesten juntos a menudo, aunque solo hay una cama y ninguna silla adecuada para que un hombre duerma.

Cuando están solas, imagina que no son el comisario y su esposa los que viven allí, ni tampoco una versión de otra vida en la que ella y Dag llegaron a casarse, sino Ursa y ella. Aunque sabe que es un pensamiento inadecuado y peligroso, cada vez se deja llevar más por el sueño a medida que las semanas se convierten en meses y alargan el tiempo que pasan juntas hasta la noche cuando Absalom se marcha de viaje a Alta o a otro lugar. A Maren no le importa dónde está; solo anhela que no regrese.

En esos momentos, pasean por el pueblo, mientras la mayoría está en sus casas o durmiendo, y la distancia entre las dos se le clava a Maren como un gancho en el costado. Hablan de su infancia. Ursa le cuenta que, antes, su familia era rica, pero ahora ya no y, cuando menciona a Agnete, el dolor que siente es evidente. Maren le habla de las tardes que iba a cazar trols con Erik y la hace reír.

La lleva al cabo y observa cómo el color de la delgada piel de su garganta cambia bajo la eterna luz pálida y cómo el viento le arroja el vestido contra el cuerpo, igual que el día en que se conocieron, cuando Maren la consideró tan tonta como mamá aún hacía.

Ursa le habla de la roca negra del fin del mundo, que arrastra las corrientes hacia ella.

—Leifsson, el capitán del *Petrsbolli,* el barco en el que vinimos, cree que no hay cascadas y, quizá, tampoco ninguna roca. —Se vuelve hacia Maren y le brillan los ojos—. Pero yo creo que sí. Me gustaría verla algún día.

Maren quiere abrazarla, pero no de la manera intrascendente en que lo hacen al saludarse y despedirse. Quiere sentir todo su cuerpo sobre el suyo, como cuando abrazaba a Dag en el cobertizo.

A veces, tales pensamientos acuden a ella por la noche y siente un latido en el vientre. Debe contenerse para no tocarse. Incluso con su madre roncando al lado, le cuesta y sus sueños están llenos de bocas resbaladizas que gimen su nombre, a veces con la voz de Dag, pero, más a menudo, con la de Ursa; pega la suave cara a la suya y sus manos casi sin huesos recorren la delgadez de las costillas de Maren.

Cree que se le da bien esconderlo. Habla lo menos posible con mamá de Ursa y menos aún con Diinna; está segura de que le notaría algo en la cara o en la voz.

Pero, sobre todo, lo esconde de Ursa, consciente de que lo que siente es absurdo. Sin embargo, no reza para que se desvanezca. De hecho, no reza en absoluto, salvo por Erik y papá en la *kirke.* El secreto no la corroe. Al contrario, le da fuerzas y la hace sentirse brillante y extraña. No se reconoce a sí misma que ama a Ursa, pero sabe que es lo más cercano al amor que nunca ha conocido. El sentimiento la convierte en una mujer tan audaz como cuando Kirsten viste sus pantalones y, aunque disfruta de la sensación, sabe que es igual de imprudente y peligrosa.

26

La carta del *lensmann* llega casi cuatro meses después de haberse instalado en Vardø. Ursa calcula el tiempo según sus días con Maren y el resto, en los que debe sobrevivir sola. Pensar en ella es ahora su refugio cuando su marido se le pone encima. Imagina que pasean juntas, hacia el viento del cabo y sobre un suelo incierto en el que nunca deja de tropezar. Da la mano a su amiga y se ríen a carcajadas; las fuertes manos de Maren la mantienen firme mientras Absalom le deja más moretones en las muñecas.

Las noches que pasan juntos, su marido ya no actúa con rabia, aunque siguen sin ser placenteras. Ni siquiera hace mucho ruido y Ursa se pregunta si se ha convertido en un deber, si lo mejor para ambos no sería que concibieran un bebé y si así, tal vez, podrían dejar de hacerlo.

Trata de imaginarse su vida con un bebé, pero es un territorio desconocido, igual que Vardø antes de su llegada. Supone que se adaptaría como lo ha hecho a este lugar. Además, con Maren para ayudarla, quizá no sería tan difícil, pero la idea de que se le endurezca y se le hinche el vientre la hace marearse.

En cuanto a cómo llegaría, lo poco que sabe lo aprendió de las veces que su madre dio a luz a sus muchos hermanos muertos y a Agnete. Incluso con un bebé vivo, hay mucha sangre. Le gustaría hablar con Maren del tema, pero no sabe si hacerlo. Por la forma en que reaccionó a los moretones, no cree que deba, aunque no piensa que sea una mojigata. Sabrá algunas cosas, al menos a través de Diinna y Erik, pero siempre hay algo más importante de qué hablar o un silencio cómodo en el que Ursa ansía perderse para siempre.

Maren nunca ha mencionado que esté prometida ni que desee estarlo. Las solteronas eran una rareza en Bergen, pero también lo eran aquellas mujeres que enviudaban a una edad temprana. Al puerto de Vardø llegan hombres, sobre todo marineros; vienen a vender pescado, a refugiarse en sus barcos durante las borrascas y a conseguir pieles y bordados. No obstante, se quedan en las lindes del pueblo, a veces ni siquiera desembarcan, y Kirsten baja a zancadas para encontrarse con ellos. Ursa sospecha que los rumores sobre la isla y sus hombres ahogados mantiene a los vivos alejados.

De ser así, probablemente Absalom lo sepa. Viaja a Alta a menudo y, cuando vuelve, a veces le habla de más juicios y de nuevas detenciones de samis. Ahora que sabe que se refiere a quemas, no pide más detalles. En ocasiones, casi se olvida de que existe un mundo más allá de Vardø, sobre todo en los días en que la niebla se arrastra desde el mar para cubrirlo todo y Maren y ella deben agarrarse del brazo y permanecer muy cerca para caminar despacio por el cabo. Es un paisaje extraño incluso cuando el cielo está claro. No hay bosques, ni siquiera arbustos más altos que sus caderas, e, incluso en la época del sol de medianoche, hacía frío suficiente como para que necesitara el abrigo la mayoría de las noches. Ahora, el clima está cambiando y el invierno llegará pronto. Ursa no tiene ni idea de lo brutal que será, aunque a medida que los días se acortan, el frío le cala los huesos y hace que le crujan las articulaciones. En Bergen, cerrarían la mitad de la casa y calentarían las habitaciones restantes hasta tal punto que Agnete y ella no vestirían más que unas enaguas si Siv se lo permitiera. Aquí, lleva el abrigo todo el tiempo, incluso en la cama, con su marido y las pieles de reno sobre el cuerpo.

No tiene noticias de su padre ni de su hermana. Tal vez podría enviarles un poco de brezo prensado del cabo o alguna de sus pobres confecciones y pedir a Absalom que le escriba una nota, pero no lo hace. Ahora que están a meses de distancia, casi desearía olvidar sus caras, la sensación del cuerpo tembloroso de su hermana acurrucado a su lado, las rodillas clavadas en el costado, su cama, limpia cada noche, y las cenas con queso y carne para las que no tenía que cortar animales muertos. Extraña su vida en Bergen como el paisaje extraña los árboles.

Absalom escribe muchas cartas; a los otros comisarios y al *lensmann*, supone. Sin embargo, recibe pocas, por lo que, cuando entra en casa agitando un sobre de papel, lo último que imagina es que se trate de una invitación.

—¡El *lensmann* Cunningham ha llegado! —Le brilla la cara y sus ojos irradian triunfo—. Está en Vardøhus y nos ha invitado a cenar a la fortaleza.

Le dice que pasarán allí al menos una noche, pues es lo que esperarán de ellos, aunque se encuentre a menos de dos kilómetros de distancia. Ursa no dispone de una bolsa de viaje, solo del arcón y una maleta grande, así que le da a Absalom un vestido elegante, unas enaguas y ropa interior para que las guarde en su maleta. Le da náuseas pensar en la ropa de los dos apretujada. Se escapa de casa cuando su marido va a la *kirke* a dar la noticia al pastor Kurtsson y se apresura a la casa de Maren.

La joven parece exhausta cuando abre la puerta, pero su expresión se suaviza cuando ve quién ha llamado.

—Gracias a Dios. Estaba a punto de retorcerle el cuello a mi madre. ¿Quieres dar un paseo?

Ojalá Ursa pudiera decir que sí, pero niega con la cabeza.

—Vengo a contarte que el *lensmann* nos ha invitado a pasar la noche.

Maren arquea las cejas.

—¿En la fortaleza? Pero si está aquí al lado.

—Lo sé —responde—, pero Absalom está muy emocionado.

El rostro de Maren se contrae ligeramente cuando lo menciona, como siempre que le habla de su marido.

—Vale —contesta la joven—. ¿Me avisarás cuando vuelvas?

Asiente.

—Por supuesto.

Maren mira al interior y Ursa le da la mano para que lo que va a decirle le cale mejor.

—De todas maneras, deberías ir a dar un paseo. Te sentará bien. —Levanta las cejas al oír los gritos que salen del interior—. Será mejor que acabar detenida por asesinato.

Maren esboza un amago de sonrisa. Sus ojos, del color del mar, son inescrutables.

—Cuídate —dice.

—Tú también —responde Ursa.

A la mañana siguiente, Absalom la despierta temprano y le hace ponerse las botas para caminar, pero, cuando solo se han alejado unos pasos de casa, advierte un ruido que no había vuelto a oír desde Bergen: el chasquido de las herraduras, el traqueteo de un carruaje. Absalom está pletórico mientras el coche se acerca.

—Lo hemos conseguido, Ursula.

Se vuelve a poner las zapatillas antes de subirse al carruaje. Los caballos parecen famélicos y se balancean en los arneses. Deben de haberlos traído por mar en uno de los barcos que pasan por Vardø y no les ha sentado bien. Aun así, el carruaje está hecho de madera ligera y tiene capota, por lo que es mejor que un carro. A su alrededor, los vecinos salen a ver cómo Absalom la ayuda a subir. Se estira para mirar y buscar a Maren. Le gustaría que estuviera allí para luego reírse de lo ridículo que es hacer un viaje de menos de dos kilómetros en coche. Pero Maren no está. En su lugar, localiza a Toril, con la mirada perdida, y a *fru* Olufsdatter, que vuelve a refugiarse dentro de casa.

Atisban la fortaleza en cuanto salen del pueblo; un terraplén de tierra y una mata de verdor guardan unos muros de piedra gris que se elevan sobre un terreno plano y sin relieve. El panorama es absolutamente desolador, aunque sabe por el capitán Leifsson que el lugar fue objeto de una breve disputa entre Nóvgorod y Noruega-Dinamarca y por eso han traído al *lensmann*.

—Si no fuera por la pesca y la caza de ballenas, dudo que se hubieran molestado —explica Absalom—, pero quien dirige Vardøhus controla el paso por el mar de Barents y en el verano se crearán miles de trabajos. —A Ursa no le parece un lugar rico, pero el *lensmann* acaba de llegar.

El viaje termina en un santiamén. El *lensmann* no sale a recibirlos y, aunque su marido no dice nada, siente cómo su decepción cae sobre ella como un cubo de agua fría. Se fija en que el terraplén se eleva sobre unas piedras grises del mismo tipo que las de los muros. Maren nunca la ha traído aquí en sus paseos y Ursa comprende que el lugar le ha infundido miedo desde que lo vio en el barco. Se estremece cuando atraviesan una abertura de la fortificación, vigilada por dos guardias. Ha visto más hombres en los últimos minutos que en los últimos meses. Los conducen sobre un foso vacío por un camino de baldosas, resbaladizas a pesar de que no ha llovido en los últimos dos días. Se aferra al brazo de Absalom para no caer.

En la base del muro, hay una puerta con bisagras de metal con una rejilla enrejada por la que los observan antes de abrirla. Después de cruzar el umbral, la puerta se cierra con un estruendo y Ursa se sobresalta.

—Parece una cárcel —comenta.

—Lo es —responde Absalom.

No es el castillo que había imaginado. En el interior, hay varias construcciones, dispuestas a lo largo de los muros. Absalom señala una y habla con el hombre que los guía para confirmarlo.

—Eso es la cárcel, ¿verdad?

El guardia asiente.

—El agujero de los brujos.

—¿Hay alguien?

Ursa presta atención mientras observa la estructura. Nunca había visto una cárcel. Es larga y estrecha. Las ventanas son altas y angostas, enrejadas.

El guardia asiente más despacio y sacude los hombros. Responde en el inglés rudo que aprenden muchos marineros.

—Dos hechiceros. Unos lapones de Varanger.

—¿Puedo verlos? —La emoción en la voz de Absalom es patente.

El guardia señala el edificio más grande.

—El *lensmann* Køning desea conocerlo y, pronto, será hora de cenar. Le gusta la puntualidad. —El hombre se endereza—. Era capitán de nuestra flota. Echó a los piratas de Spitsbergen.

—Lo sé. Mantenemos correspondencia —responde Absalom, a la defensiva.

El guardia asiente con deferencia y Ursa se acuerda de Maren, de cómo se encoge en presencia de su esposo.

Dan la espalda a la cárcel y cruzan las baldosas resbaladizas hacia el edificio principal. Es más alto que los demás y está construido en un estilo que no le resulta familiar, amplio por delante, con la puerta en el centro, levantado con la misma piedra utilizada para los muros, pero con elementos de madera en las ventanas e incluso gabletes tallados bajo el tejado. El guardia no llama, sino que abre la puerta y entran en un amplio corredor. No parece que haya estado habitado recientemente. Pisan una alfombra tejida con un patrón rosa y amarillo chillón; su suavidad la desarma.

El guardia los conduce a la izquierda, a una estancia donde el fuego crepita y unas tazas de porcelana están dispuestas en una mesa baja de madera oscura. Hay un tapiz con manchas de humo y en las ventanas cuelgan unas cortinas pesadas con alzapaños de color rojo que desentonan con la alfombra. Incluso hay un jarrón con cinco lilas en la mesa, junto a la tetera.

—Esperen aquí.

El guardia cierra la puerta despacio al salir. Los asientos están tapizados en los mismos colores que la alfombra, pero el patrón está descolorido y desgastado. Al sentarse, se levanta una nube de polvo de los brazos; está duro, como el banco de la iglesia.

Observa con atención las lilas; son de papel. El jarrón no tiene agua y el polvo se ha asentado en los pliegues de los pétalos. Aun así, le alegra verlas y reconoce el gesto como un intento de convertir aquel lugar en un hogar.

Absalom no se sienta ni se mueve para servir el té. Ursa observa, con la garganta seca y la lengua espesa por la sal marina, mientras su marido recorre el ancho de la habitación y su largo abrigo negro hace temblar el fuego cada vez que se acerca.

Está nervioso y se pregunta si debería decir algo para calmarlo antes de darse cuenta de que es justo ese poder del que carece. Su madre calmaba a su padre solo con tocarle la muñeca con la yema de un dedo y suspirar hondo. Se doblegaba como un junco al viento y las líneas que le surcaban el rostro se relajaban. Absalom repara en que lo mira, frunce el ceño y aparta la cara.

La puerta se abre y se levanta de golpe, pero solo es el guardia.

—Disculpe, comisario Cornet. El *lensmann* debe atender unos asuntos urgentes y se retrasará. —Repara en que el té está intacto—. ¿Les apetecen unas galletas mientras esperan?

—No —responde Absalom; le tiembla un músculo de la mandíbula por debajo de la barba recortada.

—¿Señora Cornet? —El guardia se dirige a ella.

Se le hace la boca agua al pensar en mantequilla y azúcar, tal vez unas grosellas...

—No, estamos bien.

Su marido le dirige una mirada severa. La puerta se cierra.

Ursa se pregunta si alguna vez compartirán un silencio cómodo, como los que tiene con Maren. Absalom toma asiento y le sirve una taza de té marrón claro que huele a madera húmeda y a algo medicinal. Se lo bebe a sorbos pequeños. Ya está frío, pero, al menos, así tiene algo que hacer. Entretanto, su marido fija la vista en la puerta con tal intensidad que se le ocurre que quizá trata de convocar al *lensmann* con la mente. Piensa en los brujos de la cárcel. ¿Cómo los ha llamado el guardia? Hechiceros. Absalom se remueve en la silla, da un trago al té, hace una mueca y lo deja.

218

—¿Te gusta?

Lo dice en noruego, su acento ha mejorado. Siempre le sorprende que le hable; hace que se le acelere el corazón y las palmas le suden. Deja la taza con cuidado sobre el platillo para que no haga ruido. «Tranquilízate», piensa.

—No está mal.

—¿Por qué haces eso? —Se recuesta en la silla y la mira. Ojalá volviese a prestar atención a la puerta—. Si no te gusta algo, no deberías tomártelo.

Lo dice con desaprobación. Nunca hace nada bien, no logra complacerlo. Vuelve a levantar la taza y se la termina.

—Ahora me gusta.

Absalom se cruza de brazos y se vuelve hacia la puerta. Esperan durante más o menos otra media hora; es difícil saberlo con seguridad, ya que no hay reloj en la habitación, y esta vez, cuando la puerta se abre, no es el guardia, sino una mujer seguida de un sirviente.

—Comisario Cornet, soy Christin Cunningham. —Inclina la cabeza mientras ambos se levantan—. Disculpe a mi marido. Problemas con los impuestos, sospecho. Siempre suele ser eso.

Habla solo con un ligero acento; danés, probablemente, como el antiguo socio de su padre, *herr* Brekla. Tiene los ojos grandes, enmarcados por unas pestañas gruesas y rectas. Mira con ellos a Ursa.

—Y tú debes de ser la encantadora esposa que ha traído desde Bergen. —Extiende las dos manos y Ursa las acepta, avergonzada y animada al mismo tiempo por la familiaridad—. Perdóname, no sé cómo te llamas.

—Ursula, *fru* Cunningham. Ursula Cornet.

—Eres toda una belleza. —Christin sonríe.

Tiene un aura maternal, aunque no debe de tener más de treinta años. Lleva un tocado blanco como el de Siv, pero con encaje almidonado y muy elegante, echado hacia atrás para dejar a la vista el nacimiento del pelo oscuro.

—Ha elegido bien, comisario. —Se vuelve hacia el muchacho—. Oluf lo acompañará al estudio de John. —Agarra a Ursa del brazo—. Nosotras iremos a la cocina. Es más acogedora.

Los conduce de nuevo al pasillo. El sirviente dirige a Absalom adelante y hacia la derecha, mientras que ellas bajan un tramo corto de escaleras hasta un espacio cuadrado solo un poco más pequeño que el salón. Dos mujeres apartan la vista de unas zanahorias peladas. Un guiso borbotea en el fuego y un aroma rico y nutritivo invade la estancia.

Christin cambia al noruego y su acento se vuelve más pronunciado. Ursa se siente aliviada de no tener que recurrir al torpe danés que aprendió de los breves intercambios con el empleado de su padre.

—Me alegro de que estés aquí. Muchos de los comisarios son hombres de la Iglesia y no les interesa contraer matrimonio, son viejos o viven lejos.

Christin la dirige a un sofá junto al fuego y una de las mujeres deja de pelar para traerles más té y unas galletas redondas y oscuras que hacen que su estómago proteste. Las deja en la mesita que tienen delante.

—Espero que no te importe —dice Christin mientras se quita el tocado. Lleva el pelo recogido en una espiral perfecta—. Prefiero estar aquí que arriba. Hicimos que lo redecorasen un poco, pero sigue siendo deprimente, ¿no te parece?

Ursa se contiene.

—Está muy bien, *fru* Cunningham.

Christin agita la mano con burla.

—Christin, por favor. —Levanta el plato de galletas y se lo ofrece—. ¿*Pepperkaker*? Son más adecuadas para Navidad, pero con el frío que hace, es como si fuera Navidad, ¿no crees? Son mis favoritas. John recibe un buen suministro de jengibre gracias a sus conexiones en Bergen. —Ursa siente una punzada en el pecho al oír mencionar su ciudad—. Aunque nos estamos quedando un poco cortos. ¿Has traído especias de casa? ¿No? Lástima. —Toma una galleta y la mira con ojos críticos—. Están un poco quemadas. Ten más cuidado, Fanne.

Aun así, Ursa huele el jengibre y disfruta tanto del sabor dulce que no le importa el regusto amargo a quemado.

—Ahora, háblame de ti y de tu marido. Quiero saberlo todo. Es un hombre apuesto, los escoceses suelen serlo, aunque un poco… —Arruga su nariz y suelta una risita que la pone nerviosa—. Eres encantadora. ¿Dónde te encontró?

—En Bergen.

—Sí, eso ya lo sé. Pero ¿dónde? ¿Cómo?

Ursa le relata cómo se conocieron.

—¿Te contó cómo sería venir aquí?

Niega con la cabeza.

—Creo que él tampoco lo sabía.

Christin suspira con la misma teatralidad que usaría Agnete al caerse de espaldas con la mano en la frente.

—Se lo advertí a John, le dije que avisase a todo el mundo. Pero es marinero y está acostumbrado a esto. ¿Has oído hablar de Spitsbergen? Tampoco importa mucho si no, te lo contará todo en la cena.

Le brillan los ojos, oscuros, pero sin ninguna malicia. Le resulta extraño haber encontrado a una mujer así en un lugar tan austero.

Es ilusa y astuta a la par. El tipo de persona que habría asistido a sus cenas en Bergen y habría sido amiga de su madre.

—Y es el favorito del rey. Si aquí es adonde manda a sus favoritos, no quiero saber dónde terminan sus enemigos.

Ursa se da cuenta de que las criadas intercambian miradas y sospecha que no aprueban el comportamiento de su señora.

—¿Cuánto tiempo llevas aquí? —pregunta. Se siente un poco más valiente en una habitación de mujeres y con el sabor del azúcar todavía en la lengua—. No os vimos llegar.

—Llegamos de noche, hace dos semanas —responde Christin—. ¿Te sorprende?

Ursa espera que su marido no se entere de que ha pasado tanto tiempo entre su llegada y la invitación.

—Es solo que la casa se ve muy arreglada.

—El castillo —la corrige Christin con voz chillona—. Así es como lo llamó el rey. La fortaleza Vardøhus. —Se le nubla un poco la mirada. «No está del todo bien», piensa Ursa. Su viveza es demasiado intensa, un poco cambiante y extraña—. Nos casamos en Copenhague. ¡Un capitán! Pensé que…

Ursa ya lo sabe, porque ella pensó lo mismo. Quiere extender las manos y tomar las de Christin, como ella ha hecho en el salón. Unas voces masculinas llegan desde el pasillo de arriba y Christin parece despertar de un trance.

—Cenaremos pronto, ¿sí? —Se levanta y se alisa las faldas oscuras—. Debo preguntarle algo a John.

Suben al pasillo y ven cerrarse la puerta principal. Absalom está con otro hombre unos diez años mayor que él, con barba, la piel curtida por el clima como la del capitán Leifsson y una amplia sonrisa.

—Usted debe de ser Ursula. —Su noruego es impecable. Absalom no mira a las mujeres, sino a él, embelesado. Ursa supone que no se ha enterado de la demora en contactarlos—. Es un placer conocerla. —Cunningham cambia al inglés—. Dígame, ¿sabe cantar?

—¿Cantar?

Absalom suelta una risotada. Le resulta tan extraño que lo mira fijamente, pero su marido no aparta la vista del *lensmann,* que le da una palmada en la espalda entre risas.

—Da igual, no importa. Vayan a arreglarse para la cena. Me gusta cenar a las siete en punto, como hacíamos en el *Katten.* Mi segundo barco, ya saben. El que comandé a Spitsbergen. Es bueno mantener una rutina, ¿no creen? Fanne les mostrará la habitación.

Fanne los acompaña arriba con una expresión neutra. La habitación está encima del salón y es igual de descolorida y elegante, aunque huele a algo desagradable, a sótanos cerrados y olvidados, y a algo acre, grasiento y empalagoso, como aceite solidificado en el fondo de una olla.

Da la sensación de que están a medio mundo de distancia de su casa, a pesar de que se encuentran a menos de dos kilómetros. Incluso hay un espejo falto de lustre en la cómoda. Ha pasado mucho tiempo desde que se vio la cara más que en el reflejo de una ventana oscura. Ha perdido algo de peso; las semanas en la cubierta del barco y las caminatas con Maren han dado a sus mejillas y nariz unas pecas que Siv habría considerado vulgares. La expresión de su cara también ha cambiado. Una línea de preocupación se le dibuja entre los ojos. La acaricia con el índice, pero la arruga no desaparece, débil como un susurro.

El vestido de Ursa está colgado en una silla para ventilar y la bolsa de viaje está vacía sobre la cómoda. Sus cosas están dobladas y guardadas en los cajones y la inquieta pensar que alguien las haya tocado y haya visto las manchas que no ha logrado quitar. Antes se sentía muy a gusto con sus criados y se enfadó cuando solo se quedaron con Siv, pero ahora le pone nerviosa que alguien haya hurgado entre su ropa y sus pertenencias sucias y haya presenciado el desorden de su casa y de su cuerpo.

Absalom está feliz y, tal vez, hasta un poco borracho. Se sienta en el extremo de la cama y sostiene dos papeles en las manos, atados con cinta verde y lacre.

—¿La reunión con el *lensmann* ha ido bien, marido?

—Me ha enseñado cuál es mi propósito, esposa. Es mejor hombre de lo que esperaba.

—Me alegro mucho por ti.

Entonces, hace algo que la asombra. Se pone en pie, le levanta la barbilla con la mano y presiona los labios contra los de ella, despacio, con castidad.

—Ha sido obra de Dios, Ursula. Ya no tengo dudas.

Espera a que se dé la vuelta para limpiarse la boca con el dorso de la mano. Todavía siente el cosquilleo de su barba y la suave presión de su pulgar bajo el labio.

Ha sido tan dulce que quiere llorar.

27

Hay una pantalla en la esquina de la habitación, pintada con pájaros negros y cubierta de una gruesa capa de barniz. Ursa se mete detrás con el vestido cuando Absalom comienza a desabrocharse la camisa. El espejo y la luz la han hecho preocuparse por su apariencia por primera vez en meses. Intuye su figura en el reflejo del barniz. Aunque su marido está cerca, se quita la ropa interior y contempla sus bordes redondeados, sus pezones, como agujeros oscuros en el centro de sus pechos, la pálida pelusa entre sus piernas y la curva del vientre, que ha disminuido ligeramente por su nueva vida.

Es como ver un fantasma. Se viste deprisa y sale para mirarse de nuevo ante el espejo. Trata de retorcerse el pelo igual que Christin. Los alfileres se le clavan en la cabeza.

Bajan y la encuentran saliendo de la cocina, con un vestido de un color amarillo intenso de un terciopelo muy fino que parece dorado a la luz de los candiles. Asiente con aprobación al ver el pelo de Ursa y se acaricia el suyo para demostrar que se ha dado cuenta.

—Os pido disculpas por el olor —dice mientras los conduce al salón—. Mi marido ha aceptado que los rusos paguen los impuestos en ballenas. Grasa y aceite. —Hace una mueca—. Apesta.

Así que ese es el olor ahumado y grasiento imposible de ignorar. El pan de jengibre quemado se remueve en el estómago de Ursa. Hay quemadores de sebo en Bergen, pero enmascaran el olor con clavo.

—Un sabio intercambio —comenta el *lensmann* Cunningham mientras sale de lo que supone que es su despacho. Lleva una pequeña gorguera sobre una túnica negra. Le queda un poco apretada y la nuez asoma un segundo por encima antes de desaparecer de nuevo—. Los precios suben cada semana ahora que los canales están cerrados.

—Tú los cerraste —dice su esposa.

—Exacto. —Abre la puerta y les indica con gestos que lo sigan—. Es aquí.

El comedor está revestido de madera fresca que todavía huele a bosque. Hay una mesa lo bastante grande para el triple de comensales. Está adornada con una hilera de candelabros y, por suerte, allí no hay lámparas de grasa, solo velas, que iluminan con su débil luz. El brillo tenue le parece una caricia de bondad que le suaviza las manos secas y convierte el gesto de su marido en el de un hombre amable. Hay dos filas de cubiertos y platos de porcelana pulida y una hogaza cuadrada de pan negro sobre la mesa, con un cuchillo al lado.

El *lensmann* se sienta en la cabecera de la mesa, de espaldas al ventanal, y los demás lo acompañan. No han corrido las cortinas y la oscuridad se cuela en la habitación, acecha la luz de las velas. Las mujeres se sientan juntas frente a Absalom.

Fanne entra con una bandeja de vasos pequeños y grabados en los bordes medio llenos de un líquido claro. Tiene un potente olor a hierbas. Deja la botella en la mesa, junto al *lensmann;* un elegante recipiente de cuello largo y cristal azul.

—*Akevitt* —dice el *Lensmann* Cunningham—. Sé que suele tomarse después de cenar, pero es un hábito que adquirí a bordo del *Katten*. Beber un vaso antes de la comida activa la lengua. ¡*Skol!*

Levanta el vaso y lo vacía de un trago. Absalom hace lo mismo y tose. El *lensmann* Cunningham le da una palmada entre los hombros mientras Ursa mira a Christin sin saber qué hacer, pero el vaso de la mujer también está vacío. Ursa bebe a sorbos el *akevitt* y hace una mueca. Quema.

Al lado de Absalom hay dos asientos vacíos.

—¿Tendremos compañía? —dice, y Ursa se pregunta si el *lensmann* Cunningham también ha percibido la decepción.

—El comisionado Moe, de Alta —responde el *lensmann* mientras levanta el cuchillo y empieza a cortar el pan—. Creo que ya se han conocido. Y *herr* Abhorsen, un rico comerciante de Bergen. —Señala con la cabeza a Ursa—. Supuse que le agradaría enterarse de los chismes.

Asiente con educación. Nunca se enteró de los chismes cuando vivía allí y era lo bastante mayor como para que le interesasen. Agnete y ella especulaban, pero su padre no pudo contratar a una carabina tras la muerte de madre, así que tuvieron que conformarse con su imaginación y sus charlas.

—Pero seguro que tardarán en llegar si vienen desde Alta. Empezaremos sin ellos —añade el *lensmann*. Sirve más *akevitt* y esta vez solo llena su vaso y el de Absalom.

—Dime, Ursula —comenta Christin y apoya la mano en la suya—. ¿Cómo es tu familia? ¿A qué se dedica tu padre?

—Es armador, sobre todo de madera. De Cristiania.

—¿De roble, entonces? —interrumpe Cunningham—. *Katten* era un barco de pino. Más ligero, más rápido.

Christin continúa como si su marido no hubiera intervenido.

—¿Tienes hermanos o hermanas?

Se le llena la boca de un sabor amargo y da otro sorbo de *akevitt* para limpiarlo, agradecida esta vez por la quemazón en la garganta y el calor en el estómago.

—Una hermana. —Hay un silencio, así que añade su nombre—. Agnete.

—Está lisiada —dice Absalom. Ursa se estremece—. Le pasa algo en la pierna y en los pulmones.

—Pero tiene bien la cabeza —continúa Ursa—. Tiene trece años, casi catorce.

—Es mucho más joven —medita Christin. Fanne entra con un plato de algo plateado y gelatinoso y lo deja en el centro de la mesa, entre Cunningham y Absalom. Los ojos del *lensmann* la siguen hasta que sale de la habitación—. ¿Por qué tu madre esperó tanto?

Ursa mira a su marido, pero tiene la mirada perdida. No se molesta en prestar atención hasta que su amo se lo requiera.

—Sufrió muchas pérdidas.

—¿Algún varón? —pregunta Cunningham mientras se sirve un trozo del arenque plateado de la bandeja.

—No lo sé —responde. Le resulta extraño hablar de los embarazos fallidos de su madre durante la cena con unos desconocidos, pero no se siente capaz de negarse a contestar.

—¿Qué opina de que vivas aquí?

El *lensmann* aplasta el pescado en una rebanada de pan con el dorso del tenedor. Se convierte en una papilla destellante. Ursa siente náuseas.

—Está muerta —responde Absalom, pero no para salvarla, sino para participar de la conversación.

—Lo siento —dice Christin. Le suelta la mano y levanta el plato—. ¿Arenque?

Acepta un poco. La gelatina se desliza entre los dientes de su tenedor y empapa el pan de centeno. Mastican y Fanne trae otra bandeja pequeña con cebollas en rodajas.

—La próxima vez, sírvelas a la vez que el pescado —dice Christin.

Fanne inclina la cabeza, trae una jarra con un líquido de color miel y les sirve a cada uno un vaso, a pesar de que el *akevitt* sigue en la mesa. Absalom todavía no ha tocado el segundo vaso.

—Su marido me ha contado algunas de sus sospechas sobre Vardø —dice Cunningham. El contenido de su boca se agita a la luz de las velas—. ¿Usted qué opina?

—¿Yo? —pregunta.

—De las mujeres. —Traga y la nuez intenta escaparse de la gorguera de nuevo—. Las mujeres muchas veces ven cosas que a los hombres se nos pasan, ¿no es así, cariño?

—Y cosas que desearíais que no viéramos —responde Christin con ironía mientras Fanne sale de la habitación otra vez y los ojos del *lensmann* la siguen.

—Son… —Ursa busca la palabra correcta.

—No se preocupe por el tacto, señora Cornet. Me he cruzado con suficientes mujeres de Finnmark como para saber lo duras que son, y las de Vardø tienen una reputación especial incluso aquí. Tras la tormenta… Le habrá hablado de ello, sin duda. —Se dirige a Absalom, pero su marido no le ha contado nada. Lo que sabe lo dedujo por lo que le dijo el capitán Leifsson o por las veces que Maren ha mencionado a su padre y a su hermano.

—Mató a un puñado en Kiberg y dejó algunas viudas. Se volvieron a casar. Aquí fue mucho peor. Pero las mujeres de Vardø… —Mastica y niega con la cabeza—. Unos seis meses después de la tormenta, recibí una carta de su pastor. ¿Qué opina del pastor Kurtsson?

Absalom se encoge de hombros.

—Tiene buen corazón, pero es un hombre débil.

Cunningham asiente y aprovecha el movimiento para morder otro pedazo de pan.

—Me informó de que las mujeres planeaban salir a pescar ellas mismas. ¿Se lo imaginan?

—Lo cierto es que sí —dice Christin—. Las mujeres aquí son distintas. Cultivan la tierra y cuidan del ganado.

—Las campesinas hacen eso en todas partes —responde Cunningham—, pero ninguna sale a la mar.

La conversación es sosegada, como si ya hubieran tratado el tema muchas veces.

—¿Qué alternativa tenían? —dice Christin—. ¿Morirse de hambre?

—Yo me ocupé de ellas.

—¿Cómo?

—Envié dinero a Kiberg para que les mandasen pescado y grano.

—No estabas aquí —dice Christin—. ¿Cómo puedes estar seguro de que lo recibieron?

—No me hace falta estar aquí para cumplir con mi deber. —Cunningham levanta la voz—. No desafiarían mi autoridad. Un barco no es lugar para una mujer. Además… —Da otro bocado al pan y mira a Ursa—. No fue una tormenta normal.

El corazón se le acelera y, de reojo, ve a Absalom inclinarse hacia adelante y apoyar los codos en la mesa.

—¿Está seguro? —pregunta, con la respiración algo inquieta. Cunningham no aparta la vista de Ursa al responder.

—Bastante. He pasado más tiempo en el mar que en tierra firme. Sé lo que el clima es capaz de hacer y lo que no. ¿Cuarenta hombres muertos en un instante? —Niega con incredulidad—. Después de lo que su marido me ha contado de las runas… —Se santigua con el pan en la mano. Absalom lo imita y, por fin, Cunningham lo mira. Ursa respira—. Seguro que entiende por qué lo he hecho venir. En Alta y Kirkenes lo hemos controlado, pero aquí…

Ursa espera, pero no termina la frase. La puerta se abre y Fanne entra. Lleva una gran bandeja con cinco tazones del guiso que ha olido antes en la cocina.

—El comisario Moe ha llegado, *lensmann*. Se está aseando para la cena.

Deja la bandeja y sirve los cuencos. Coloca uno en el hueco junto a Absalom. Esperan a que llegue el comisario Moe y el olor del estofado hace que a Ursa le rujan las tripas.

—Le ruego que me disculpe, *lensmann* Køning —dice en noruego—. La travesía ha sido dura. Esperé a que el tiempo se calmara y no hizo más que empeorar. Daniel abandonó el viaje y se marchó a Hamningberg. Ya sabe cómo son en Bergen.

El hombre guiña un ojo a Absalom, que lo mira inexpresivo. Lleva bigote, como su padre, desaliñado como prueba de la dura travesía. Ursa calcula que debe de tener la misma edad que el *lensmann*. Son de la misma altura.

—Me alegro de volver a verlo, comisario Cornet —responde en inglés, y le hace una reverencia. Absalom apenas asiente—. Esta debe de ser su encantadora esposa.

Ursa duda de que su marido la describiera así.

—Comisario.

—Moe, por favor. Veamos. —Da una palmada— ¿Qué hay de cena?

28

Los tres hombres hablan tan alto y sin parar, uno por encima de otro, que parecen diez. Christin apenas toca la comida, da un sorbo ocasional de aguamiel y observa. Al cabo de un rato, se inclina hacia Ursa y le pregunta:

—¿No habla noruego?

—Un poco. El pastor le enseña.

—¿Por qué no le ayudas tú?

—No sé si le gustaría.

Christin asiente y Ursa sabe que la ha entendido.

—Cuéntame, con sinceridad. ¿Cómo es el pueblo? Con lo que me ha contado mi marido, tengo suficiente para decidir no visitarlo nunca.

—No está tan mal.

—¿No tienes miedo?

—¿De qué?

—Cornet nos habló en sus cartas de las runas y las figuras. Bueno, escribió a mi marido, pero John me lee muchas cartas. Le encanta tener público.

Ursa prueba otro bocado de perdiz.

—No tengo miedo. ¿A ti, por ejemplo, no te asusta vivir junto a la cárcel?

—Ah, ya. —La mujer bebe otro trago de aguamiel, pero su voz no se altera. Quizá esa sea la clave para sobrevivir en un sitio así, vaciar el vaso—. Los lapones. Mi marido siente una fascinación especial por ellos.

—Es mi misión —estalla el *lensmann*. Ursa se sobresalta. No sabía que las escuchaban—. La razón por la que estoy aquí. Como mi predecesor, aunque él no gozó de tanta fortuna.

—¿Kofoed? —dice Moe—. Lo conocí de niño. Un asunto desagradable.

—¿Qué pasó? —pregunta Ursa.

—Los lapones lo atraparon —responde el *lensmann* en un tono sombrío—. Lo maldijeron. Dicen que se marchitó como una planta arrancada. En una noche.

El comisario Moe se santigua.

—Presencié la quema de Olson. Era el cabecilla. Cuando encendieron la pira, el humo se volvió negro como el fuego del infierno.

Ursa deja el tenedor, pero los demás siguen masticando, con la mirada fija en el comisario Moe.

—¿Hubo otras señales antes de lo de Kofoed? —pregunta Absalom.

—Así es —contesta Moe—. Reses cuyas muertes se habían achacado a los lobos, hasta que Olson confesó. Muchachas sin marido embarazadas. Todos cuantos lo vimos arder estuvimos enfermos durante días. Me sentía como si tuviera manchados los pulmones.

Hay un silencio denso. Ursa tiene náuseas y el *akevitt* le revuelve el estómago. Bebe más.

—Ahora tienes dos hechiceros aquí —le dice Absalom a Cunningham—. ¿Por qué están encarcelados?

—Por tejer el viento —responde Cunningham, y a Ursa se le escapa una risita que no consigue contener.

Los demás la miran con rostros implacables. No va a decirles que se ha acordado de su telar y de los agujeros que dejaba al tejer, lo bastante grandes para meter los dedos en ellos. Maren sacudió la tela y le dijo que, de momento, no iban a sacar a navegar a ningún barco con su labor.

—Lo siento —se excusa—. Nunca había oído hablar de tal cosa hasta hoy.

—No es motivo de risa —replica el *lensmann* Cunningham; Ursa se siente como una niña castigada—. El tiempo siempre ha sido su arma preferida. Debería saberlo, viviendo en Vardø.

—Quizá sea porque no tenemos brujas en Bergen.

—Tal vez —asevera Cunningham. Tiene los ojos desenfocados y se aferra al brazo de la silla con una fuerza desmesurada—. Aunque creo recordar que hay una colina de brujos cerca de Bergen, ¿no es así, Moe?

—Sí. Lyderhorn, si no me equivoco.

—He leído al respecto. —Absalom asiente—. Mons Storebarn y Mons Anderson se reunían allí para conspirar contra la Iglesia.

—¡Ya le dije que era bueno, Moe! Los escoceses sabemos lo que hacemos. —Alza el vaso para brindar con Absalom—. No obstante, suelen acechar en los confines del mundo. Ya se lo había dicho, ¿verdad? —Cunningham se inclina hacia adelante en la silla—. En nuestras cartas. La luz de la vela es más tenue en las esquinas. Hemos venido para que llegue a todas partes, para encontrar la oscuridad y quemarla. Para hacer que se consuma en el fuego del amor de Dios.

Le brillan los ojos y, aunque habla a Absalom, la mira. Parece poseído y Ursa teme que vaya a perder la cabeza y a lanzarse a por ella, agarrarla por la garganta y apretar. Sin embargo, el hombre se recuesta en la silla y le pide a su esposa que le sirva otro vaso.

Nadie más parece darse cuenta de que están atrapados en una habitación con una bestia salvaje.

—Por eso el rey me envió aquí a mí, en vez de a uno de los suyos. —Asiente con la cabeza a Moe—. En Escocia, hemos conseguido grandes avances, aunque no tenemos lapones que compliquen las cosas. Sabía que debíamos vernos cuanto antes, sobre todo después de la última carta que me envió, Absalom. Las noticias de la lapona y las figuras.

Ursa se estremece. Esperaba que la mención de Christin sobre las figuras fuese solo una conjetura, pero Toril se había ido de la lengua, como temía Maren. Y la lapona… Tenía que avisarla de que habían mencionado a Diinna.

—Hasta ahora, lo que más nos ha preocupado han sido los hechiceros lapones, los hombres. Se hacen llamar noaides, ya los conocen. Chamanes, como Olson y los dos que están en el calabozo. Pero las mujeres también se han convertido en un problema, y no solo las laponas. —Vuelve a mirarla y a Ursa se le acelera el corazón—. Como sin duda sabe, su marido es un hombre con un talento especial. —Arquea las cejas al ver que no reacciona—. Supongo que estará al tanto de que por eso le pedimos que viniera. Es uno de los mejores, incluso entre los escoceses.

—Lo siento —se excusa Ursa, y mira a Christin en busca de apoyo, pero la mujer tiene la mirada perdida y la boca ligeramente abierta.

Cunningham se vuelve hacia su marido con un gesto teatral de alarma que hace que el comisario Moe suelte una carcajada, ahogada por el pan que le llena la boca.

—Absalom, no me diga que su esposa no conoce sus logros.

El aludido se encoge de hombros con modestia y a Ursa le dan ganas de golpearlo.

—No los he mencionado.

—Entonces, lo haré yo. Ursula, ¿ha oído hablar de una mujer llamada Elspeth Reoch?

—Me temo que no.

—Pues me temo que le voy a contar quién era. —Habla con entusiasmo y Ursa se obliga a mirarlo a los ojos y no parecer asustada—. Tenía solo doce años cuando hizo un pacto con el diablo. ¿No es cierto, Absalom? Doce años cuando se lavó los ojos con sus lágrimas para ver aquello que es impío. Se fundió con él. ¿Sabe a qué me refiero, señora Cornet? ¿Sabe lo que debe hacer una mujer para obtener tales poderes de brujería?

—Estoy segura de que se lo imagina —interrumpe Christin—. No seas vulgar, John.

234

—Es que es vulgar. —Cunningham da un golpe en la mesa con la mano—. Es depravado y repugnante. Le dio un hijo, ¿no es cierto, Absalom?

—Dos —confirma con gravedad su esposo—. Aunque el secreto no se descubrió hasta el juicio. Decía haber perdido la voz y vivió muda durante años tras el pacto. Su hermano trató de hacerla hablar a golpes. Era un hombre piadoso, fue quien la denunció a Coltart.

—Coltart —repite Cunningham con disgusto—. Un fraude de los pies a la cabeza. Fue usted quien hizo todo el trabajo. No lo niegue. La modestia es un rasgo deseado en la mayoría de los casos, pero no en este.

—¿Cómo la hizo hablar? —pregunta Moe.

—Con la prueba del agua. Y con hierro.

—¿La encadenó?

—La marqué. Cruces en la garganta y en los brazos.

Absalom no mira a Ursa. Le gustaría pensar que se debe a que se avergüenza de sus actos, pero su voz no lo demuestra.

—Continúe.

—Gritó en un lenguaje demoníaco y, después, cantó como el pajarillo del diablo que era. —El vestido la asfixia mientras su marido disfruta de la atención del *lensmann*—. Lo confesó todo, cómo sedujo a cuatro hombres, los robos y media docena de encuentros con el diablo.

—Pero lo que más destaca del asunto es la ejecución, un golpe maestro —añade Cunningham.

—¿No la quemaron? —pregunta Moe, como si preguntara por el tiempo.

—Así es —responde Absalom.

—La quemaron —confirma Cunningham—. Pero antes, para reparar el crimen del engaño sobre su silencio, la estrangularon. ¿No es cierto, Absalom?

—Sí.

Dedica una rápida mirada a Ursa, como si deseara que no estuviera allí. Entonces, comprende que todavía no ha contado lo peor. Presiona las palmas de las manos en la mesa para sujetarse.

—Adelante. —Cunningham sonríe—. Cuénteles cómo fue.

—Con una cuerda, señor —dice Absalom, y por fin encuentra la vergüenza que buscaba en su voz.

—¿Y cuál fue su papel?

Su voz apenas es un susurro.

—Yo mismo sujeté un extremo de la cuerda, *lensmann.*

—¿Lo ven? —dice Cunningham, que se inclina para dar una palmada en el hombro a Absalom—. Un hombre extraordinario. No muchos serían capaces de aplicar el castigo ellos mismos. Apuesto a que Coltart no era quien agarraba el otro extremo.

—No, *lensmann.*

No vuelve a mirarla y Ursa se alegra. Le resultaría imposible ocultar lo que siente.

—Fue entonces cuando supe que debía hacerle venir —continúa Cunningham—. Estuvo ahí en el momento más difícil. Cualquiera puede encender un fuego; una hoguera hace que matar sea tan sencillo como hervir una taza de té.

—Las teteras chillan más fuerte —comenta Moe.

—Por favor —protesta Christin.

—Perdona, cariño —se excusa Cunningham, con una sonrisa—. Moe, no debe olvidar quiénes nos acompañan.

Ursa está sin palabras. Lo odia, ahora está segura. Los odia a todos. Absalom había mencionado el juicio el primer día que fueron a la *kirke,* pero nunca imaginó que la mujer había muerto ni que su marido la había asesinado con sus propias manos. «Marcada. Estrangulada. Quemada». Repite las palabras como una rima infantil. Se estremece y *fru* Cunningham se percata.

—No es agradable escuchar los detalles, pero no sientas lástima por una bruja, Ursula —dice en un tono compasivo—. Es así como prosperan; se aprovechan de los corazones heridos y de las mentes tiernas. Incluso en Tromsø y en Bergen, a las mujeres se nos debe enseñar esto.

236

—Y usted no debe temer como los demás —añade Cunningham—. Siendo quien es su marido.

Ursa lo observa al otro lado de la mesa. No se había dado cuenta de lo mucho que lo enorgullece contar la historia. Disfruta de la admiración de los demás, igual de palpable que el olor a alcohol que emana del *lensmann* Cunningham.

La conversación se desvía hacia los canales de pesca, a la caza de ballenas en Spitsbergen y, por último, aunque a Ursa le parece interminable, al tiempo que el *lensmann* Cunningham pasó en el *Katten*. La cena termina con un plato de *rømmegrøt* tan grande que tienen que apartar los candelabros para dejarlo en la mesa.

Ursa se sirve lo bastante para parecer cortés, pero la crema le deja un mal sabor de boca, demasiada grasa después de los meses en el barco y la comida de Vardø. Todo este tiempo ha anhelado degustar sabores como los que disfrutaba en casa —nata, canela y azúcar—, pero la crema se desliza espesa por su garganta y le sienta mal en el estómago.

Se fija en que Absalom apenas la prueba tampoco. Descansa las manos en la mesa y los pelos cortos de sus nudillos atrapan la luz de las velas como telarañas. Se le seca la garganta.

El comisario Moe se excusa poco después, con la nariz roja y hablando del largo viaje que lo espera.

—Me siento lleno de energía —dice, y da la mano a Absalom—. Pongámonos a trabajar.

Christin se ha quedado muy callada junto a Ursa y sospecha que es el efecto de la misma bebida que hace que el *lensmann* sea tan escandaloso. Ursa también ha bebido más de lo que sería apropiado. Siente un hormigueo en la boca y le parece que la tiene en carne viva a causa del licor. Cuando los platos están limpios y Absalom y el *lensmann* Cunningham se levantan para retirarse al despacho de este último, se pasa los dedos por los labios. Los nota muy suaves; no le parecen los suyos.

—¿Ursula?

Christin está detrás de su silla y la mira.

—Espero que no te importe.

—¿Importarme?

—Estoy muy cansada. ¿Quieres que te acompañe a tu alcoba?

Ursa se apresura a levantarse y las faldas se le enganchan bajo las patas de la silla cuando la arrastra hacia atrás. El *lensmann* Cunningham se le acerca despacio para ayudar.

—Gracias. Y gracias por la cena. Estaba deliciosa.

—Encontramos a Fanne en Alta —dice el *lensmann*. Está demasiado cerca y percibe el olor a ácido y a crema en su aliento—. Es una buena cocinera.

—No exageres —espeta Christin—. Pero me alegro de que la hayas disfrutado.

—¿Tiene ayuda en casa? —pregunta Cunningham y mira a Absalom con los ojos entrecerrados—. ¿Alguna mujer de Vardø sabe cómo llevar un hogar?

Hay cierta lascivia en su voz que hace que se le ponga la piel de gallina.

—Mi esposa dispone de ayuda —responde Absalom—. Aunque no habría sido mi elección. Es pariente de una lapona.

—No son parientes —interviene Ursa, envalentonada por el miedo—. No comparten sangre. Viene a la *kirke,* esposo. Es una buena mujer.

No parece que Absalom vaya a decir nada más, pero Cunningham agita la mano tímidamente.

—Es mejor dejar que las mujeres se ocupen de tales asuntos —dice—. Ya tiene bastante de lo que preocuparse, y más después de lo que hemos hablado.

—¿Vamos?

Christin casi golpetea el suelo con el pie, ansiosa por marcharse a la cama. A Ursa no le importa. Anhela el olvido que le ofrece el sueño, que llegue la mañana y regresar a su casa, con Maren. En el caos de pensamientos en que se ha convertido su mente, recuerda que debe advertirla de algunas cosas, como la mención de Diinna y de las figuras. Se clava las uñas en la muñeca para que no se le olvide.

Salen al pasillo y se despiden de los hombres, que ya han retomado la conversación y se interrumpen brevemente, el *lensmann* Cunningham para besar a su esposa en el pómulo y Absalom para ofrecerle otro desconcertante roce de labios, esta vez en la mejilla.

—Debes de estar orgullosa de haberte casado con un hombre así —dice Christin mientras suben la escalera.

Le dan ganas de reírse y preguntarle a qué se refiere: ¿a su atención servil hacia el *lensmann*, a su participación en la muerte de una mujer o a que se sienta satisfecho por ello?

—¿De verdad tu marido no participó en la elección de tu criada? —Christin continúa.

—No es una criada; es más bien una acompañante.

—Es mejor mantener las distancias con gente así. Y mantenerla alejada de tu marido —añade cuando llegan a la puerta de la habitación de Ursa. Christin la abre y se hace a un lado. Mientras se mueve para pasar a su lado, la mujer levanta la mano y le acaricia el cuello donde el moño se le ha salido de los alfileres. Nota la zona sensible—. Aunque eres encantadora, estoy segura de que no tienes de qué preocuparte.

El rubor le sube por el fino cuello.

—¿Preocuparme?

—La bebida, el juego. —Parpadea despacio—. Las criadas. Hasta los mejores hombres tienen debilidades. Y somos nosotras quienes debemos soportarlas.

De pronto, Ursa tiene ganas de confiarse a ella y hablarle de su vida con Absalom, de los miedos y la confusión, pero Christin ya ha apartado la mano y se marcha hacia el otro extremo del corredor. No se tambalea, pero avanza con cuidado.

—Buenas noches, Ursula. Te incluiré en mis oraciones.

Cierra la puerta. La luz se cuela por los bordes de las cortinas corridas. Han doblado la colcha a los pies de la cama y las sábanas se ven lisas debajo. ¿Será cierto que Fanne y el *lensmann* yacen juntos? Tal vez lo hagan en esa misma cama, cuando no hay visitas.

Se suelta el pelo y recoge los alfileres en la mano mientras se acerca a la ventana y levanta una pesada cortina con el dedo. Todavía hay luz en los demás edificios del complejo, a excepción de la cárcel. Escucha en silencio. ¿Lo que oye son los lamentos de los hombres o son solo el viento y el mar? Siente que las ventanas oscuras le devuelven la mirada y deja caer la tela. Se da prisa en terminar de asearse para estar ya dormida cuando Absalom se acueste.

Antes de deslizarse entre las sábanas limpias, se arrodilla al lado de la cama, como hacía con Agnete, reza por la triste Christin, por Maren, en algún rincón de la oscuridad, y por ella misma. Aunque sea una blasfemia innombrable, reza también por Elspeth Reoch, que murió a manos de Absalom. Fuera una bruja o no, jamás le desearía a nadie algo así.

29

Pensaba que lo peor de la noche ya había pasado, pero no consigue dormirse antes de que Absalom llegue. Los sonidos de la casa son extraños, el mar está demasiado cerca y el ruido que hace al romper contra la orilla la pone nerviosa. Cree oírlo abrir la puerta muchas veces antes de que entre de verdad.

—Ursula, ¿estás despierta?

No sirve de nada fingir. Se incorpora y se tapa con las sábanas hasta la barbilla. Absalom se quita las botas y se sienta en el sillón, junto al fuego. Tiene un vaso en la mano y más papel doblado en la otra.

—Espero que hayas disfrutado de la cena.

—Todo estaba delicioso, ya no estoy acostumbrada.

Deja el vaso sobre la chimenea y agacha la cabeza, de modo que solo lo ve de perfil mientras observa las llamas. Cuando habla, el fuego se traga el sonido y no capta las palabras.

—Perdona, ¿qué has dicho? —pregunta.

Absalom habla un poco más alto.

—No quería que te enterases así.

Creyó que estaría asustada cuando regresara, pero siente la misma ira que la ha invadido en el comedor, y eso la envalentona.

—¿De que asesinaste a una mujer?

El silencio se espesa y los engulle como un pozo. Los latidos de su corazón superan al ruido del mar. Desearía llevar algo más que un camisón de algodón.

Por fin, muy despacio, su marido se endereza y la mira, mientras las brillantes llamas danzan alrededor de sus piernas.

Aprieta los labios y, cuando lo mira a los ojos, están vidriosos y un poco desenfocados. ¿Está tan borracho como el *lensmann*?

—¿Asesinar a una mujer? —repite, incapaz de comprender sus palabras—. No. Claro que no. —Niega con la cabeza como si apartase una mosca—. Juzgué a una bruja, esposa. La justicia de mi país la sentenció a muerte. Era culpable, a los ojos de la ley y de Dios. «A la hechicera no dejarás que viva». Es Su palabra.

—Pero, marido, ¿tenías que ser tú quien la matara?

Parece dolorido cuando levanta el vaso de la chimenea y, todavía aferrado a los papeles, se deja caer en el sillón.

—Fue un asunto grave. No lo disfruté, por mucho que mereciera morir, y recé por ello después. Dios me perdonó. No soy un hombre arrogante, Ursula. —Se contiene para no soltar un bufido—. Pero me siento orgulloso de servir a Dios. Espero que mi esposa sienta lo mismo.

Lo más sabio sería decir que se siente orgullosa, como Christin cree que debería estarlo. Disiparía la tensión entre los dos, y quizás esté lo bastante borracho como para no recordar los detalles de la conversación por la mañana. Pero Ursa no dice nada, solo observa.

Ladea la cabeza sobre el duro respaldo de la silla y Ursa apenas le ve los ojos, que parecen casi negros.

—Me gusta que seas de alta alcurnia, Ursula. Casi no me lo creía cuando tu padre me habló de ti. La hija de un armador. —Suspira—. Eres mejor de lo que habría esperado.

Le gustaría que dejase de hablar y de mirarla.

—Eres comisario. Podrías haber elegido mejor.

Ojalá lo hubiera hecho, aunque eso significaría que nunca habría conocido a Maren. En ese momento anhela volver a casa con Agnete y meterse en la cama que compartían, sin estar casada y sin saber nada de Absalom Cornet.

—No empecé tan alto —responde—. No como el *lensmann*, que nació en una buena familia. Soy hijo de un ganadero de ovejas, ¿lo sabías?

—No. Nunca me lo has contado.

«Cuidado —se advierte a sí misma—. No seas tan brusca».

—Nunca me has preguntado. —Hace una pausa, esperando que lo haga ahora, pero Ursa no se atreve a hablar.

Absalom da un trago a su vaso.

—Nací en una isla pequeña. Apenas más grande que esta, como te dije una vez. No había nada más que ovejas. Apestaba. Después, construyeron una *kirke* en la isla contigua, que estaba limpia y olía a velas. Era el mejor lugar que había visto nunca. —Cierra los ojos para recordar—. El pastor vio algo especial en mí. Él me recomendó a Coltart, cuando atraparon a la bruja.

La bilis le sube por la garganta.

—¿No es un milagro? El hijo de un ganadero de ovejas convertido en un cazador de brujas y, después, en comisario.

Le brillan los ojos.

—Lo es, esposo.

Absalom se remueve en la silla.

—¿Por qué no me llamas por mi nombre?

—Lo haré si así lo prefieres, Absalom.

Siente que el peligro se acerca y busca la manera de evitarlo.

—¿Sabes lo que significa?

Niega con la cabeza.

—Padre de la paz.

Ursa está a punto de reír, pero se contiene a tiempo.

—Es lo único que quiero. Librar al mundo de la brujería, para que todos vivamos en la paz de Dios. Y si la única manera de hacerlo es a través de la guerra, que así sea.

Cierra los ojos de nuevo y se queda callado durante un largo rato. Ursa cree que se ha dormido y el nudo del estómago se le afloja un poco. Sin embargo, un segundo después, habla.

—Este era mi destino, Ursula. El *lensmann* confía en mí. Cree que soy especial, igual que el pastor de las Orcadas.

Se levanta de pronto y Ursa se sobresalta. Vacía el vaso y lo deja, se acerca a la cama y se sienta a su lado. Su aliento, caliente, le roza la mejilla.

—¿Crees que soy especial, Ursula?

Se vuelve para enfrentarlo. Las manos le tiemblan bajo la sábana.

—Sí, Absalom.

Le atrapa una mano con la suya. Es cálida, fuerte y seca. Todavía se aferra a los papeles.

—Me las ha dado el *lensmann*. Han llegado los últimos dos meses a Vardøhus. Son cartas de Bergen.

Se le acelera el corazón.

—¿De mi padre? —Quiere lanzarse a por ellas, pero Absalom le sujeta las manos con firmeza.

Él asiente y las deja caer sobre la colcha.

—Están abiertas —dice Ursa, y reconoce la letra de su padre, aunque no sabe lo que dice.

—Un marido debe estar al tanto de los asuntos de su esposa.

—Son mis cartas —protesta, y trata de mantener la calma.

—¿Acaso sabes leer? —Por su tono es evidente que sabe que no.

—¿Y tú? ¿Sabes leer noruego? —espeta, demasiado rápido para detener las palabras.

Absalom lleva la mano a su hombro y aprieta antes de que pueda alejarse.

—Cuidado, esposa. Están en inglés.

—No he querido insinuar… Por supuesto, mi padre sabe que tendrías que leérmelas. —La presión en el hombro le hace daño—. Pero ¿no podías haber esperado a que estuviéramos juntos?

—Era mi deber leerlas. ¿Y si hubiera habido malas noticias para las que hubiese tenido que prepararte?

Se le acelera el corazón. La cena se le revuelve en el vientre.

—¿Hay malas noticias?

Absalom no dice nada, solo afloja el agarre en el hombro.

—Por favor. —Tiene ganas de llorar—. ¿Es Agnete?

El hombre recoge las cartas de nuevo, se las arranca de las manos. Las revisa, y Ursa está segura de que busca la que trae noticias de su hermana. De su muerte.

Las lágrimas ya le ruedan por la cara cuando niega con la cabeza despacio.

—Nada de eso. Todo continúa como siempre. —Revuelve el fajo—. Tu hermana tiene un médico nuevo y le han comprado una alfombra para la habitación. Tonterías como esas. Te preguntan cómo es tu vida aquí.

Se seca las lágrimas entre temblores.

—¿Me las lees?

—Es tarde.

—Solo una, entonces. La última. —Está desesperada como un animal hambriento—. Por favor, esposo... Absalom —se corrige—. Por favor, ¿podrías leerme una?

La mira un largo rato; después, extiende la mano y le enjuga la última lágrima. La frota entre los dedos, pensativo, y abre una de las letras. Quiere volver a llorar, esta vez de alivio, pero se controla.

—Esta la enviaron el 23 de mayo.

—Pero eso fue hace meses —dice sin contenerse.

—Estamos a meses de distancia. Las cartas tardan en llegar. —No se molesta por la interrupción, pero Ursa se recuerda que no debe hablar más—. Dice: «Querida Ursa». —Hace una pausa—. ¿Así es como te llaman?

Asiente con la cabeza.

—Qué poco elegante. «Querida Ursa: no hace mucho que te has ido, pero ya sentimos el peso de tu ausencia. Los días son monótonos y la casa tiene menos luz».

Cierra los ojos y trata de imaginar la voz de su padre.

—«Aunque es un consuelo saber que te has llevado tu brillo al norte. Creo que lo necesitan más que nosotros. Agnete no ha empeorado. Siv quiere contratar a una chica para la cocina y, así, dedicarse por entero a ella. Pero Agnete insiste en que nadie podrá brindarle mejores cuidados que los tuyos. Quiere que sepas que te quiere, aunque echa de menos el pañuelo azul y le gustaría que se lo devolvieras».

Ursa sonríe mientras Absalom ahoga un bostezo.

—Es todo así.

—Por favor, un poco más. —Pone la mano en la de él mientras se odia a sí misma por necesitarlo—. Por favor, Absalom.

Enfoca la mirada y Ursa reconoce el deseo. Le frota la piel con el pulgar. Cuando sigue leyendo, retira la mano tan rápido como se atreve.

—«Espero que el capitán Leifsson te haya tratado bien. Volverá a Finnmark a principios del año que viene y le enviaremos regalos para ti. Haznos saber si hay algo en particular que necesites. Si los asuntos de Absalom lo llevan al sur, asegúrate de acompañarlo. Ahora me doy cuenta de cuánto dependía de ti. No dudes de que querré a Agnete por los dos y de que estoy decidido a ser el padre que necesita en ausencia de su muy querida hermana».

Esta vez, no consigue contener las lágrimas. Las palabras están llenas de amor y está segura de que Absalom no se las ha inventado, su padre ha escrito exactamente lo que su marido le ha leído. Siente náuseas por el alivio.

—Te lo he dicho, nada importante.

Absalom arroja la carta a la cama y se le acerca. Ursa reacciona demasiado lento y retrocede, sensible todavía por las palabras de su padre, llenas de amor y cariño. Su marido endurece la mirada, recoge las cartas y las aprieta entre los dedos.

—Cuidado —suplica ella, y en un movimiento fluido, su marido se levanta y cruza la habitación.

Comprende al instante lo que va a hacer y se levanta de la cama. Corre para detenerlo, pero es demasiado tarde. Arroja las cartas al fuego.

Se lleva la mano al pecho para mitigar el dolor que siente. Absalom le pone las manos en la cara, tan grandes que le cubren las mejillas, y la obliga a alzar el cuello para acercarse a él. Ursa se imagina que la aprieta hasta aplastarle el cráneo; sin embargo, acerca la boca a la suya y la besa, con tanta ternura que se le pone la piel de gallina.

—Les escribiré de tu parte —dice, y Ursa siente su aliento caliente en la mejilla mientras le acerca de nuevo los labios. Su firme entrepierna le presiona el vientre y sabe que la oferta implica algo a cambio.

Tras él, las cartas de su padre se retuercen hasta quedar reducidas a cenizas y ascienden, como señales de humo que se elevan hacia la noche.

LA CAZA

30

Aunque Ursa solo ha estado fuera el miércoles y el jueves, es el doble de lo que Maren esperaba y cada segundo que pasa se le clava como un cuchillo. En la reunión, todas especulan sobre el *lensmann* y los chismes que Ursa les traerá. Cada vez que la mencionan, siente un cosquilleo en la nuca.

¿Cómo podía vivir antes de conocerla? Los días se le antojan interminables. Está tan nerviosa como mamá, tan irritada como Diinna y tan silenciosa como Erik. Se ocupa de las tareas con rabia contenida y lo más deprisa posible. Después, se escapa al cabo, el único lugar desde donde se atisba el interior de los muros de la fortaleza y observa las luces en las ventanas. Todo Vardø se extiende por el valle y las dos mitades de la isla son casi idénticas, como un libro abierto. Pasa las dos noches caminando por el borde del acantilado hasta aplastar la hierba.

El viernes por la mañana, descubre que han vuelto cuando Kirsten viene a traerles sal y sangre para preparar el *blodplättar* y un mensaje de Ursa. Mamá no dirige la palabra a la mujer; apenas habla con Maren.

—Asegúrate de que te lo cuenta todo —dice Kirsten desde el umbral—. Quiero saber a qué atenerme con el *lensmann*.

—Si vinieras a las reuniones de Toril —dice mamá mientras golpea la mantequera, aunque el ruido indica que se ha pasado—, ya lo sabrías todo. El comisario Cornet habla a menudo del trabajo del *lensmann* y de los planes que tiene para nosotras.

—Aun así, me interesa conocer la opinión de Ursula —repone Kirsten—. Nos vemos el sábado, Maren.

—¿Qué planes? —pregunta Maren después de cerrar la puerta y dejar el cubo de sangre en la mesa, aunque no le importa demasiado. El ruido sordo de la mantequilla batida le apedrea la cabeza y se contiene como puede para no arrancar la pala de la mano de mamá.

—Cosas buenas. Y piadosas.

La mujer dirige la vista a la cruz de tela de Toril, colgada de una muesca en el relleno de la pared. También dejó una junto a la puerta de Diinna y Maren se la encontró deshecha en un cubo de agua dos días después. Su cuñada debió de usarla como toalla de baño.

¿Cuándo había crecido tanto el desagrado que Diinna sentía por mamá? No es que la aversión de Maren sea mucho menor. Trata de contenerse, pero la inmunda herida en la comisura de la boca de su madre, que no deja de lamerse, su cara estrecha y dura como la suya y el sudor que le empapa el vestido de trabajo la sacan de quicio. ¿Es la misma mujer que antes mitigaba su dolor, que se rio y la abrazó cuando llegó con la noticia de la propuesta de matrimonio de Dag, que dio a luz a su hermano y ayudó a nacer a su hijo con manos gentiles la que ahora se sienta frente a la mantequera? Incluso oír su respiración agitada por el esfuerzo le molesta.

Maren no hace más preguntas y se dispone a preparar el *blodplättar*. La ha aliviado saber que Ursa ha regresado y que ahora mismo está cerca. Cuando termina de mezclar la harina con la sangre, sale con una cuerda al acantilado y la ata en el poste que Erik clavó para ese propósito cinco años antes.

Deja caer una cesta y se queda mirando las rocas de abajo un rato más largo de lo normal. La ballena la visita menos, pero ahora la ve tendida bocarriba, entre las rocas. El olor a sal y a podredumbre le inunda la nariz. Se frota con la mano y parpadea hasta que la visión desaparece.

Se inclina, ata una cuerda sobre la primera y tira del nudo para apretarlo. Se anuda el otro extremo a la cintura, sube la falda sobre la cuerda y sigue el camino fácil hasta el nido de araos más cercano, con la mente demasiado distraída para intentarlo por el camino difícil. Los pájaros salen volando, chillan, y sus gritos le taladran la cabeza. Trabaja de forma metódica, toma cinco huevos de tres nidos, apiadándose de los más pequeños, de los que tienen pecas finas o están pálidos como la nata. A sus pies, la marea está baja y se acuerda de cuando sacó al hijo de Toril de entre las olas, de su cuerpo flácido, que se escurría de los huesos.

Asciende deprisa, sube la cesta y regresa a casa. Rompe los huevos uno tras otro y los mezcla con la sangre y la harina. Las cáscaras se rompen con facilidad y motean la mezcla, así que las recoge con las uñas, arrastrando la sangre que se seca deprisa bajo ellas.

El *blodplättar* está listo a la hora del almuerzo y la casa se llena del olor a hierro y sal. Su madre come en absoluto silencio. Maren sabe que piensa en Erik y en que era su plato favorito. Cuando envuelve un pastel, todavía humeante, en un trozo de tela para llevárselo a Diinna de camino al cabo, mamá no protesta.

—Me ha parecido que olía a *blodplättar* —comenta Diinna. Está sentada en el escalón de su puerta y Erik juega en la tierra a sus pies. Agarra la tela con cuidado—. Te he visto yendo al acantilado. ¿Has comprobado los nudos?

Diinna desenvuelve el paquete e inspira el aroma.

—No me des las gracias —dice Maren, molesta. Se da la vuelta para irse, pero su cuñada extiende la mano y la agarra de la muñeca.

—Gracias, Maren. —La sorpresa que siente al ver los ojos brillantes de Diinna le sienta como una bofetada—. La próxima vez, si quieres que te ayude, pídemelo. Se me da mejor escalar.

Maren asiente y traga. Frota el dorso de la mano de Diinna.

—Lo haré.

Cuando se aleja de la sombra de la casa, oye a Diinna arrullar a su hijo.

—Ven aquí, *ráhkis*. Prueba esto. A tu padre le encantaba.

Mientras camina, Maren solo piensa en Ursa. ¿Estará en el lugar donde han acordado verse? ¿Qué hará si no se presenta? La combinación de alegría y pánico la deja casi sin aliento, así que cuando por fin atisba la figura de Ursa con un vestido gris claro en el cabo, la cabeza le da vueltas y tiene que prestar atención para no tropezar.

Por un momento, el doble reflejo del sol en el mar la deslumbra y teme que no sea ella. No distingue bien su rostro a esta distancia, pero el cabello rubio se agita con el viento y los ojos oscuros son dos agujeros profundos, coronados por unas cejas pobladas. Un segundo después, Ursa sonríe y vuelve a ser ella misma. Levanta una mano para saludar mientras, con la otra, se sujeta las faldas. Maren hace lo que puede para no correr y abalanzarse a sus brazos.

Se detiene cuando está a punto de abrazarla porque, aunque la boca de Ursa se ensancha en una sonrisa, tiene una mirada tensa, acompañada por unas profundas ojeras. Resiste el impulso de levantar la mano para acariciarlas con los pulgares.

—Menos mal que Kirsten te avisó. Creí que lo mejor sería no venir directamente, pero no quería esperar hasta la noche.

—¿No te encuentras bien?

—¿Tanto se nota? —pregunta—. Ayer pasé todo el día en cama. Por eso retrasamos la vuelta. Espero que no hayas esperado mucho.

Maren no le cuenta que la noche anterior paseó nerviosa por el borde del acantilado. El suelo que pisan está aplastado y desgastado por sus pasos y se mueve para esconder lo peor.

—¿Qué te ocurre?

—Tengo el estómago débil. Ahora mi apetito es como el de una campesina. —Esboza un amago de sonrisa—. La cocina de Vardøhus no me ha sentado bien. Ni la bebida.

Maren se la imagina presa de la embriaguez, como papá en pleno invierno.

—¿Te sorprende? —pregunta Ursa—. Tú también habrías bebido para soportar la compañía.

—¿La visita no fue agradable?

—Mi marido diría que sí. El *lensmann* es un gran admirador de sus actos.

—Eso es bueno. ¿Significa que te quedarás? —Ursa la mira con el ceño fruncido.

—El *lensmann* es una bestia. Todos lo son, incluso su esposa. —Respira hondo y deja las manos pegadas a sus costados. Maren se acerca.

—¿Deberíamos sentarnos en algún sitio? Estás muy pálida.

—Mi esposo está en casa escribiendo un edicto o algo parecido. Nos enteraremos en la *kirke*. Pero quería decirte que mencionaron a Diinna.

—¿La mencionaron?

—Absalom le habló al *lensmann* de las runas y no le hizo ninguna gracia. Y le contó lo de las figuras. También quiero avisar a *fru* Olufsdatter, pero primero debía contarte lo de Diinna.

—¿Crees que es malo? —pregunta, aunque ya conoce la respuesta. Intenta comprender la gravedad de la situación y calcular qué tipo de problemas supondrá la confianza de Ursa.

—Mi marido no me ha dicho nada, pero hablaron de brujería. Había dos hombres en la cárcel. Lapones.

—Diinna no practica brujería. Las runas son lo mismo que las oraciones para nosotros.

—Deberías buscar un argumento mejor —replica Ursa—. A Absalom no le gustaría oír algo así. He procurado hablarle bien de ella, pero el *lensmann* lo tiene dominado y me he enterado de que en el pasado ya lidió con brujas.

—Diinna no es una bruja —dice con más dureza de la que quiere por culpa del pánico.

Ursa le responde con calma.

—Debería venir a la *kirke*.

—Ya lo he intentado. Es inútil. —Se le cierra la garganta—. Sobre todo después de que Toril apareciera en la reunión del miércoles. Ahora no se fía de mí para esas cosas.

La alegría de reencontrarse con Ursa se ha visto aplastada por las noticias y empieza a caminar en círculos, el mismo camino en miniatura que recorrió mientras la esperaba.

—¿Y si hablo con ella? —Ursa le pone la mano en el antebrazo para calmarla—. De verdad, pienso que es importante.

Maren no cree que vaya a funcionar, pero su tacto la pone más nerviosa.

—¿Qué más dijeron?

—Nada. Pero la conversación… No es bueno. —Ursa se lleva las manos a la cara y habla con la voz angustiada—. Perdóname. No conocía al hombre con el que me casé. De haber sabido cómo es, te habría advertido, jamás habría permitido que te acercases a mí.

Maren se tensa.

—¿Me mencionaron?

—Dios, no —contesta Ursa—. Nunca dejaría que pronunciaran tu nombre de esa manera. No lo habría permitido. —Le toma las dos manos y las sostiene con fuerza—. Te tengo mucho cariño, lo sabes, ¿verdad? No dejaría que te hicieran daño.

Con el rostro de Ursa, salvaje y encantador, tan cerca y sus miradas enlazadas, Maren piensa en besarla. La idea la aterra, pero está segura de que, si fuera un hombre, acortaría la distancia y presionaría su boca contra la suya, que la callaría con sus besos. Sin embargo, se limita a asentir.

—Lo sé.

—¿Vamos? —dice Ursa cuando el momento se rompe—. ¿A hablar con Diinna?

—No servirá de nada —replica Maren. No quiere que el tiempo con ella se termine. No quiere regresar al pueblo, con las demás personas. Aun así, deja que Ursa la guíe de vuelta, con la cabeza gacha para enfrentarse al viento y dejando a la vista la palidez de su nuca.

—Cuéntame más cosas de Vardøhus. ¿Qué hay de la esposa?

—No hay mucho que contar. Es un lugar sombrío, aunque muy bien construido. Y la mujer… —Vacila en busca de la palabra adecuada y Maren se alegra al ver que no ha pensado mucho en ella—. Creo que se siente sola allí. No le presté mucha atención.

No había tenido en cuenta el riesgo de que a Ursa le gustara *fru* Cunningham y confiara en ella. Siente una punzada de alivio, como si hubiera esquivado una zanja.

—¿De verdad las runas son solo oraciones? —pregunta Ursa—. ¿No se supone que se usan para hacer invocaciones? Hablaron de tejer el viento.

—Diinna no hace nada de eso. Las runas eran inofensivas. —Para guiar las almas de su hermano y de su padre al otro lado. En aquellos meses, lo creyó porque quería aferrarse a algo, lo que fuera, para superar el caos que la tormenta dejó a su paso. Reconoce que encontró consuelo en las runas y en el tambor de Varr. Aunque, en un juicio, mentiría y juraría lo contrario.

¿El comisario Cornet también sabía lo de las piedras rúnicas que había en el cabo, lo de los zorros despellejados y los rumores sobre ballenas de cinco aletas? Con Toril cerca, no dudaba de que sí. Está casi segura de que Diinna no ha tenido nada que ver con esas cosas, pero la culpa podría recaer fácilmente en ella. Podrán decir que no es más que una simple superstición, pero ahora comprende que actuaron con ignorancia, igual que al salir a pescar. Aunque le ha traído a Ursa, la llegada del comisario Cornet les ha arrancado ese velo protector de una manera que la presencia del pastor Kurtsson nunca hizo.

Diinna continúa sentada en el escalón con Erik en el regazo. El pequeño entierra la cabeza en el pecho de su madre y Maren se percata de repente de que tiene la boca sobre un pezón. Ursa se detiene de pronto y se olvida de su propósito mientras se sonroja.

Diinna las mira a ambas y Maren la ve como lo haría un desconocido, como debe de verla Ursa. Con las piernas separadas para soportar mejor el peso de su hijo, demasiado grande, con los pechos hinchados asomando entre los pliegues del jubón. Con las venas marcadas, como ríos que serpentean por su fina piel, el pelo engrasado y pegado a la cabeza, los ojos oscuros y desafiantes. Con Erik agarrado al cuerpo, parece una especie de deidad, poderosa y extraña. Maren le mira el pecho sin poder evitarlo. Se da la vuelta con la boca seca.

—No deberíamos estar aquí.

—No debería hacer algo así fuera —dice Ursa con voz débil—. ¿Y si Absalom la ve?

Maren mira a su alrededor. Están protegidas de todas las casas salvo por las ruinas del hogar de Baar Ragnvalsson; los pájaros son los únicos testigos.

Diinna aparta a Erik de su pecho y lo deja en el suelo. Se abrocha el jubón. No parece avergonzada en absoluto.

—Creía que tardarías más en volver —dice mientras Erik estira las manitas para que lo suba. Lo aparta y se pone en pie—. Sueles pasar mucho más tiempo en el cabo.

El tono con el que lo dice la incomoda.

—La señora Cornet quería hablar contigo —responde Maren. Está furiosa y no sabe por qué—. Tienes una puerta que funciona perfectamente, ¿por qué no la usas?

—¿Qué quiere decirme? —Diinna mira a Ursa—. ¿Señora Cornet?

La aludida va directa al grano.

—Acabo de regresar de la fortaleza de Vardøhus. El *lensmann* Cunningham nos invitó a cenar, a mi marido y a mí. Te mencionaron en la cena.

Maren percibe que Diinna no se lo esperaba, aunque esconde bien su sorpresa. Solo le tiembla ligeramente la mandíbula y Ursa, al no darse cuenta, intenta con más ahínco hacerle comprender la gravedad de la situación.

—Había dos lapones en la cárcel —dice, y se le tensa la mandíbula—. Eran tejedores de viento.

—Yo no hago eso —replica Diinna.

—Pero hablaron de las runas, Diinna —añade Maren—. Y de las figuras.

—Las hizo *fru* Olufsdatter —se excusa—. Yo solo le dije qué hierbas había que quemar para guardar los recuerdos.

258

—Ella también está en apuros —contesta Maren—. Pero es de ti de quien debemos preocuparnos.

—No tienes que preocuparte por mí en absoluto. El tiempo para eso ya pasó.

—Es Ursa la que quería advertirte —espeta, y se da la vuelta para que Diinna no vea el dolor que se refleja en su rostro—. Creyó que era importante.

—Deberías venir a la *kirke* —dice Ursa—. No creo que la situación sea insalvable.

—¿No? —pregunta Diinna con incredulidad, y Ursa se remueve, incómoda por su mirada—. ¿Habiendo, como dice, dos lapones en la cárcel, sin duda esperando a que los quemen?

Maren espera a que Ursa le diga que se equivoca y el pánico le oprime la garganta cuando no lo hace.

—No creo que mi esposo carezca de misericordia —responde sin ninguna convicción.

—Sé lo que ocurre cuando mi gente se somete a la misericordia de hombres como su marido, señora Cornet. —Se inclina para levantar a Erik y colocárselo a la cadera—. Yo no estaría tan segura.

Cruza a zancadas el umbral y cierra la puerta. Maren vacila unos segundos antes de seguirla. Sin llamar, empuja la puerta, que golpea a Erik en la pierna y el niño suelta un gemido. Maren cierra; deja a Ursa fuera y se dirige a la habitación. Hace años que no entra allí; quizás incluso desde que se construyó y Diinna y Erik acababan de casarse. Entonces, llenó la estancia con flores blancas y amarillas, los ayudó a traer el *skrei* que les regalaron y lo colgó de las vigas, como velas en miniatura.

Ahora no hay flores. El espacio, que ya era estrecho para una pareja recién casada, parece haber encogido con una madre y su hijo. El fuego está apagado y una gruesa manta cuelga de la ventana, de manera que toda la habitación está en penumbra y Diinna parpadea en la oscuridad como un ave nocturna. Erik corre a un rincón donde hay retales de tela y algunos palos desperdigados, como un nido. Huele a leche y a *blodplättar,* un aroma que se filtra desde su casa. Las botas de su hermano están junto a la chimenea; un reflejo de las de su padre en la habitación de al lado. Una está desatada y tiene la lengüeta abierta.

Maren había venido a acusar a Diinna de ser grosera y a decirle que miente al afirmar que no era asunto suyo, pero allí dentro le parece imposible. Les han fallado; a ella, a Erik y a su recuerdo.

—Diinna.

Entonces, ve una figura anudada sobre la chimenea, envuelta en el encaje perdido de Toril. Maren se tambalea. Tiene una aguja de plata clavada en el costado.

—¿Qué es eso?

Diinna sigue la dirección de su mirada y toma la muñeca.

—Nada. Un juguete para Erik.

—Es el encaje de Toril.

Diinna saca la aguja y desata el trozo de encaje.

—¿Quieres devolvérselo?

Maren niega con la cabeza y Diinna lo arroja al fuego. Maren hace amago de rescatar la tela, pero se queda donde está mientras se retuerce y se contrae.

Mira a su alrededor. Hay runas sobre la cama y un puñado de huesos de conejo junto a las botas vacías. Se le eriza el vello de los brazos.

—¿Qué es todo esto?

—¿Qué?

Diinna deja la marioneta en el centro de un gran cuadrado de tela extendido sobre la cama. Encima, coloca una bufanda de cola de zorro, unos guantes gruesos, un cuchillo y una túnica.

—¿Qué haces?

—No debes decírselo a nadie —responde, sin dejar de moverse—. Ni siquiera a ella.

—No puedes marcharte. —Maren siente un aleteo de pánico—. Diinna, no eres una bruja.

Pero lo dice con poca convicción y Diinna la fulmina con la mirada.

—No pareces muy segura.

A Maren le tiemblan las manos y comprende que está algo asustada.

—La muñeca…

—Es un juguete —repite Diinna—. Para Erik. Cogí el encaje por rencor y para que la tela fuera menos áspera.

Maren desvía la mirada a los huesos y a las piedras rúnicas y Diinna suelta una risita triste y grave.

—Antes las runas te ofrecían consuelo y los marineros acudían a mi padre para lanzar los huesos y vaticinar el tiempo que vendría. Son un lenguaje, Maren. Que no lo entiendas no lo convierte en algo diabólico.

Maren asiente, avergonzada. Quiere disculparse, pero sabe que no servirá de nada. En vez de eso, repite:

—No eres una bruja.

—No importa lo que soy, solo lo que creen que soy.

—Ursa dice que no pasará nada, que su marido…

—¿Qué sabrá ella? —Se le quiebra la voz—. ¿Qué sabrás tú? Me he quedado por ti, para que Erik conociera a su familia. Pero ya no es seguro.

—No irás a llevártelo, ¿verdad?

—Es mi hijo. ¿Acaso me crees capaz de dejarlo atrás?

—¿Cómo sobrevivirá en el monte?

—Tendremos que irnos más lejos —responde Diinna—. Pero vayamos donde vayamos, estará mejor que aquí. —Mira la miserable habitación—. Este no es lugar para un niño. Necesita aire, árboles y personas que no lo miren como si estuviera roto o mal hecho. —Lanza una mirada venenosa a la pared a través de la cual se oye a su madre, que sigue trabajando con la mantequera—. Debí llevármelo en cuanto su padre murió.

Maren la agarra de la mano para intentar detenerla.

—Por favor, quédate.

—No es seguro.

—Te mantendré a salvo.

Niega con la cabeza y le acaricia la mejilla.

—No somos nada para ellos. Lo mismo que los hombres para el mar, atrapados en las corrientes. —Apoya la frente en la de Maren; tiene la piel seca como la arena—. Podrías venir con nosotros. —Maren se aparta—. Varr pasa los veranos más allá del monte, en los bosques del sur. Allí no nos seguirán y, si lo hacen, sabemos escondernos.

—No puedo abandonar a mamá. —Ni a Ursa—. Yo no corro peligro.

Diinna parece dispuesta a decir algo más, pero se limita a anudar el primer paquete, saca otra manta de un estante y la extiende para llenarla.

Hay muchas cosas que Maren quiere decir, pero solo consigue preguntar:

—¿Cuándo te irás?

—Esta noche. Me llevaré el bote de Baar…

—Está destrozado —la interrumpe—. Llévate el de Kirsten. Sé que no le importará.

Diinna asiente con la cabeza.

—Que diga que se lo robé. Lo dejaré a salvo en la orilla.

Maren toma a Erik, lo abraza y respira el olor a leche.

—Tengo algo para ti. Algunas monedas…

—Quédatelas. No me servirán de nada en los bosques.

—¿Y si te atrapan?

—No se lo digas a nadie —contesta. Se le acerca de nuevo y los abraza a ambos. Maren aprieta la mandíbula tan fuerte que oye un chasquido—. Ten cuidado —susurra, y su aliento le hace cosquillas en el oído—. Incluso con ella.

Se aparta y le pone el pulgar en la frente a Maren.

—Por si necesitas encontrarme.

Maren cierra los ojos y recuerda que le hizo lo mismo a su hermano antes de que se marchara aquella Nochebuena.

—Diinna. —Maren le sujeta la mano antes de que la aparte—. ¿Me lo cantarías? ¿El *joik* de Erik?

Está segura de que se negará, pero le acerca la boca al oído y canta.

La melodía es suave y fluida. Reconoce algunas partes de escucharla a través de la pared, pero es mucho más extraña y hermosa tan de cerca. Cuando termina, siente como si le hubieran arrancado una parte de sí misma. Erik está tranquilo y sonriente tras la canción y Maren le da un último beso en la fría mejilla antes de devolvérselo a su madre.

Sale de la casa desconcertada y conteniendo un sollozo. El cabello de Ursa brilla cuando deja atrás la oscuridad.

—¿Vendrá a la *kirke?*

—Sí —miente Maren, porque es más fácil, y la cara de Ursa se ilumina ante la mentira.

Esa noche, no oye ningún sonido, a pesar de que duerme en su antigua cama con el oído pegado a la pared. Tal vez Diinna ha cambiado de opinión y, con la primera luz del alba, se acerca hasta su puerta.

No está cerrada y se abre al tocarla. Dentro solo quedan las botas de Erik, vacías junto al fuego muerto. Maren se acerca a la cama. Quiere abrir las cortinas y dejar que el aire y la luz acaricien los lugares que han pasado todo este tiempo a oscuras, pero no lo hace.

Cierra la puerta y se sienta en la cama. Aquí dormía su hermano, donde concibieron a su sobrino. Extiende las palmas y las presiona contra el marco para intentar percibir algo de ellos. Se siente muy sola de pronto, igual que cuando perdió a Erik en el cabo. Pero esta vez, la niebla no se levanta. Nadie vendrá a buscarla. Ni su dulce y tranquilo hermano de cejas pobladas y risa lenta, ni papá. Ni siquiera mamá.

Contiene un grito, agudo y desgarrador. Toca con los dedos el lugar donde Diinna ha dejado un hilo suelto y lo enrolla de nuevo, aunque algo dentro de ella sabe que, al igual que para su hermano, ya no hay vuelta atrás.

31

Absalom pasa el día siguiente en casa, sin levantarse de la mesa. Ursa no está acostumbrada a su compañía y no se concentra en ninguna tarea. El viaje a Vardøhus ha sido revelador y horripilante por igual y ahora está segura de que nunca llegará a gustarle, y mucho menos a amarlo.

Está muy concentrado. Tiene las dos cartas que le dio el *lensmann* con el sello roto ante él, mientras revisa el censo que recopiló en la *kirke* el primer día. Pasa los dedos por lo que Ursa sabe que son líneas de nombres y, luego, escribe en un tercer pedazo de pergamino con una letra pequeña y apretada.

—¿En qué trabajas?

—Una lista.

Está emocionado. Siente que se le escapa algo, igual que en el comedor del *lensmann*, y eso la asusta. Ojalá pudiera escaparse con Maren, pero no quiere llamar la atención sobre ella, especialmente con la precaria situación de Diinna. Tiene la sensación de que todas hacen equilibrios al borde de un precipicio mientras su marido astilla las piedras bajo sus pies.

—¿Una lista?

—Para el *lensmann*. Ya lo verás.

Esa noche, la hace desnudarse del todo a pesar del frío cortante de la oscura habitación y, cuando entra en ella, le pone las manos debajo de los omóplatos y la acaricia con el pulgar. Para Ursa, es como si metiera el dedo en una herida y le dejara la piel en carne viva. Supone que quiere ser delicado, pero no se abre lo suficiente para él y Absalom tiene que empujar con más fuerza.

Cuando termina, la observa mientras se pone el camisón. No se vuelve para dormir; le da la mano y mira hacia el techo. Ursa deja la suya muerta y gira la cabeza mientras el líquido pegajoso se desliza entre sus piernas.

—¿Tendrás un hijo pronto? —Todavía tiene la respiración acelerada—. Lo del barco. El orinal. Fue una pérdida, ¿verdad? ¿Eres como tu madre?

—Espero que no, esposo —responde Ursa.

—Espero que no, Ursula —repite él—. Quiero hijos, cinco. Tuve cuatro hermanos que sobrevivieron. Éramos el terror de nuestro pueblo. Es una buena manera de crecer.

—No podríamos mantener a cinco niños aquí —susurra.

—Eso se arreglará pronto.

No le gusta cómo lo dice, como si guardase un secreto.

—¿Ha habido más? —pregunta.

—¿Más qué?

—Pérdidas.

Se le encienden las mejillas. No quiere hablar del tema, no con él.

—No.

—Espero que reces por nuestros hijos.

—Lo hago —replica, aunque no rezará por cinco.

No le importaría tener uno y espera que no sea doloroso. Si diera a luz a un hijo de Absalom, desearía que fuera una niña, con la sonrisa de Agnete y nada de su padre. Aunque el mundo no es fácil para las niñas, le gustaría tener a alguien que la entendiera como su hermana, que la quisiera como ella quería a su madre.

—Reza conmigo.

Absalom se tumba de costado para estar frente a ella, le toma las manos, cierra los ojos y murmura en silencio. Ursa estudia la fuerza bruta de su rostro, que se relaja durante las oraciones, y repite el «amén». Su marido le sonríe.

—Nuestro legado será digno de la obra que llevaré a cabo aquí. Pronto escribiré la carta a tu familia —dice—. ¿Quieres que diga algo en especial?

—Lo dejo en tus manos.

—De acuerdo —responde, y le da un último beso en la frente.

Dejan caer las manos y se vuelven cada uno hacia su lado de la cama. Ursa se presiona con la mano la parte baja del vientre; ansía expulsar su semilla.

Ursa se despierta en una casa vacía. Hay una taza sucia en la mesa y se estremece al pensar en su marido mirándola mientras dormía.

Se levanta de la cama y vierte agua todavía caliente por el fuego en la palangana. Se frota con un trapo y llega lo más adentro posible, hasta estar segura de que se ha librado de él. Se viste deprisa en la fría habitación y piensa en ir a casa de Maren para comprobar si Diinna se ha tomado en serio lo que le dijo, pero un grito en el exterior suena muy cerca la hace reaccionar.

El grito se repite. Fuera es más fuerte, pero no sabe con certeza de dónde procede. Alguien pasa corriendo delante de ella. No recuerda su nombre. Edne, Ebbe... La mujer se levanta las faldas para no tropezar. Se dirige a la casa de Maren y, presa del pánico, Ursa comienza a seguirla, pero, entonces, oye tras ella un fuerte sollozo de súplica.

La puerta de *fru* Olufsdatter está abierta de par en par y golpea la pared. Desde donde está, no ve el interior, pero, mientras observa, un hombre que no reconoce, delgado y alto, se acerca a la puerta y la cierra. Se ha formado un semicírculo de mujeres fuera. Está demasiado lejos para verles las caras, pero varias de ellas se cubren la boca con las manos.

Hay otros rostros en los umbrales y otras formas corretean entre las casas como animales atraídos por el ruido. Quiere volver a entrar y se dirige a la puerta. El miedo se apodera de sus rodillas y le afloja las piernas. Tiene que sujetarse al pomo.

La atención de las mujeres se desvía de la casa cuando se acerca. Algunas se dispersan con los rostros abatidos, pero Toril se le acerca con el rostro henchido de gozo y le agarra los brazos con energía.

—¡Al fin ha actuado! Señora Cornet, este es un día glorioso.

Ursa se la quita de encima.

—¿Actuado? ¿Qué sucede?

—Seguro que os lo ha dicho, ¿no es así? —La mujer ni siquiera se molesta en ocultar la sonrisa—. Señora Cornet, su esposo está ahí dentro ahora, con *fru* Olufsdatter. Va a arrestarla.

Se le acelera el corazón.

—¿Arrestarla? ¿De qué crimen se la acusa?

—No estamos seguras —responde Sigfrid, que se pone al lado de Toril. Está más pálida y menos triunfante, pero sus palabras se ven entrecortadas por la euforia—. Aunque no hay duda de que sus crímenes son numerosos. Sus malas obras son innegables una vez las ves.

Toril le aprieta el hombro a Sigfrid.

—Ahora estaremos más seguras, amiga mía.

Ursa mira al resto de las mujeres. No conoce bien a ninguna. Una, Gerda, asiste a las reuniones de los miércoles, pero no habla mucho. Las otras deben de ser las mujeres de Dios, como las llama Kirsten.

La puerta se abre de golpe y *fru* Olufsdatter sale, con las muñecas atadas y el delgado desconocido al lado. Una línea de sangre recorre su delantal blanco, aunque parece ilesa. Absalom camina muy cerca, con un montón de papeles sujetos contra el pecho. Está serio y los labios le tiemblan por la emoción. Cuando ve a Ursa, contiene la respiración, pero no le dice nada; solo sigue adelante.

—Esposo —dice ella—. Absalom. ¿Adónde la llevas?

—A Vardøhus. —No le habla solo a ella; deja que las palabras resuenen—. Al agujero de los brujos.

—No es ninguna bruja —repone Ursa, desesperada, al recordar el sórdido edificio donde estaban encerrados los lapones—. He estado en su casa, he rezado allí a menudo…

—Era evidente —dice Toril. Le brilla el labio superior. Está muy agitada y a Ursa le llega el olor a sudor—. Brujería. ¿Cómo sino iba a mantener esa bonita casa ella sola, más que con la ayuda de familiares? Y las figuras…

—Y las marcas de mi brazo —añade Sigfrid—. Doce puntos negros, como las mordeduras de una bestia.

Ursa las mira patidifusa. Suena como si estuviera loca. Pero Absalom asiente y les pone la mano en la cabeza como si las bendijera.

—Se os llamará para declarar —responde, y sigue a *fru* Olufsdatter mientras se aleja.

La mujer llora y se frota la cara con las manos atadas. Ursa no se atreve a acercarse. En su lugar, se vuelve hacia Toril y Sigfrid.

—¿Qué son esas marcas? Muéstramelas.

—No sería decente —dice la mujer y se sonroja.

—Dios maldice a los mentirosos, *fru* Jonsdatter.

—No es una mentirosa —repone Toril.

—¿Le hablaste tú a mi marido de las figuras? Solo eran un recuerdo, nada más.

—Eran diabólicas —contesta Toril—. Todas las vimos. —Las demás mujeres asienten—. Se las dio la lapona. Será la siguiente, sin duda.

Ursa corre con las faldas arremangadas hasta las rodillas. La puerta de Maren también está abierta y, por un segundo, teme que sea demasiado tarde y que los hombres de su esposo ya estén dentro. Sin embargo, cuando llama, Maren se asoma, seguida del rostro pálido y asustado de Edne. Su madre está sentada a su lado. Nota una punzada de alivio y se agarra las costillas.

—¿Te lo han contado?

—Sí.

—Debes advertir a Diinna. Creí que tenía tiempo para redimirse, pero…

—Se ha ido —le susurra Maren para que nadie más la oiga.

—¿Se ha ido?

Maren se lleva un dedo a los labios.

—Por la noche. Ya no la atraparán.

Ursa pierde el equilibrio y le cuesta respirar. Maren la sujeta por el codo. Agradece tanto sus palabras y su tacto que le gustaría tomarle la mano y besarla.

—Entra.

A pesar de los meses de amistad, Ursa nunca ha entrado en la casa de Maren. Tiene una distribución similar a la suya, una estancia con el hogar en un lado, una cama en el otro y otra cama más estrecha en un rincón, pero es muchísimo más pequeña. Con las cuatro dentro, apenas hay espacio para sentarse alrededor de la mesa, con las rodillas juntas.

—¿Qué ha pasado? —pregunta la madre de Maren—. Edne no dice nada con sentido más allá de que su marido va a venir aquí.

—Han arrestado a *fru* Olufsdatter —responde Ursa, y las palabras se le antojan irreales—. Por brujería.

La madre de Maren jadea y su aliento silba a través de los dientes abiertos.

—¿Lo sabe Toril?

—Ha sido Toril quien la ha acusado.

La mujer se pasa la lengua por la comisura de la boca, en la zona dolorida. Aparta la mirada.

—Sabías que iba a pasar —dice Maren, y golpea la mesa con las manos—, ¿verdad?

El silencio de su madre es suficiente confirmación y Maren se levanta como un resorte y tira la silla al suelo. Ursa se levanta también, lista para interponerse entre las dos, pero su amiga solo camina airada por el limitado espacio de la habitación y señala con el dedo a su madre.

—¿Dejarías que se llevaran a Diinna también? ¿Dejarías a tu nieto sin madre?

—Mejor no tener madre que una bruja.

El golpe en la puerta interrumpe el silencio desconcertado de Maren y Ursa es la única que se mueve cuando se repite, más fuerte. Es Absalom, visiblemente sorprendido.

—¿Estás aquí, esposa? —Entra a grandes zancadas y el aire que quedaba en la habitación desaparece—. ¿Dónde está la lapona?

—Al lado —responde la madre de Maren, y se levanta despacio—. Se lo enseñaré, comisario. Mi nieto quizá se altere. Me ocuparé de él.

Edne los sigue fuera y se escabulle para regresar a las demás casas. Maren está congelada junto a la puerta y Ursa oye los fuertes pasos de su marido, cómo aporrea la puerta y abre el pestillo.

Hay un momento de silencio y, después, un lamento largo y angustiado de la madre de Maren, que pasa de la incomprensión al entendimiento.

Los pasos de Absalom vuelven con más fuerza y el comisario entra en la casa, furioso.

—¿Dónde está? ¿Adónde ha ido?

—¿Se ha ido? —farfulla Maren; si no acabase de contárselo hace unos minutos, Ursa se creería su sorpresa—. ¿Y Erik? El hijo de mi hermano, ¿está ahí?

Las lágrimas de Maren son reales y Ursa no se resiste a tomarle la mano desde el otro lado de la mesa.

—Absalom, por favor. Es un terrible golpe para ellas.

El hombre gruñe con rabia.

—No debe de andar muy lejos. La encontraremos.

Sale a zancadas y deja la puerta abierta. Ursa respira de nuevo. Las lágrimas de Maren no se detienen en un buen rato y, desde el otro lado de la pared, les llega un quejido agudo que recuerda al lamento de un animal herido. Maren se tapa las orejas con las manos y tensa la mandíbula.

—Maren —susurra Ursa—. Vamos. Ven, vámonos.

Deja que la ayude a levantarse y apenas se sostiene en pie. Aunque Maren es la más alta, se desploma sobre Ursa. Arrastra los pies al pasar ante la puerta abierta, donde su madre llora en el suelo.

Ursa valora las opciones que tienen. Podrían ir más allá de la casa en ruinas y adentrarse en el terreno salvaje. Pero ya se ven pequeñas formas allí; más hombres vestidos de negro que buscan a Diinna y a su hijo. La visión le provoca un escalofrío de terror y los hombres le recuerdan a insectos que rondan el cuerpo de un animal muerto.

Aunque lo que le hace falta es un lugar tranquilo y solitario, las dirige hacia la casa. Caminan con la cabeza gacha y Maren se cubre la cara con la mano. Cuando llegan, oyen una algarabía de voces y rodean la casa justo a tiempo de ver al mismo grupo de mujeres que miraban cómo se llevaban a *fru* Olufsdatter ahogar gritos y apartarse mientras la sólida e inconfundible figura de Kirsten arroja al suelo a otro de los desconocidos vestidos de negro.

—¡Kirsten! —grita Maren. Se yergue y sale corriendo hacia adelante—. ¿Qué haces?

—Este desgraciado se cree con derecho a ponerme las manos encima.

—Es uno de los hombres del comisario, de la guardia del *lensmann*.

—No es mi marido —responde Kirsten mientras se cierne sobre el hombre, que se arrastra hacia atrás con los talones—. No debería tocarme.

El guardia se pone en pie. Kirsten le saca una cabeza; el hombre se encoge ante la rabia que hace crecer a la mujer. Sin embargo, otros desconocidos llegan desde la dirección de Vardøhus, más hombres juntos de los que Ursa ha visto desde el barco. Los deben de haber enviado desde otro lugar, de Alta o Varanger.

Entonces, como una pesadilla, su marido emerge de entre dos casas y se aproxima a Kirsten con un brillo triunfal en la mirada. ¿Cómo pudo considerarlo apuesto? Su cara es salvaje y astuta como la de un lobo.

Acorta la distancia seguido de más hombres. «¿Cuánto tiempo lleva planeando esto?», piensa. ¿Cuánto tiempo han tenido la soga al cuello sin que ella, quien más cerca estaba de todo, se enterase de nada?

—¿De nuevo un paso por delante de mí, esposa? —murmura al caminar junto a ella.

—No te resistas —dice el hombre al que Kirsten ha tirado al suelo, envalentonado por la presencia de Absalom—. Se te ha acusado.

—¿Quién me acusa?

—Yo, Kirsten Sørensdatter —responde Toril.

—Y yo —añade Sigfrid.

—Y yo —dice otra voz firme detrás de ellas. Ursa se vuelve y se encuentra con la madre de Maren, con el rostro lleno de lágrimas. La mujer levanta una mano temblorosa y extiende el dedo—. Bruja.

32

Maren observa cómo la palabra se extiende entre las mujeres como una corriente. Una a una, señalan con el dedo y los rostros deformados por un odio visceral y terrible que deja a Maren sin aliento. Todas las mujeres de Dios, Toril y Sigfrid y Lisbet y Magda, e incluso Edne, que ha venido a advertirle del arresto de *fru* Olufsdatter, que se sentó y remó con ella en el barco hasta que les dolieron y se les fortalecieron los brazos.

Maren trata de llamar su atención, pero Edne mira al grupo, a Kirsten y a Absalom. El comisario también la mira y la mujer levanta la mano tan deprisa que parece que alguien hubiera tirado de una cuerda. Kirsten está sola en el centro del círculo de manos acusatorias y, de pronto, el valor le calienta la sangre.

—¿De qué se me acusa?

—Se te leerán los cargos en el juicio —contesta Absalom—. Pero son muy graves.

Maren no quiere dejarla sola y empieza a avanzar, pero Ursa la sujeta por la muñeca y le clava las uñas.

—No, por favor.

Nadie más la habría retenido en ese momento. El toque de Ursa la deja indefensa y la angustia de su voz la desmorona. Maren observa la escena; la traición le duele en el pecho cuando atan a Kirsten por las muñecas y se la llevan hacia Vardøhus.

Una vez desaparecido el objeto de su acusación, las mujeres bajan las manos y parpadean como si acabasen de salir de un trance. Edne respira con dificultad, apoya las manos en las rodillas y tiene arcadas. Toril le acaricia la espalda, satisfecha.

—Lo has hecho bien, niña.

Edne se aparta y se endereza con la misma brusquedad con la que ha levantado la mano.

—No soy una niña. Soy una mujer, igual que tú.

Mira a su alrededor, y Maren sabe que la busca. Sus miradas se encuentran y ve la desdicha en su rostro. Siente una oleada de furia y le pican las manos, pero no se atreve a acercarse mientras los hombres siguen rodeando el pueblo.

—Vámonos —dice Ursa, que, tal vez, siente su impulso y tira de ella con suavidad.

Maren la sigue hasta el segundo cobertizo. La puerta se cierra y Ursa la abraza. Le apoya la barbilla en el hombro y le habla en susurros.

Las dos tiemblan, y Maren se deja arrastrar por la marea de la voz de Ursa. Levanta la mano despacio para acariciarle el pelo, deshace un nudo y disfruta de la suave sensación, como de un paño de seda, entre los ásperos dedos. Inspira con los labios a un suspiro del cuello de Ursa y, cuando su amiga la suelta, Maren deja que lo rocen; apenas es una caricia, tan efímera que podría haberla imaginado.

Ursa no da señales de haber notado nada mientras la sienta en una silla y empieza a preparar té. Le tiemblan las manos y las tazas tintinean.

—Debes ir con cuidado.

—Tengo que hablar con él. —Maren comparte el pensamiento antes de terminar de procesarlo.

—¿Con quién? —pregunta Ursa con cierto desafío, como si la retase a decirlo.

—Con tu marido —continúa, y la idea toma forma—. Necesito decirle que se equivoca.

Maren se levanta y Ursa corre hasta ella. Le pone una mano en el hombro para obligarla a sentarse y la joven se lo permite.

—Sería un error.

—Todo esto es un error. —Aprieta los puños para que los dedos dejen de temblarle—. Es Kirsten, Ursa.

Esta se da la vuelta y se coloca de espaldas al hogar.

—No llames la atención. —Sus manos son como pájaros blancos que revolotean alrededor de la tetera—. Han tendido una trampa, y no permitiré que seas la siguiente en caer en ella.

—Entonces, no debería estar aquí —responde Maren—, en su casa.

Ursa la detiene con una mirada.

—Creo que estás más segura aquí, conmigo.

Maren no puede quedarse quieta. La pierna le tiembla bajo la mesa.

—¿Cómo ayudamos a Kirsten?

—¿Es que no me escuchas? No podemos hacer nada por ella, solo esperar.

—¿Con ese coro clamando en su contra? —Maren niega con la cabeza—. Alguien debería hablar a su favor.

—En ese caso, debería ser yo quien lo hiciera, no tú —afirma Ursa mientras dispone las tazas en la mesa con dedos temblorosos. A causa de los nervios, ha olvidado añadir las hojas y se sienta con el agua humeante delante de ella—. Tu situación no es buena, Maren. Hasta yo me he dado cuenta. Quizá deberías marcharte, como Diinna.

Maren la mira, atónita.

—¿Marcharme?

—Podrías ir a Bergen, a mi casa. Mi padre te mantendría a salvo.

El miedo a abandonar a Ursa es más fuerte que el de ser arrestada.

—¿Qué imagen daría si huyo? No soy culpable de nada.

—No más que Kirsten ni *fru* Olufsdatter —espeta—. Mira adónde las ha llevado ser inocentes.

Lo que dice tiene sentido, aunque Maren desearía que no. Ojalá todo fuera diferente.

—No les harán daño —dice Ursa—. No sin motivo.

—Sabes que sí —añade Maren, airada ante la sugerencia de marcharse—. Tú eres la que está casada con un cazador de brujas.

Ursa se estremece y Maren desea tragarse las palabras.

—No tengo nada que ver con él, no más que Toril, Sigfrid o cualquiera de ellas —se excusa Ursa—. No pensarás que lo sabía, ¿verdad?

Maren se desploma, avergonzada.

—Claro que no. Mi madre… —Se estremece por el dolor agudo que le invade el pecho—. Dios, mi madre.

—No está en sus cabales —repone Ursa—. Hasta yo lo veo. Toril la ha engañado. Toril es el verdadero mal, la causante de lo ocurrido, junto con mi marido. Y el *lensmann,* que lo trajo aquí. Ha sido su plan todo este tiempo, encontrar brujas aquí, en el norte. Cree que toda la zona está corrompida.

—¿Cómo he podido estar tan ciega? —dice Maren, hundida en lo más profundo de sus propios pensamientos—. No me di cuenta de lo mucho que la odiaban.

—¿A Kirsten?

Asiente.

—Incluso Edne…

—Tonterías. Se lo advertiste a Kirsten, pero no sirvió de nada.

—Y a *fru* Olufsdatter, ¿de qué se la acusa? Nunca ha hecho nada para llamar la atención.

—Dicen que las mordió.

Maren parpadea, asombrada.

—¿Que las mordió? ¿*Fru* Olufsdatter?

A Ursa se le escapa una risita temblorosa y se calla de golpe.

—Perdona. Es que es absurdo. —Cubre la taza con las manos—. También han mencionado las figuras, y la casa, lo grande y bien cuidada que está.

—Toril siempre le ha tenido envidia.

—¿Crees que la envidia es suficiente para provocar todo esto?

Maren no quiere decirlo, aunque lo piensa.

—No es una bruja. Todo lo que han dicho de ella…, las marcas de mordiscos… Son mentiras.

—Creía que había algo entre *fru* Olufsdatter y tú.

Ursa la mira con cuidado.

—¿Entre nosotras?

—Cierta tensión. Desprecio.

—No tengo nada en su contra —replica Maren—. Pero es verdad que no le gusto.

—¿Por qué?

Maren suspira.

—Su hijo, Dag Bjørnsson, era mi prometido. No me consideraba adecuada para él. —Mira al lugar donde la cama se acurruca bajo las vigas anchas y recuerda las hambrientas manos de Dag sobre ella—. No quería que viviéramos aquí.

—¿Aquí? —Ursa la mira horrorizada y con la boca abierta—. ¿Quieres decir que esta iba a ser tu casa?

Maren asiente.

Ursa se lleva las manos a la cara.

—He sido una idiota. Te he hecho trabajar como una sirvienta en la casa de la que ibas a ser dueña.

—Creía que ahora estaba aquí como una amiga.

—Así es. —Le toma la mano—. La mejor amiga que he tenido.

La mano de Ursa está caliente por la taza, mientras que Maren se siente como un bloque de hielo que se convierte en agua. Todo su cuerpo se destensa y anhela que la abrace como hizo cuando entraron en la casa, pero Ursa la suelta un momento después, con la vista puesta en su taza.

—No hay hojas —comenta y suelta una risa vacía—. ¿Por qué no me lo has dicho?

—No me he dado cuenta —miente Maren—. Además, si tienes, prefiero cerveza.

Ursa niega con la cabeza.

—Ni *akevitt*.

Maren se levanta de repente y se sorprende incluso a sí misma.

—Kirsten tiene en su casa.

Ursa la mira boquiabierta.

—¿No pensarás ir allí, ahora?

—¿Por qué no? —repone Maren, aturdida por la imprudencia—. Al fin y al cabo, no estará en casa.

Suelta una risa que se convierte en un hipido y Ursa se levanta también. Rodea la mesa y le pone una mano en el hombro.

—Maren…

—¿Vienes? —Se encoge de hombros. Le pica la piel. La necesidad de ir a casa de Kirsten es tan urgente como la sed.

—¿No tienes en tu casa?

—No pienso volver —responde Maren con tal vehemencia que Ursa se sobresalta—. No con esa mujer allí.

Maren visualiza el dedo puntiagudo de mamá y se frota los ojos para borrar la imagen.

—Los hombres están por toda la ciudad —comenta Ursa.

—En ese caso, sería mejor ir acompañada de la esposa del comisario, ¿no crees?

Sale del segundo cobertizo, sin comprobar si Ursa la sigue. Sabe que lo hará. Sus pasos van algo atrasados mientras Maren avanza a zancadas entre las casas. La puerta de *fru* Olufsdatter se abre; unos hombres se mueven en el interior.

—La están registrando —susurra Ursa—. Tal vez también estén en casa de Kirsten.

Maren sabe que lo dice para que recapacite; no obstante, acelera el paso. Camina por delante de la casa de Toril, que está iluminada, y oye a mujeres que conversan en voz alta. Ojalá pudiera entrar y arrojar una lámpara, esparcir las brasas del fuego por el suelo e incendiar toda la casa. En su lugar, se apresura y pasa por delante de la *kirke* y de la casa de Sigfrid. Pasa por delante de la casa de la traidora Edne hasta que atisba la granja de Petersson y a los renos, que pastan como espíritus en los campos.

Ursa respira con dificultad y Maren sabe que se ha quedado rezagada, incapaz de seguirle el ritmo, pero no se detiene hasta que llega a la puerta entre las dos ventanas, orientada hacia el mar y pintada de blanco. Sigue cerrada, y Maren se asoma a la ventana un momento. Más allá de la tenue e imprecisa luz del fuego casi extinguido, el lugar está oscuro y vacío.

Ursa la alcanza con la respiración entrecortada.

—No deberíamos entrar. Pronto terminarán de registrar la casa de *fru* Olufsdatter.

—No tienes por qué hacerlo —responde Maren, con la mano en el pomo.

—¿Qué pretendes? —Ursa da una patada al suelo por la frustración—. ¿De verdad quieres que me crea que estás tan desesperada por un trago?

El corazón de Maren late acelerado y, entonces, se percata de que el paseo también la ha dejado a ella sin aliento. El pomo se vuelve gélido como el hielo entre sus dedos.

—Quiero… —Busca las palabras para expresar el deseo de ver el hogar de Kirsten por sí misma y las ideas se aclaran al tiempo que las pronuncia—. Necesito estar segura de que no hay nada. De que no encuentran nada.

Ursa arquea las cejas.

—¿Crees que es posible?

—Sé que es imposible que Kirsten sea una bruja —responde Maren. Recuerda las piedras rúnicas de la habitación de Diinna, los huesecillos y la aguja clavada en el encaje de Toril—. Pero es posible que encuentren cosas que no entienden y que usarán en su contra.

—De acuerdo —contesta Ursa y asiente despacio—. Démonos prisa.

Maren empuja la puerta y Ursa la sigue con cautela, como si cruzasen la pasarela de un barco.

—¿Qué deberíamos buscar?

Maren rompe el montículo del fuego y echa más turba para sacarle una llamarada de luz y calor.

—Tú lo sabrás mejor que yo. Todo lo que te parezca fuera de lugar, lo que no entiendas.

—¿Como eso? —señala, y Maren sigue la dirección del dedo hasta dos piedras rúnicas junto a la cama.

Cruza deprisa y las recoge. Una tiene la marca de la seguridad y, en la otra, hay un mar en calma. Juntas, son un remedio sami para las pesadillas. Cierra las palmas de las manos sobre ellas y le entran ganas de llorar al pensar en Kirsten sola en esa habitación, atrapada en el terror de una pesadilla. Siempre parecía muy firme y fuerte, pero había perdido mucho, como todas. Se pregunta si también ella veía a la ballena.

—¿Maren?

Ursa apenas susurra y Maren se vuelve. La mujer del comisario tiene los pantalones que Kirsten usó para la matanza en las manos. Están manchados de salpicaduras de óxido y, a la luz del fuego, ofrecen una imagen macabra. Asiente.

—Cógelos también.

—¿Qué hacemos con ellos?

Maren mira el fuego. No es lo bastante grande para quemar la tela por completo y, aunque podría chamuscar las piedras, no es seguro que oscureciera las marcas del todo. Extiende la mano para tomarlos y Ursa se los pasa. La tela está suave por el desgaste. Mete las piedras en los bolsillos.

Entonces, sale de la casa y Ursa la sigue. Mete más piedras del suelo hasta que los bolsillos están llenos. Luego, los arroja al mar. Se hinchan un momento y, después, se hunden.

—¿Ahora qué? —pregunta Ursa en voz baja.

Maren se encoge de hombros, que le crujen como los huesos.

—Ahora, vamos a por la cerveza.

Pasan delante del grupo de hombres de vuelta al segundo cobertizo. Maren camina con la cabeza alta, deseando que la jarra de cerveza y la botella de *akevitt* transparente que lleva en las manos ya estuvieran en su estómago para darle fuerzas. Siente sus miradas como pinchazos y se pregunta cómo soportaba que la observasen así cuando en el pueblo había tantos hombres como mujeres.

La presencia de Ursa le sirve de protección y bálsamo. Caminan deprisa por el pueblo. La casa de Toril sigue iluminada y la charla continúa en su interior, pero no se tortura mirando dentro. La casa de *fru* Olufsdatter está tranquila y han dejado la puerta entreabierta. El fuego se ha apagado. Maren se estremece.

Ursa se detiene a unos pasos del segundo cobertizo.

—Déjame comprobar que no está en casa.

Abre la puerta con cautela y, luego, le indica a Maren con un gesto que entre.

—Debe de haber partido a Vardøhus. Si es así, tardará en volver.

Maren deja la bebida en la mesa mientras Ursa aviva el fuego y toma dos tazas del estante que Dag clavó sobre el hogar. Maren va a por la cerveza, pero Ursa señala el *akevitt*.

—Creo que nos vendrá mejor.

Esboza una sonrisa tirante. Tiene los labios muy rosados y ligeramente separados, de modo que Maren atisba el brillo de sus dientes. Sin decir nada, vierte un poco de *akevitt* en cada taza. Solo lo ha probado una vez, en la boda de Erik y Diinna. No le gustó el ardor en la garganta ni la repentina pesadez en las piernas y los párpados, pero ahora lo anhela. Lo bebe de un trago y Ursa, tras un momento de vacilación, la imita.

De inmediato, se inclina y desaparece bajo la línea de la mesa, entre violentas toses. Maren se levanta, sorprendida, para ir a buscar un cubo, pero Ursa agita la mano sobre la mesa y su cabeza emerge un momento después.

—Estoy bien —balbucea, y se frota el estómago. Tiene las mejillas encendidas, del mismo color que los labios—. No estoy acostumbrada a algo tan fuerte. —Golpea la taza dos veces sobre la mesa, un gesto que ha visto hacer a los hombres—. Otra.

Maren ríe y obedece. Ursa acude a sentarse a su lado mientras sorben el segundo vaso de *akevitt*. Ya siente el calor en las extremidades y la habitación le parece más pequeña que de costumbre. No puede evitar mirar a la pared junto al fuego, donde Dag se pegaba a ella. Hablarle a Ursa de él ha hecho que volviera a recordarlo, y casi nota su cálido aliento en el cuello.

Ursa está muy cerca y no tiene claro si el calor proviene del fuego o del cuerpo de su amiga. Imagina que se recuesta en ella y le apoya la cabeza en el hombro. No estaría fuera de lugar, no más que las intimidades que ya han compartido. Sin embargo, no sabe si sería capaz de acercarse tanto a Ursa, respirar su dulce aroma y sentir el roce de su piel en la frente sin acercarse a su boca.

Sacude la cabeza para alejar los pensamientos y se pellizca la piel entre el pulgar y el índice con la uña. El dolor la devuelve a la realidad.

—Tal vez liberen a Kirsten pronto —dice Ursa para romper el silencio, y Maren observa su perfil dibujado contra el fuego—. Sobre todo, si no encuentran nada en su casa.

—Tal vez —repite Maren, pero no se lo cree.

No quiere pensar en ello; quiere que ese momento sea un descanso de los horrores del día y de los que están por venir. Da otro sorbo de *akevitt* y Ursa hace lo mismo.

Tienen las manos en la mesa, tan cerca que podría rozarle la muñeca con el meñique con tan solo estirarlo un poco. Pero, entonces, es Ursa la que acorta la distancia, le toma la mano y la aprieta.

—Hablaré con Absalom —sentencia, decidida—. Traeremos a Kirsten a casa.

Maren se sonroja por la culpa. Debería pensar en el destino de Kirsten, en su regreso, en cómo conseguir que vuelva a casa, pero la mano de Ursa es suave y firme sobre la suya; el *akevitt* le calienta el estómago y la cabeza le da vueltas.

Sin avisar, la puerta se abre de golpe. Dos hombres las miran desde el umbral con gesto dubitativo. Ursa aparta la mano y la de Maren se queda sola sobre la madera oscura.

—Disculpe, señora Cornet. Creímos que no había nadie en la casa. —El hombre las mira a las dos, sin estar seguro de

a quién dirigirse—. El comisario Cornet quiere que empece-
mos la mudanza.

—¿Qué mudanza? —Ursa se levanta y se centran en ella.
Maren toma la botella de *akevitt* y la deja en el suelo entre sus
faldas, fuera de la vista.

—Disculpe, señora. Quiere que lo dejemos casi todo, pero
la cama hay que quemarla.

—La cama… —susurra—. ¿De qué hablan?

—La cama de la bruja —explica el otro hombre—. Quiere
que llevemos la suya.

—Vas a mudarte a la casa de al lado, Ursa —dice Maren.
La invaden las náuseas; el licor le revuelve el estómago—. ¿No
es así?

—Sí, señora —responde el primero, sin saber muy bien
quién es ni cómo dirigirse a ella. Le parece que es el mismo
hombre al que Kirsten arrojó al suelo, pues tiene los pantalones manchados de barro—. La casa tiene dos pisos. Es de
justicia que el comisario viva en la mejor casa del pueblo.

—Cómo no —sisea Maren, y Ursa da dos pasos al frente
para disimular.

—Me gustaría hablar con mi marido.

—Está en Vardøhus, señora Cornet. —Los hombres empiezan a aburrirse de dar explicaciones. Miran la cama de reojo,
ansiosos por cumplir con su deber—. Tenemos órdenes.

La cama no cabe por la puerta y tienen que sacarla por
la despensa, empujando los cuerpos de los renos. También se
llevan el arcón de madera de cerezo y sus maletas. Cuando
se marchan por última vez y dejan la puerta abierta, Ursa se
levanta al instante a por la escoba para barrer el lodo que han
arrastrado por el suelo con las botas. Maren se levanta para
arrebatársela, pero se resiste.

—Nos mudamos a la casa de *fru* Olufsdatter. No va a volver. —Tiene los nudillos blancos y barre la suciedad en círculos, restregándola por las tablas—. Van a matarla, como a los
hombres samis.

Maren no sabe qué decir. No piensa en *fru* Olufsdatter, ni siquiera en Kirsten. Se imagina a Diinna y a Erik, ya perdidos en las montañas y más allá. «Sigue escondida —piensa—. Mantente a salvo».

—¿Cómo voy a vivir allí, Maren? ¿Cómo espera que…? —Se le corta la respiración y se abraza el pecho, apoyada en la escoba.

—Tienes que hacerlo —contesta Maren—. Tú misma lo has dicho, ahora debemos tener cuidado.

Ursa se yergue.

—No pasaré los días allí. Vendremos aquí, como hasta ahora. No puedo vivir en la casa de *fru* Olufsdatter. —La valentía de su voz infunde esperanza a Maren.

—¿Crees que podría vivir aquí? —se aventura a preguntar Maren.

Ursa parpadea, aturdida.

—No hay cama.

—No quiero volver a casa. No pienso dormir cerca de mi madre ni en la habitación de Diinna. Así, estaré cerca de ti. —El plan empieza a tomar forma—. Podrías decirle a Absalom que me necesitarás para ayudarte con una casa más grande.

—Sería un gran consuelo —concede Ursa. Se alisa el pelo hacia atrás—. No creo que se niegue.

Incluso después de todo lo que ha pasado, Ursa todavía cree que tiene algún poder sobre él. Aunque sea un cazador de brujas, Absalom Cornet sigue siendo tan solo un hombre.

33

Aunque solo faltan dos mujeres y cuatro desconocidos se sientan al fondo, la *kirke* parece desolada en el servicio del sábado. Toril, Sigfrid y Edne se sientan en el banco delantero junto a los Cornet y Maren busca un lugar alejado de su madre. Ya se ha mudado al cobertizo y solo verla hace que le hierva la sangre. Mamá sigue tratando de llamar su atención, pero Maren está decidida a no mirarla. La ausencia de Kirsten le duele.

El pastor Kurtsson parece más delgado que de costumbre. Se pregunta qué pensará de los arrestos. Debería estar tan contento como el comisario, pero se desploma y frunce el ceño mientras predica sobre la justicia y la misericordia.

Al final del sermón, el comisario se pone en pie. Con la presencia de siempre, parece gigantesco y, aunque Maren trata de invocar el odio, solo siente miedo. El pastor Kurtsson se queda en un segundo plano, entre las sombras.

—Como sin duda ya sabréis, *fru* Sørensdatter y *fru* Olufsdatter han sido acusadas de brujería. Voy a reunir pruebas contra ellas. Si habéis sufrido a manos de ellas o sabéis de alguna maldad relevante para los cargos, venid a verme a mi residencia.

Se inclina ante la cruz de madera y avanza por el pasillo. Los hombres del fondo le abren las puertas. La joven se encoge cuando pasa junto a ella. Toril lo sigue de cerca acompañada de sus mujeres y Maren levanta la vista el tiempo suficiente para fulminarla con la mirada.

—No ha sido inteligente —le susurra Ursa mientras se desliza en el banco, a su lado.

—Alguien debería acusarla —repone Maren, furiosa.

—Es mejor que te mantengas al margen. Iré a verte en cuanto esté segura de que le parece bien.

Sale de la *kirke* y Maren espera hasta que se han ido todos menos el pastor Kurtsson. El hombre se sobresalta cuando se da la vuelta tras apagar las velas y la ve todavía sentada en el banco.

—Maren Magnusdatter. —Pronuncia su nombre como si fuera de cristal, con cuidado.

—Pastor Kurtsson.

Se miran. La garganta del hombre se contrae al tragar saliva. Maren se decide y se levanta para acercarse a él por el estrecho pasillo. Se queda muy quieto y se detiene a unos pasos. No sabe cómo empezar, pero es el pastor quien habla primero.

—¿No tiene cargos que presentar ante el comisario?

Maren niega con la cabeza.

—¿Y usted, pastor?

—No. —Sus ojos pálidos y ojerosos parecen cansados.

—¿No le ha contado lo de los botes de pesca? —Es incapaz de esconder la sorpresa.

—Alimentarse no es un pecado —contesta. Tiene las manos flácidas a los lados y los hombros caídos.

—Pero se opuso.

—No era apropiado —admite—, pero no me pareció impío.

—A nuestro comisario quizá sí se lo parezca, si se entera.

—No será por mí.

—¿Se enterará de algo por usted?

El pastor Kurtsson se tensa.

—¿Qué quiere decir?

Maren traga saliva.

—¿Hablará a su favor? ¿De Kirsten y *fru* Olufsdatter?

El pastor Kurtsson suspira.

—Solo puedo decir la verdad, la que Él me enseña. Solo Dios lo ve todo. Él es el juez supremo.

—Pero usted es su servidor —lo apremia Maren—. Alguna influencia tendrá…

—Solo conozco lo que Él me muestra.

—¿Y qué le ha mostrado?

El pastor Kurtsson junta las palmas de las manos y entrelaza los dedos.

—Decidió salvaros de la tormenta y guiarlas en los momentos difíciles que la siguieron. Les ofreció misericordia. No creo que ahora las haya abandonado.

Maren quiere empujarle con fuerza en el pecho.

—¿Le parece que lo que ocurrió fue un acto de misericordia?

—Pensar de otra manera es un pecado —responde, y pasa por delante de ella—. Lo siento por su amiga. Pero yo no puedo juzgarla inocente. Solo Dios puede.

«Sin embargo, fue un hombre quien se la llevó —piensa Maren—. Y una mujer quien la acusó». Aunque no serviría de nada decirlo en voz alta. El pastor ya ha salido por la puerta. Maren lo sigue y se dirige al segundo cobertizo.

Una fila de mujeres serpentea desde la casa de *fru* Olufsdatter y se estremece cada vez que una entra al interior amarillo, como si caminaran sobre su tumba. Sabe que a Kirsten la han condenado muchas bocas y se pregunta cuántas más lanzarán acusaciones, cuántas serán acusadas.

El mes transcurre entre incertidumbre y silencio. El invierno llega y los envuelve. Maren se queda en casa casi todo el tiempo, aunque sus piernas luchan por arrastrarla hasta el cabo a llenarse los pulmones de aire.

Ahora que el cobertizo es suyo, ha perdido todo su brillo. Duerme en el suelo, bajo la manta que cosió con las pieles, y disfruta de la rigidez con la que se despierta en todo el cuerpo, un castigo que siente que debe soportar. Sueña con la ballena y con Kirsten; su orgullosa figura agazapada en el agujero de los brujos. Se imagina que acepta los dolores de Kirsten en su propio cuerpo y la ayuda a soportarlos.

Se pregunta cómo se enfrentará mamá al cambio de clima. Nunca ha pasado un invierno sola, ni tampoco Maren. ¿También la atormenta su propio aliento que sale en nubes de vapor de sus labios y el frío que le cala sin piedad los huesos? Maren ha conseguido evitarla por completo, pero también es una tortura para ella. ¿Qué pensaría papá de que haya abandonado a su madre en la oscuridad perpetua del mediodía?

Se convence de que tiene nuevas amigas. Ahora, Toril tiene una posición en el pueblo más elevada que la de cualquier otra persona, excepto el comisario, y mamá se sienta con las mujeres de Dios los sábados. No ha venido a visitarla al segundo cobertizo y ha dejado de llamar su atención. Se han convertido en dos desconocidas y siente que toda su familia está muerta; solo le queda Ursa.

Han pasado dos años desde la tormenta y comienza otro año nuevo. No hay más arrestos, pero los hombres se instalan en la casa vacía de Kirsten y rondan Vardø como murciélagos. Se había olvidado de lo que era vivir entre hombres, de sus risas estridentes y sus miradas inquietantes. Algunos visitan la casa del comisario durante el día y Maren mira con desprecio cómo observan a Ursa cuando recorre la corta distancia entre sus casas.

Su amiga viene a verla siempre que puede; Absalom la mantiene cerca, anclada a su lado. Le dice que le preocupa llamar la atención sobre ella si acude a verla demasiado a menudo. A pesar de la amenaza que se cierne sobre todas, su presencia todavía la anima y su tacto le provoca una sensación vertiginosa.

Se odia por ello, por los pequeños placeres que obtiene sin que su amiga repare en ello, por disfrutar de algo mientras Kirsten languidece a dos kilómetros de distancia en la oscuridad. Pero no puede evitarlo. Sus sentimientos son salvajes y poderosos como las mareas. A veces, cuando se tocan las manos o se miran a los ojos, se imagina que Ursa siente lo mismo. Que si se lo confesase, la correspondería. ¿Y luego qué? ¿Qué harían?

Maren trata de parecer indispensable a ojos del comisario a la vez que se mantiene fuera de su vista. Usa el segundo cobertizo como cocina y les manda guisos perfumados con las hierbas mohosas que encuentra en tarros. Una se parece un poco a la belladona seca, que, usada en pequeñas cantidades, trata la fiebre, y fantasea con vaciarlo en su cena; con que su cara adquiera un tono púrpura, se le corte la respiración, se le hinche la lengua y se le ennegrezca la garganta.

Es un sueño del que disfruta cada vez más a menudo después de que, el primer día del año 1620 de nuestro Señor, Ursa le traiga noticias. Maren está sentada en la mesa recién fregada cuando su amiga abre la puerta y se sienta frente a ella, aunque no se atreve a mirarla a los ojos. Se le revuelve el estómago.

—*Fru* Olufsdatter ha confesado —dice Ursa—. La van a sentenciar.

—¿Confesado? —A Maren le cuesta comprender la palabra—. ¿Qué?

—Brujería. Que las figuras son instrumentos para la brujería. —Ursa traga—. Creo que la han marcado. Absalom comentó que les costó hacerla confesar sin fuego.

—¿Y Kirsten? —Le duele el pecho—. No habrá…

Ursa niega y la mira al fin. Sus ojos tristes enternecen a Maren.

—Kirsten no confesará.

—¿La liberarán? —pregunta, aunque sabe que solo un necio esperaría tal cosa.

Ursa se muerde el labio.

—Dímelo —exige saber Maren.

—Ojalá no fuera cierto. La someterán a la prueba del agua.

—¿La prueba del agua? —Le suena a algo cómico, como un juego de niños, pero por el tono de Ursa no cabe duda de que no se trata de ningún juego.

—Yo tampoco sabía lo que era y ojalá no hubiese tenido que explicarlo nunca, pero… Debes prepararte. —Ursa respira hondo y tiembla—. Le pidieron que confesara sus crímenes y no lo hizo. Así que demostrarán que es una bruja y que merece recibir la condena apropiada.

Maren tiene un mal presentimiento, como el pájaro oscuro que vio en la ventana antes de la tormenta.

—¿Cómo?

—La atarán y la arrojarán al mar.

—¿Al mar? —La lengua se le seca en la boca—. Está helado. ¡Se ahogará!

—Sería lo mejor.

Maren abre la boca, sorprendida.

—¿Cómo puedes decir algo así?

—Si flota, confirmarán que es una bruja. Dicen que el agua es pura y repele al diablo, por lo que, quienes flotan, practican la brujería.

Maren tiene ganas de vomitar.

—¿Quiénes? ¿Tu marido?

—Él y el *lensmann*. El pastor Kurtsson también estará presente y cualquiera que quiera presenciarlo.

La bilis le sube por la garganta.

—¿Será público?

Ursa asiente.

—Debe haber testigos.

—¿No puedes detenerlo? —Maren sabe que suena como una loca—. ¿No puedes hacer nada?

Ursa solloza.

—¿Qué quieres que haga? Dímelo y lo haré.

Maren presiona las manos en la mesa, para sujetarse.

—¿Cuándo será?

—La semana que viene. —La mira con atención—. No pensarás ir, ¿verdad?

—Tengo que hacerlo. No dejaré que lo afronte sola.

—Mirar no servirá de nada —responde Ursa—. Es mejor que no lo veas, sea cual sea el resultado.

—¿Cómo pueden afirmar que es una obra pía? —espeta Maren, con los ojos anegados en lágrimas—. ¿De verdad se atreven a decir que lo que hacen es sagrado?

Ursa no tiene una respuesta que ofrecerle y Maren la deja sola en la casa; sale a vaciarse las tripas en el lodo hasta que no le queda nada dentro, solo el dolor sordo en el corazón.

34

El día de la prueba, el cielo está oscuro y encapotado. De camino al puerto, Maren es consciente de las miradas y los murmullos. Se siente expuesta sin la presencia de Ursa para protegerla. Un pequeño grupo ya se ha reunido en la orilla. Ursa no está allí.

—Absalom dice que no es apropiado para los ojos de una mujer —le dijo su amiga.

—¿Acaso ha olvidado que es una mujer a quien pretende empujar al mar?

Ursa frunció el ceño.

—¿No te quedarás conmigo? No sirve de nada ir.

Aunque Maren sabe que habría sido mejor quedarse también, no podía. No quiere dejar a Kirsten sola con un grupo de mujeres y hombres de Dios con la intención de ahogarla o condenarla. También ella debe ser testigo.

Ante su determinación, Ursa suspiró y le dio la mano.

—Prométeme que no llamarás la atención. No digas nada.

Maren hace caso de sus palabras y se mantiene algo alejada de los demás, con cuidado de no llamar la atención del comisario. Mamá no está allí, ni Edne, pero Sigfrid y Toril hablan con el pastor, que está pálido como la leche. Los escasos faroles que rodean el puerto los iluminan a todos; y también uno señala la llegada de Kirsten. Se vuelve para verla llegar desde Vardøhus, balanceándose con el traqueteo del carro. Cuando se acerca, la ve por primera vez en meses. Tiene que morderse la lengua con fuerza para no gritar.

La figura que viaja en la parte trasera del carro está flácida como un saco. Kirsten solo lleva un vestido de algodón con la falda llena de manchas. Tiene los ojos cerrados, incluso cuando los guardias y el comisario la hacen ponerse de pie con una mueca de asco. A Maren también le llega el olor de su amiga; el viento le acerca el hedor del óxido de la sangre seca y de la orina. El pastor Kurtsson se acerca un pañuelo a la nariz. Quiere llamarla y decirle que está allí, pero tiene la lengua pegada al paladar y duda de que pudiera moverla para hablar.

Otro carro aparece poco después, más elegante y con capota. Es el que recogió a Ursa para llevarla a Vardøhus el año pasado. Las mujeres murmuran cuando un hombre se baja y Maren estudia al *lensmann*. Es bajo y fornido; viste un abrigo de piel bien confeccionado. Lleva una barba gruesa como la del comisario Cornet, pero es blanca como la lana de cordero. Se dirige a la orilla del puerto y, aunque a Maren le gustaría echar a correr, se acerca para escuchar lo que dice.

—¿Confesarás, *fru* Sørensdatter, y nos ahorrarás el trabajo?

Kirsten tiembla tanto que a los guardias les cuesta mantenerla erguida.

—¿Confesarás que eres una bruja y que convocaste la tormenta que asesinó a tu marido y a muchos otros?

A Maren se le corta la respiración. ¿Creen que Kirsten conjuró el clima? Estaba en la orilla del puerto, igual que Maren, igual que todas las demás, gritando mientras el mar se tragaba a los hombres. Debería decirlo, pero permanece con la lengua petrificada. El pelo de Kirsten le cae lacio sobre la cara y se pregunta si, aunque hablase, le llegarían sus palabras.

—Que así sea —dice el *lensmann* con evidente emoción.

Asiente con la cabeza a los guardias, que le quitan el vestido a Kirsten por encima de la cabeza sin miramiento alguno. El pastor Kurtsson aparta la vista y Toril y el resto de las mujeres se tapan los ojos, pero Maren no puede dejar de mirarla. La masa deteriorada del cuerpo de su amiga está llena de arañazos, moretones y quemaduras. Le gustaría envolverla con su abrigo, y se lo ajusta con firmeza.

—La cuerda.

El comisario Cornet saca una cuerda del carro y la ata a la cintura de Kirsten, que se clava en la piel blanca y flácida de la mujer. Cuando comprende que es para sacarla del agua después, a Maren se le forma un nudo en la garganta.

Mira el mar. Es de color gris pizarra y las olas se mecen tranquilas. Algunas placas de hielo brillan en la superficie. Kirsten morirá congelada mientras Maren la observa y no hace nada para impedirlo. Sin embargo, la promesa que hizo a Ursa no es lo único que la reprime. Tiene miedo. El terror le oprime el corazón y le atenaza el cuerpo.

Tiran de la cuerda dos veces para probarla y balancean a Kirsten de un lado a otro. La mujer se sacude con el cuerpo tembloroso y agacha la cara. El comisario agarra la cuerda junto con otros dos guardias. El pastor Kurtsson da un paso adelante y bendice el agua. Habla demasiado bajo y Maren no oye lo que dice, pero aprieta las manos igual que cuando habló con él en la *kirke*.

Retrocede y, de súbito, tan rápido que podría habérselo perdido en un parpadeo, arrojan a Kirsten al agua. La pequeña multitud se aparta cuando el comisario y los dos guardias se inclinan hacia atrás para afianzarse en el suelo congelado. Maren corre y se obliga a avanzar.

Kirsten se desvanece bajo el agua, que se torna blanca y se agita por el impacto. El frío de las olas golpea la cara de Maren, que se debate entre la esperanza de que emerja y la súplica de que se hunda tan rápido como las piedras rúnicas de los bolsillos de su pantalón. Pero cuando rompe la superficie, con los ojos muy abiertos y alterados, el aliento acelerado y desesperado y un grito agudo y estridente como los charranes del cielo, se alegra de que siga viva, aunque eso la condene.

Arrastran al puerto su cuerpo desnudo y pálido como la nieve. Está tan delgada que las costillas se le marcan a través de la piel, como raíces en la tierra. Maren da un paso al frente, pero una mano, fría como el aire, la agarra por la muñeca. Es Edne; al final ha venido. Tiene los ojos muy abiertos y niega con la cabeza de manera casi imperceptible.

Aparta la mano y vuelve a mirar a Kirsten. La envuelven con una piel para llevarla de vuelta al carro. No quieren que muera congelada antes de juzgarla. La piel expuesta de su garganta y sus muñecas es blanca como el hueso.

—Una bruja, como se la acusó —dice el *lensmann,* y da una palmada en el hombro al comisario Cornet. Este jadea por el esfuerzo de sacar a Kirsten del agua—. Fijaremos una fecha.

Las palabras retumban en los oídos de Maren como los golpes de un tambor. Hacen falta tres hombres para levantar la figura empapada de su amiga y subirla al carro, mientras los demás testigos se dispersan antes de que los caballos se pongan en marcha. Pero Maren se acerca al carro, tanto como se atreve con los guardias vigilando, y entrelaza las manos para controlarse y no levantarlas. Azuzan a los caballos y observa hasta que el farol del coche desaparece dentro de los muros de Vardøhus.

Kirsten ni siquiera es consciente de que ha estado allí. Pero ¿de qué habría servido? Su presencia había sido inútil, como una vela consumida. Pensaba que ya había visto lo peor en ese puerto, que nada igualaría la crueldad de la tormenta. Ahora sabe que fue una tonta al pensar que el mal solo existía ahí fuera. Vivía entre ellos, caminaba sobre dos piernas y juzgaba con una lengua humana.

El pastor Kurtsson está en el puerto y se aferra a su capa. Se acuerda de cuando Kirsten se acercó a él para cubrirle los hombros con su abrigo mientras esperaban la llegada de Ursa. El hombre se quita el guante y se inclina hacia el agua con una mano sobre la superficie. Entonces, se lo vuelve a poner rápidamente y lo guarda dentro del abrigo. Cuando se levanta, como si sintiera su presencia, la mira. Sus ojos brillan en la oscuridad, aunque, tal vez, solo se deba al frío.

El pastor le da la espalda, y Maren lo deja ir sin decir nada. No le importa que el hombre crea que fue un milagro que sobrevivieran tras la tormenta; ahora Maren piensa que lo misericordioso habría sido ahogarlos a todos.

Se fija sentencia para la próxima primavera, dentro de dos meses. Ursa le explica que lo han dispuesto así para que hombres de todas partes y otros comisarios viajen para presenciar el juicio de una bruja. Los casos recientes se han centrado en los hombres sami, pero Kirsten y *fru* Olufsdatter son las primeras mujeres noruegas acusadas en la memoria viviente y vendrá gente desde muy lejos, como Tromsø e incluso de Escocia.

Maren no conoce a nadie que haya estado dentro de Vardøhus, excepto a Ursa, y ni siquiera ella ha visto el juzgado. Absalom se ha negado a contarle nada al respecto, aunque ha trabajado allí la mayoría de los días, preparándose para el juicio.

—Es como si pensara que es un regalo —comenta Ursa con indignación—. Como si quisiera que fuese una sorpresa.

—Es su momento de gloria —replica Maren mientras trabaja la masa negra a puñetazos—. Quiere complacerte.

Lo sabe porque es algo que comparte con el comisario. Cuánto le dolería saber que Ursa lo desprecia; a Maren le encantaría que lo viera.

La noche antes de la sentencia, Maren apenas duerme. No piensa en otra cosa que no sea Kirsten en el agujero. ¿Sabrá siquiera que es el día de su sentencia? ¿O la habrán privado de información hasta que los días han perdido el sentido? ¿Sigue sufriendo por el tiempo en el mar? Se imagina el frío, pero es incapaz de procesarlo. De niños, les enseñan que resbalarse con el hielo en invierno es el final. Arrojar a una persona al agua, desnuda, y dejar que el aire la atraiga de nuevo a la vida, para después morir a manos de un hombre, es monstruoso.

También piensa en Diinna y Erik, y reza porque estén a salvo. Ojalá pudiera abrazar al niño y respirar su olor. ¿Habrá aprendido a hablar? ¿Le enseñará Diinna el nombre de Maren? Se alegra de que esté lejos de aquí. Quizá no la recuerde en absoluto y la olvide. Ella misma no tiene recuerdos de esa edad. Pensarlo es a la vez reconfortante y devastador.

Ursa tiene que asistir con su marido al juicio, así que Maren camina sola entre la multitud que avanza por los caminos irregulares de Vardø hasta la fortaleza. Aunque ha vivido con estas mujeres toda su vida, le cuesta reconocerlas bajo las máscaras de sus propios rostros, hechas de emoción y miedo. Cuando se alejan de las casas y los muros de piedra se erigen ante ellas, se ven cada vez más y más hombres, desconocidos, todos hablando. Se siente separada de todo, completamente sola.

Acceden al interior y una fila de guardias ataviados con uniforme azul oscuro y un emblema en la solapa de una cresta de coronas y leones en forma de cruz los separa de la elegante casa cuadrada que debe de ser la morada del *lensmann*.

—Hombres del rey —alguien murmulla.

Nunca había pensado mucho en que tienen un rey; Vardø parecía tan alejado de Christiania, Bergen y todos los lugares de los que habla Ursa que era como si su poder no se extendiera hasta allí, donde estaban más a merced del mar y del viento que del rey y el país. Cruza la mirada con uno de los hombres y se apresura a apartarla; se siente ignorante como una niña.

El juzgado ya está lleno cuando llega y una muchedumbre se arremolina agitada ante la puerta cerrada, entre gritos y golpes. Maren se detiene ante el caos y se maldice por haber llegado tan tarde. Debería haber venido anoche; de todas maneras, no durmió nada. No soporta la idea de marcharse a casa a esperar noticias y busca un lugar donde colocarse cuando se forma un barullo a su izquierda. Dos hombres salen de un edificio alargado y bajo cargando con un bulto grande.

—¡Bruja!

El grito procede de un grupo de mujeres entre las que se encuentran Sigfrid y Toril. El bulto levanta la cabeza al oírlo y se convierte en Kirsten o, más bien, en lo que queda de ella.

Una sombra, una burla. La cara de su amiga está pálida, sucia y oscurecida en las sienes. Tiene el pelo rubio enmarañado como la paja. Duda que le hayan permitido lavarse y se estremece al imaginar la sal del mar aún en su piel después de tantas semanas.

Se acercan deprisa y pasan por delante de Maren. Los pies se arrastran descalzos ante ella y la obligan a levantar la vista. Espera que la haya visto y, al mismo tiempo, espera que no. Continúan avanzando mientras la multitud se amontona alrededor, escupe y da patadas; algunos ataques fallan y recaen en Maren y los guardias que sostienen a Kirsten, siempre acompañados de silbidos y gritos.

—¡Bruja! ¡Bruja! ¡Bruja!

La masa la forman sobre todo extraños que gritan a alguien que no conocen y que nunca les ha causado ningún daño. A Maren le recuerdan a una manada de renos aterrorizados.

Las puertas del juzgado se abren y Kirsten entra. Maren se queda retenida junto a muchos otros a quienes se les impide la entrada. Por fin recupera el aliento, se llena los pulmones y grita:

—¡Kirsten!

Se imagina que su amiga levanta la cabeza y se vuelve a mirarla mientras se cierran las puertas. La multitud que avanza desde detrás, la empuja contra la madera y la levanta en el aire. Maren reza en voz alta para que Kirsten la haya oído, reconocido y sentido que le envía toda la esperanza que es capaz de invocar.

35

Absalom ha obligado a Ursa a ponerse el vestido amarillo, aunque ella ha replicado que no le parece apropiado para un juicio.

—Quiero que estés impecable —responde su esposo—. Los demás comisarios estarán allí.

Se levanta temprano y silba mientras la ayuda con los cierres del vestido. Ursa se estremece cuando le roza la piel. El vestido le aprieta más que nunca en la cintura, aunque se ha acostumbrado a los retortijones de hambre que sufre constantemente.

Reza por no estar embarazada. No recuerda si ha sangrado con regularidad en los últimos meses. El terror por el juicio y lo que podría presenciar ha inundado sus sueños de sangre y de los recuerdos de su madre. No le dice nada a Maren, porque ella tiene sus propios horrores con los que lidiar. «Marcada. Estrangulada. Quemada». Son esas manos las que la tocan, las que tal vez han sembrado un niño en su vientre.

En cierto modo, el sufrimiento de Kirsten ha reducido el suyo. Absalom ha estado distraído con los preparativos y también muy feliz por ellos. Se ha sentido más fuerte y poderoso, y, en consecuencia, ha sido más amable con ella. Está feliz y desea que su esposa comparta su dicha. Ursa se odia a sí misma por ello, pero disimula; le dice que está orgullosa de él y le gime al oído cuando yace sobre ella. Lo odia, pero quiere mantener su buen talante. Debe proteger a Maren.

Se pregunta cómo Maren soporta tenerla cerca, cuando el torturador de Kirsten vive bajo su mismo techo. Sin embargo, su amiga se aferra a ella más que nunca, y Ursa hace lo mismo. Lo que siente por Maren la confunde. Nunca ha querido tanto a nadie, aparte de a Agnete, y su relación parece incluso más fuerte que la que tiene con su hermana.

En el carruaje, de camino al juzgado, se deja rebotar en los baches que ha creado el invierno. Ya hay personas apiñadas a las puertas del castillo. Levantan los rostros sombríos cuando el coche se acerca y distingue a las mujeres de Dios al frente. Absalom ha pasado mucho tiempo con ellas, acompañándolas en sus oraciones a cambio de un testimonio. La multitud se separa para dejarlos pasar y Ursa se encoge en las sombras hasta que la puerta se abre y tiene que pisar la piedra resbaladiza, procurando no llamar la atención de nadie.

Absalom la guía hasta el juzgado agarrándola por el codo, como si la acompañara a un baile. Es austero y limpio como una *kirke* y todo apunta hacia el estrado donde se sienta el *lensmann*. Tiene delante un cuadrado delimitado por un pasamanos de madera.

—Ahí estará la acusada —explica Absalom.

Hay filas y filas de asientos, que parecen bancos, y una galería elevada al fondo de la sala, donde suelen sentarse las mujeres, pero, dado que la mayoría de los asistentes son mujeres, incluso con los visitantes adicionales que han llegado de la isla, habrá que saltarse las reglas.

La conduce a una galería más pequeña arriba y al lado del banquillo de los acusados, así que lo verá todo de perfil y estará separada de la mayoría de... ¿qué? ¿El público? ¿Los testigos?

—Christin llegará pronto —comenta su esposo—. Tal vez también vengan las esposas de los otros comisarios. —Le da un beso casto en la mejilla, y Ursa se siente como si de verdad estuvieran en la *kirke*—. Debo prepararme.

Hace una pausa mientras espera una respuesta, pero Ursa no sabe qué decirle. Desearle buena suerte sería hipócrita. No se le ocurre nada que decir que pudiera agradarle, así que se marcha sin su bendición.

Christin no tarda mucho en aparecer. Lleva un vestido de color púrpura oscuro que hace destacar más el atuendo de Ursa, como los azafranes de primavera que contrastan con el campo.

—Qué asientos más incómodos —dice la mujer del *lensmann* a modo de saludo, después de hacer una reverencia y sentarse de nuevo en el banco—. Debería haber traído un cojín.

Ursa se libra de conversar gracias a la llegada de otras dos mujeres, *fru* Mogensdatter y *fru* Edisdatter, ambas mayores que Christin; son las esposas del comisario Danielsson, de Kirkenes, y el comisario Andersson, de Kunes. Se presentan, pero ninguna parece interesada en ella. *Fru* Mogensdatter está igual de pálida que Ursa y se pregunta por un segundo si ha encontrado a alguien a quien aquello le horroriza tanto como a ella, pero simplemente se debe al viaje.

—No sé por qué el centro del poder tiene que estar en una isla en mitad de la nada. —Se estremece—. No entiendo cómo lo soportas, Christin.

La mujer sacude una mano.

—Estábamos mucho más lejos antes de todo esto y pretendemos volver a estarlo cuando termine. Nunca salgo de Vardøhus si no es absolutamente necesario. Al final te acostumbras.

Debajo, los comisarios se reúnen. Absalom es más alto que el resto; también es más joven, y Christin se lo señala a *fru* Mogensdatter y *fru* Edisdatter.

—Ese es el comisario Cornet, quien ha organizado el juicio. Es una especie de prodigio. Supongo que mi marido ya ha encontrado un sucesor. —Las otras mujeres intercambian miradas y Ursa desearía desaparecer dentro de las voluminosas faldas de su vestido.

El ruido aumenta en el exterior y, a las diez en punto, las puertas se abren. Las mujeres comienzan a entrar y los pocos hombres que hay entre ellas se dirigen al frente de la sala. La multitud llena los asientos que quedan en los bancos inferiores y en la galería superior. Se amontonan de pie unos contra otros; hacen ruido y generan alboroto, hablan a gritos entre los niveles. Los hombres juntan las cabezas y parlotean como cuervos.

No hay rastro de Maren por ninguna parte. Tal vez no ha entrado, porque parece que mucha gente se ha quedado fuera. Le duele la cabeza detrás de los ojos; es un dolor punzante que palpita al mismo ritmo que los latidos de su corazón. El vestido le oprime las costillas.

—¿Te encuentras bien? —pregunta Christin, más curiosa que preocupada. Ursa se percata de que tiene la respiración acelerada y asiente. Se remueve en el asiento.

—Hace calor.

—¿Quieres algo de beber?

Christin levanta la mano para llamar al guardia que está en la entrada de la galería, pero Ursa niega con la cabeza.

—Estoy bien.

Las puertas se abren una vez más y el ruido del exterior inunda la sala. Le parece oír gritar el nombre de Kirsten y, un segundo después, dos hombres entran, arrastrándola entre los dos.

Es peor de lo que había imaginado. Kirsten es una sombra de sí misma, sucia y con aspecto de estar rota. Mira al suelo cuando empiezan los silbidos, así que no le ve la cara, solo la cortina de pelo sucio y las manos atadas. Se sujeta al pasamanos de madera para apoyarse. Se balancea y Ursa no puede evitar susurrar a Christin:

—¿No van a darle un taburete?

Christin frunce el ceño y niega con la cabeza.

—Tu marido ha llegado —comenta *fru* Edisdatter a Christin, y las mujeres se inclinan hacia delante mientras el *lensmann,* ataviado con una larga túnica negra, cruza el pasillo central a zancadas, seguido por un hombre delgado con un grueso libro bajo el brazo.

La multitud guarda silencio mientras sube al estrado y mira alrededor. Asiente con la cabeza a la galería y Ursa se muerde la lengua mientras Christin lo saluda con la mano. Comprueba que el secretario de la corte está listo, y Ursa clava la mirada en Kirsten mientras el *lensmann* Cunningham se dirige al juzgado.

—Soy el *lensmann* Cunningham, designado por nuestro rey Cristián IV para gobernar las provincias de Vardøhus y Finnmark y estoy al mando de este tribunal. Estamos aquí reunidos, a 29 de marzo de 1620, en presencia de Dios y de los comisarios de Finnmark, para dictar sentencia en el caso de Kirsten Sørensdatter de Vardø…

Varias personas silban y hacen gestos obscenos al oír el nombre de Kirsten; a Ursa le zumban los oídos mientras el *lensmann* continúa.

—… por los cargos presentados en su contra desde hace casi tres años, con especial atención al 24 de diciembre de 1617, y a otros días y horas diversos, anteriores y posteriores. Estos actos detestables están recogidos en el Decreto del rey contra la brujería y la hechicería, promulgado en nuestro distrito el 5 de enero de 1620. El comisario Cornet arrestó a *fru* Sørensdatter el 18 de octubre del año pasado.

»Se le informó de que se ahorraría el interrogatorio si confesaba, pero la acusada se declaró inocente y fue sometida a la prueba del agua el 8 de enero de este año. Desde entonces, ha confesado varios actos de brujería. Comisario Cornet, por favor, levántese para leer la confesión.

Alguien emite unos ruidos graves y débiles de angustia, como un animal, y Ursa mira a la otra galería antes de comprender que es ella misma. Vuelve a buscar a Maren; no la encuentra.

Su marido se levanta, con la espalda erguida y comienza a leer los cargos en noruego con un marcado acento y la voz firme y clara.

—Kirsten Sørensdatter confesó, el 9 de enero de este año, su culpabilidad en los cargos presentados contra ella. Ha sido denunciada por el pastor Nils Kurtsson, Toril Knudsdatter, Magda Farrsdatter, Gerda Folnsdatter, Sigfrid Jonsdatter, Edne Gunnsdatter.

Hace una pausa para respirar y sigue leyendo más nombres. Pronuncia los de casi todas las mujeres de Vardø. Escucha el nombre de la madre de Maren e incluso el de *fru* Olufsdatter; se pregunta si su vecina se habrá salvado al hacer esa acusación. Por fin, la lista de nombres acaba y Absalom abre otro pergamino.

—Confiesa que Satanás vino a verla cuando tenía veintidós años y cuidaba un ternero. Le preguntó quién era y le dijo que era el diablo, le ofreció su mano para que la besara y le dijo que le daría poder sobre el aire y la fuerza de un hombre si renunciaba a Dios y al pacto bautismal. Ella aceptó su mano, la besó y se sintió muy feliz después de hacerlo. Entonces, sopló su aliento al cordero y el animal murió.

La historia continúa; una letanía tan absurda que Ursa es incapaz de prestar atención. Suena como una lista de chismes de mujeres, y va desde discusiones sobre secaderos de pescado hasta rezar el padrenuestro al revés. La multitud se inclina al unísono para ver mejor a la mujer que se balancea en el banquillo mientras las amonestaciones del *lensmann* son lo único que mantienen a raya los gritos. En más de una ocasión, alguien se acerca al pasamanos y la pellizca, pero Kirsten apenas reacciona. Es como si estuviera dormida, con los ojos entrecerrados y la boca abierta. ¿Qué más le habrán hecho para destruirla de ese modo?

Absalom deja el pergamino abajo y abre otro.

—Y confiesa que la Nochebuena de 1617, voló al monte de las brujas de Ballvollen y, allí, anudó un paño con otras cinco para conjurar la tormenta que ahogó a cuarenta hombres, entre ellos su propio marido.

Los siseos crecen y se convierten en un repentino grito de rabia que resuena por toda la habitación y, aunque el *lensmann* intenta poner orden, se ve obligado a mandar a los guardias al banquillo para evitar que el público le dé patadas y le tiren del pelo a Kirsten. Ursa se cubre la cara con las manos y Christin le da una palmadita en el regazo.

—Mírala, Ursula. Está sonriendo.

Pero lo único que ve en la cara de Kirsten es una mueca.

—¡Los nombres! —grita alguien desde la galería—. ¡Danos los nombres!

El *lensmann* se pone en pie y levanta los brazos.

—¡Vaciaré la sala!

La gente se calla a regañadientes. Absalom continúa:

—Si me permite hablar de los nombres, *lensmann*. —Se vuelve a la sala del tribunal—. Le preguntamos los nombres, pero dice que no les vio las caras, que estaban envueltas en humo, aunque hemos identificado a *fru* Olufsdatter como una y tenemos su confesión. Estamos trabajando con ella para obtener el resto. —Mira unos segundos a la multitud y Ursa se estremece cuando levanta el pergamino de nuevo—. Conjuraron la tormenta para obtener la propiedad y el dominio de la tierra de sus maridos.

»Robó el rebaño de Mads Petersson, que contaba con cincuenta renos, y hechizó a *fru* Gunnsdatter y a otras ocho para que salieran a la mar con ella, donde no echaron redes; *fru* Sørensdatter llamó a los peces con su aliento. Vestía pantalones y tenía la fuerza de un hombre, envió terrores a *fru* Knudsdatter y le sopló a *fru* Jonsdatter, que contrajo una enfermedad debilitante que le hinchó el estómago.

Ursa mira a las mujeres de Dios. Están embelesadas, como si su esposo fuera un milagro, horrible y hermoso.

Absalom enrolla el pergamino.

—Tales son los cargos confesados, entre otros actos característicos de una bruja. Los marcó con una «X», y aquí se los presento al tribunal.

Lo deja ante el *lensmann* con una breve reverencia y vuelve a su asiento con pomposidad. Hay algunos aplausos dispersos entre los comisarios, que se extienden por toda la sala.

—Lo ha hecho bien —comenta Christin—. Deberías estar orgullosa.

Ursa asiente con tensión mientras el *lensmann* se inclina en el asiento y mira directamente al banquillo.

—¿Tienes algo que decir, Kirsten Sørensdatter?

Nada. Uno de los guardias la empuja y la multitud se burla.

—¿Tienes algo que decir?

El guardia se acerca a ella y la mujer arruga la nariz mientras escucha.

—Ha dicho «nadie», *lensmann* Cunningham.

—¿Nadie?

—Nadie —repite Kirsten.

—Que así sea —dice el *lensmann* Cunningham, que se recuesta de nuevo para dirigirse a todos—. Kirsten Sørensdatter, has sido acusada del grave crimen de brujería y hechicería maligna. Tras recibir tu confesión escrita, debo obedecer el Decreto del rey que establece que «cualquier hechicero, u hombre fiel, que sacrifique a Dios, a Su santa Palabra y al cristianismo, y se consagre a sí mismo al diablo, será arrojado al fuego e incinerado».

—Arderá —sentencia Christin.

Los gritos de la multitud se elevan al unísono y, en esta ocasión, el *lensmann* no los calla, sino que eleva la voz para fijar la fecha, dentro de dos días. Los hombres sujetan a Kirsten y, al hacerlo, la mujer por fin se mueve y levanta los brazos.

—Que Dios se apiade de mi alma.

Cuando las mangas desabrochadas caen hacia atrás, Ursa ve que no es suciedad lo que le marca los brazos, sino decenas de moretones, morados y amarillos como el vestido de Christin y el suyo, pétalos que adornan su piel demacrada.

Ursa se excusa de la comida que organiza el *lensmann*, aunque sabe que Absalom se disgustará. Dice que le duele la cabeza, pero en realidad es todo el cuerpo lo que le duele. Se cambia en la casa de *fru* Olufsdatter; no es capaz de llamarla de otra manera. Se quita el vestido amarillo, se pone uno más discreto y suelto, y cruza al segundo cobertizo. Llama a la puerta y, al no tener respuesta, entra en la casa para esperar a Maren.

Se siente más tranquila en la habitación, entre las escasas posesiones de Maren y lejos del ruido del juzgado. Ahora que ya no vive allí, le parece más que nunca un hogar. Practica lo que le dirá a Maren, porque está segura de que no estaba en la sala, pero cuando la puerta se abre y la mujer entra, su rostro pálido le indica que ya sabe lo que ha ocurrido.

Ursa se acerca, pero Maren se aparta.

—Edne me lo ha contado. Dicen que conjuró la tormenta —comenta Maren—. Que lo confesó.

—La habían apalizado y arrojado al agua —repone Ursa—. Habría confesado cualquier cosa.

—Eso no —susurra Maren—. Seguro que no. No estabas allí, Ursa. Llegó de repente, como una mano que arrasó los barcos; los aplastó. —Cierra los ojos—. No habría confesado si fuera falso.

Ursa no la corrige; no le habla de los moretones en los brazos de Kirsten.

—Además, lo de los pantalones y la pesca es cierto —dice Maren—. Era la única que no parecía estar de luto.

—Es imposible que creas que es una bruja —la reprende Ursa—. No eres estúpida.

—Tú no lo viste —replica—. La tormenta fue rápida como un suspiro. Y pescamos con mucha facilidad.

—Pero ¿teníais redes? —Maren asiente, y Ursa golpea la mesa—. ¡Ja! ¿Lo ves? Han mentido. Edne, Toril, todas mintieron. Y nadie la ha defendido.

—¿Crees que debería haber hablado a su favor? —Maren no grita, pero el frío de su voz hace que Ursa se estremezca.

—No he querido decir eso.

—Me dijiste que no me acercara a él. Me dijiste que no hablara con Cornet, que lo harías tú, y mira lo que ha pasado.

—Maren. —Ursa ya no sabe qué decir. Le cuesta respirar.

—Preferiría estar sola, señora.

—¿Qué te ocurre? —Quiere sacudirla, pero no se atreve a tocarla.

—Me marcharé, entonces —dice Maren, y se dispone a levantarse.

—No —responde Ursa—. Ya me voy yo. —Se detiene en la puerta—. Iré a la quema de Kirsten, pasado mañana. —Lo decidió en cuanto se dictó la sentencia, aunque ninguna parte de su ser quiere hacerlo—. Será difícil, pero necesitará una cara amiga. Espero que vengas conmigo, Maren.

La joven se muestra impasible como una piedra.

—«Nadie» —añade Ursa, al comprenderlo por fin—. Cuando le pidieron más nombres, es lo que respondió. No arrastraría a nadie con ella. Es una buena mujer y te quiere.

Maren se mira las manos entrelazadas.

Ursa no va al juicio de *fru* Olufsdatter al día siguiente. Se lleva la mano a la frente y gime en voz baja para que Absalom insista en que descanse. Esa mañana, le habla más que nunca mientras se viste. Está feliz, y ella desearía que estuviera muerto. Es un milagro que no perciba cuánto lo odia. Hasta le arde en la piel.

La angustia de Ursa la mantiene en cama todo el día, pero las voces exultantes y excitadas de las mujeres que regresan a media tarde le indican que Kirsten no estará sola en la hoguera.

36

Absalom se marcha temprano y Ursa rechaza acompañarlo en el carruaje; le dice que necesita aire fresco después de pasar el día en cama. Su marido le lleva la mano a la frente y sabe que la encontrará caliente; los nervios la han hecho sudar.

—Espero que no enfermes, esposa. Tal vez... —Le mira el vientre—. Dicen que un bebé acelera la sangre.

Ella le aparta la mano, pero, con delicadeza, se fuerza a sí misma a sonreír.

—Tal vez, esposo.

La besa en la cabeza como hizo el día que se casaron.

—El capitán Leifsson llegó ayer en el *Petrsbolli*. A lo mejor le enviaremos una feliz noticia a tu padre cuando se marche.

—¿El capitán Leifsson? —Trata de que no se le note el alivio—. ¿Está aquí?

—Se queda en Vardøhus. ¿No te lo había dicho?

Niega con la cabeza. Lo último que supo de su posible llegada fue la carta de padre que Absalom le leyó. La información se desvaneció en el humo junto a las otras cartas.

—Los juicios me hicieron olvidarlo. —Se frota la barba y resopla. Nunca lo había visto nervioso, y eso la asusta más—. Debería irme —añade—. Asegúrate de colocarte contra el viento.

Se pone el sombrero y sale a zancadas.

Ursa se viste de amarillo otra vez. Esta vez quiere destacar, quiere que Kirsten la vea y sepa que no se enfrentará a la muerte sin una amiga.

Se dirige hasta el segundo cobertizo y llama a la puerta suavemente. Pasa un buen rato sin haber respuesta, pero, entonces, Maren se asoma, con la cara manchada. No se abrazan, pero la joven se aferra al brazo de Ursa y se acercan hasta que sus caderas chocan. Le duelen los dedos de las ganas de abrazarla.

Las ejecuciones tendrán lugar en el campo elevado y cubierto de maleza detrás de Vardøhus, donde estarán protegidos de la fuerza del viento y podrán congregar a la mayoría de la gente. La multitud que ha acudido es enorme y hay muchos visitantes. La noticia de los detalles de la confesión de Kirsten ha llegado hasta Kiberg y Kirkenes, que también perdieron hombres y barcos, aunque no tantos. Nadie aparta la vista de la pequeña colina hasta que Ursa llega con su vestido amarillo.

Un poste de madera, más alto que un hombre, se erige en el centro de la elevación, rodeado de troncos y ramas gruesas de arbustos en la base. Al verlo, Maren vacila, y, aunque siente lo mismo, Ursa tira de ella hacia delante hasta que están casi en primera fila, justo detrás de la línea de guardias que marcan el límite a unos veinte pasos de distancia. Detrás de la línea están el pastor Kurtsson y los comisarios, su marido entre ellos; hablan con el *lensmann*. El *Petrsbolli* cabecea en un mar en calma, pero no encuentra al capitán Leifsson entre la multitud. Entonces, Absalom repara en su presencia y le dedica una breve sonrisa.

Ursa se siente fuera de su cuerpo, observando desde las alturas mientras el ruido de la multitud, atenuado por el viento, le lame los oídos. Maren es lo único real y sólido, un ancla en medio de la inverosímil escena.

Contempla el poste, tallado de un solo tronco; la corteza está arrancada, y se ve pálido y brillante como la luz de la luna. ¿Qué árbol habría sido? ¿Lo cortaron expresamente para ese propósito y lo habrían traído en el barco de su padre? Le pica la piel. Debieron de encargarlo hacía meses. ¿Para eso había venido el *Petrsbolli*?

Cierra los ojos para sacarse la terrible idea de la cabeza y solo los abre cuando Maren murmura:

—Ya vienen.

Un carro sin capota recorre la corta distancia desde el castillo; *fru* Olufsdatter y Kirsten van en él, atadas espalda contra espalda. El guardia porta una antorcha encendida en la mano, la chispa que prenderá la pira. Kirsten las mira. Lleva el pelo peinado y la cara lavada y va vestida con la falda de lana gris de Ursa. Siente un pinchazo en el pecho al percatarse. Unos moretones cubren sus pálidos tobillos y pies; no lleva zapatos.

Al atravesar la multitud, les arrojan cubos de un líquido apestoso entre escupitajos y gritos, pero los sonidos ya no están cargados de emoción como antes de la sentencia. Solo hay rabia, pura y feroz, que los impele hacia la hoguera. La multitud empuja a Ursa y Maren, pero estas permanecen juntas y quietas mientras las mujeres cruzan la línea de guardias y las bajan del carro.

Las suben a la estrecha plataforma. *Fru* Olufsdatter está débil y tienen que sujetarla mientras le atan la cuerda a la cintura. Casi cuelga de ella, pero Kirsten mantiene las piernas firmes. Mira a la multitud mientras traen más madera y leña para cerrar el hueco que han abierto para llevarlas hasta la plataforma. Ursa reconoce una pizca de su antigua rebeldía y ahoga un sollozo.

Los dedos de Maren se le clavan en la mano y se muerde el labio hasta que la piel se rompe y sangra. Kirsten las ve y, aunque no hacen ningún gesto, relaja un poco el rostro y mira al cielo.

—Venir era lo correcto —susurra Maren, más para sí misma que para Ursa—. Era lo correcto.

Sigue murmurando mientras sacan la antorcha del carro. No les piden unas últimas palabras ni el padre Kurtsson les dedica una oración. La antorcha no se apaga para condenar el acto. La acercan a la base de la pira y el fuego serpentea brillante a través de la leña hasta la base de los leños más grandes. Luego, empieza a elevarse y se convierte en una llama completa.

Se extiende en un círculo alrededor de los pies de las mujeres, como si bailara. Kirsten se retuerce y gira la cabeza cuando el humo las envuelve y baña, atrapado por el viento. Ursa ya no puede apartar la mirada y la multitud permanece casi en silencio a su alrededor. *Fru* Olufsdatter no se ha movido de su posición, desplomada sobre la cuerda, e incluso cuando las llamas le rozan el pelo y lo encienden, no se mueve. Ursa reza porque esté inconsciente, tal vez ya muerta, con los pulmones llenos de humo.

Kirsten, sin embargo, parece cada vez más despierta. Tiene la boca abierta y tal vez gima, pero sus palabras se las tragan el viento y el fuego. Las llamas lamen la plataforma. Levanta un pie y, luego, el otro.

—¡Respira hondo!

El grito viene de atrás; una voz de mujer solitaria que Ursa no reconoce, pero lo dice lo bastante fuerte como para que Kirsten la escuche. Levanta la cabeza hacia el sonido, con los ojos abiertos y aterrorizados.

—¡Respira hondo! —repite, y esta vez Ursa sigue el hilo de voz hasta el grupo de mujeres de Dios.

Es imposible que sea Sigfrid, quien dos días antes aullaba mientras acusaban a Kirsten de maldecirla, pero la ve gritar de nuevo, con lágrimas en las mejillas. Toril también llora. La frase se repite en un coro creciente de muchas voces. Ursa recuerda que le decía lo mismo a Agnete cuando se inclinaba sobre el recipiente de los vapores, pero era para despejarle los pulmones. Esto es para que los de Kirsten se inunden con humo y se ahogue antes de que las llamas la quemen hasta la muerte. Ursa se une a las voces. Todas gritan; acusadoras y amigas por igual.

El pecho de Kirsten se hincha y el humo se arremolina alrededor de su cabeza. Tiene la cara empapada de sudor y lágrimas. Dice palabras que no oyen y Ursa siente que se asfixia, que sus propios pulmones se llenan de humo caliente y acre. Las uñas de Maren se le clavan en la piel mientras Kirsten emite un grito estrangulado y respira, una y otra vez.

El viento les trae un olor a carne, madera y pelo, todo quemado, hasta que Kirsten se derrumba sobre las cuerdas y se queda quieta. Los pájaros sobrevuelan el poste de madera en círculos y la multitud reacciona a la vez, como una ola colectiva que se mueve hacia delante. Maren le suelta la mano y Ursa tropieza al perder su apoyo. Cuando se vuelve para seguirla, ya se ha perdido entre la muchedumbre. Empuja hacia atrás contra la marea mientras los demás se lanzan adelante para ver la estaca envuelta en llamas, hasta que, por fin, se abre paso y atisba el delgado cuerpo de Maren, que se aleja corriendo.

37

Nadie las sigue. Ursa camina tras ella y se pisa el vestido con los zapatos mientras Maren acelera y desaparece entras las casas dispersas de Vardø.

El instinto la empuja a seguir caminando, más allá de la casa de dos plantas, del segundo cobertizo y de los restos esparcidos de la casa en ruinas, hasta el cabo. Allí está el acantilado y, en el borde, Maren. Se inclina hacia delante y grita, con las venas del cuello hinchadas. Cuando la alcanza, tiene arcadas y escupe un líquido blanquecino que el viento arrastra al mar. Vuelve a gritar.

Ursa se pone a su lado y le da la mano para hacerla retroceder un paso. Abre bien la boca y grita con ella. Sus voces se entrelazan y se alejan en el mismo viento que ha alimentado las llamas, avivado el humo y les ha robado las últimas palabras de Kirsten.

Por fin, Maren para. Se tambalea sobre los pies y Ursa la aleja del borde del acantilado.

—Ven.

La joven deja que la guíe. El pueblo sigue vacío como un cementerio y una columna de humo negro se arremolina a lo lejos como una bandada de pájaros espantados por una tormenta. La conduce hasta el segundo cobertizo, a pesar de que en la otra casa hace más calor.

Sienta a Maren en una silla y reaviva el fuego. El calor le hace daño en la mejilla fría y retrocede. Maren está encorvada y apenas se sostiene erguida. Ursa se dirige hasta la casa de dos pisos, trae todas las mantas que puede cargar y las arroja al suelo, en el rincón donde antes estaba la cama. Del bolsillo, saca la última semilla de anís y se la tiende a Maren.

—Ven. Túmbate.

Le castañetean los dientes. Ursa se acerca a ella.

—Huelo a ella —susurra Maren—. La tengo en la piel.

Ahora que ya no las azota el viento, es cierto; huelen a humo y a su asqueroso regusto dulce. Lo nota en el pelo de Maren y en su propia piel, espeso como el aceite.

—Pues quédate aquí —dice, y Maren se lanza a por su mano—. Toma. —Le coloca el anís entre los labios como si le diera un medicamento a un niño—. No tardaré mucho.

La tina es de madera y pesada, y deja unas líneas profundas al arrastrarla entre las casas. Tiene que hacer cuatro viajes al pozo para conseguir suficiente agua para llenarla. Cada vez que regresa al cobertizo, Maren no se ha movido; la observa como si estuviera hechizada mientras pone las ollas a hervir. En poco tiempo, la bañera está medio llena de agua caliente. Regresa a la casa para abrir el arcón de cerezo y saca el agua de lilas. La botella es muy pequeña y delicada, y le preocupa que se rompa al quitar el tapón y volcarla en la bañera.

—Rápido, antes de que se enfríe. —La voz le raspa la garganta. Maren cruza los brazos sobre el pecho.

—No puedo.

—¿Acaso te da vergüenza? —Ursa le sonríe con cariño—. Tengo una hermana.

—No soy tu hermana —espeta Maren.

—Pero te quiero como a una.

Ursa se acerca y le posa las palmas en los hombros. El dolor del rostro de Maren es cada vez más profundo y, cuando le acaricia la parte superior de los brazos con los pulgares, se estremece.

Ursa suspira.

—Si quieres, me voy.

—No —responde Maren—. Pero no mires.

314

Ursa se vuelve y escucha el frufrú de la tela mientras Maren se desnuda; por el rabillo del ojo, ve las sombras de sus movimientos. Después, oye el chapoteo del agua.

—Ya está —anuncia Maren, y Ursa se da la vuelta.

Está encogida, con las rodillas en el pecho, y se ha soltado el pelo oscuro, que le cae hasta la cintura y le cubre los resaltes de la columna vertebral.

—Toma —le ofrece Ursa, que le pasa el jabón de sebo. Maren levanta la mano para tomarlo—. Si quieres, lo hago yo.

Maren asiente y Ursa le aparta el pelo. Comienza a enjabonarle la estrecha espalda hasta la nuca. Maren exhala un largo aliento e inclina la cabeza hacia adelante, con los hombros caídos. Ursa percibe el olor a anís al enjabonarle el pelo y la enjuaga con cubos de agua hasta que el olor a quemado desaparece, enmascarado entre las lilas.

—Toma —dice Ursa, de pie y con el jabón en la mano.

Maren sigue con la cabeza inclinada; las cuerdas de pelo húmedo se le pegan al delgado cuerpo. Hincha y vacía el pecho y a Ursa le dan ganas de llevar la palma ahí para sentir su aliento.

—¿Maren?

Con una lentitud infinita, Maren levanta la vista. Hay algo en su cara que no ha visto antes o que, tal vez, no ha percibido. Un anhelo. Sigue con la mano extendida, sosteniendo el jabón. Maren descruza sus brazos y los extiende como si fuera a cogerlo.

Pero en vez de eso, toma a Ursa por las muñecas con suavidad, un roce casi inexistente, acerca los labios a ella y la besa. La mira, pero Ursa no se mueve, apenas respira. Maren cambia de posición en la bañera y se arrodilla.

Su cuerpo no se parece a nada que haya visto, delgado y fibroso, con músculos en los brazos y las piernas, las caderas marcadas en la piel, con vello oscuro entre las piernas y debajo de las axilas, y los pechos pequeños y brillantes por el agua. Siente una punzada desconocida en el bajo vientre. Se le acelera la respiración. La cara de Maren grita de deseo y Ursa no es capaz de negarlo. ¿Es eso lo que ha sentido los últimos meses en los que su relación se ha vuelto más íntima? No le ha puesto nombre, ni siquiera está segura de si sabría hacerlo, pero Maren le toma las manos y le besa las muñecas con toques ligeros y dulces. Se le cae el jabón.

Ursa se siente atrapada, en las muñecas, las piernas y el pecho, mientras Maren baja la cara hasta dejarla descansar en sus palmas. El gesto la hace temblar. Retira las manos y las deja en el aire entre las dos. Maren sigue arrodillada, con la cabeza inclinada, como si rezase. Levanta los escuálidos hombros y, a pesar de su estatura, parece una niña.

—No tengas miedo —dice de repente, aunque es Maren la que parece más atemorizada—. No pretendía asustarte.

Sus miradas se encuentran y Ursa extiende la mano. La acerca a la piel de Maren y la deja flotando justo donde se encuentran el cuello y el hombro. Siente su calor. Maren inclina la cabeza y la guía hacia arriba para que apoye su mejilla. Ursa se acerca y las faldas se tensan alrededor de sus rodillas. Le acaricia la cara y Maren hace lo mismo con la mejilla de Ursa, acompasando los movimientos de ambas. Ursa ladea la cabeza para atraparle el pulgar con la boca.

Todo el cuerpo de Maren se estremece en respuesta y Ursa nota que una corriente blanca y caliente cruza el aire que las separa cuando su amiga se levanta y sale de la bañera. La ayuda a levantarse y se encaja entre sus brazos, obligándola a retroceder hasta que siente el borde duro de la mesa en la espalda.

Maren le levanta la cabeza para que sus narices se toquen. El aliento le huele a anís y la piel, a sebo y a lilas, pero también desprende un aroma propio. Ursa deja escapar un jadeo de urgencia y desliza la pierna entre las de Maren. Presiona las caderas hacia adelante y las faldas hacen frufrú. Maren imita el movimiento para pegarse a ella.

Ursa agarra los cierres del vestido y Maren retrocede. Siente cómo el frío le acaricia el cuerpo donde antes estaba el de ella y abre los enganches con manos temblorosas. Apenas ha dejado caer el vestido cuando sus cuerpos vuelven a acercarse; ahora solo la fina ropa interior las separa.

Se besan y, aunque los labios de Maren son ásperos, a Ursa le parecen la única cosa buena y tierna que ha conocido durante meses. El deseo en el tacto de Maren es suficiente para que el suyo despierte, y le desliza la mano por la parte baja de la espalda para acercarla con más ansia. Maren tiembla y Ursa se separa con la boca abierta y jadeante. La lleva hasta las mantas, con torpeza por las prisas, y la hace tumbarse para que sus cuerpos encajen mejor.

Maren desliza la mano por la curva de su cintura, la palidez de su vientre y el vello rubio de entre sus piernas.

Ursa se tensa; de pronto, duda. Maren comienza a apartar los dedos, pero la joven la detiene.

—No. Solo ve despacio. Con cuidado.

No aleja su mente de allí. Permanece en su cuerpo y solo piensa en la mano de Maren sobre ella y en su interior. La dulzura de sus gestos y el placer que le provocan hacen que quiera llorar. No sabía que podía ser así.

38

Por la noche, el fantasma de las manos de Ursa ha desaparecido y el aire está impregnado del olor de Kirsten, así que Maren no consigue dormir. Las ventanas en la casa de al lado están iluminadas y se pregunta si el comisario ha regresado. Lo imagina con Ursa y se aprieta los ojos con las bases de las manos hasta que la vista se le llena de danzarines puntos luminosos.

Sale para seguir su ruta habitual hasta el cabo. Las noches pronto se acortarán de nuevo, hará más calor y todo cuanto parecía muerto crecerá, pero Kirsten seguirá asesinada. Se esfuerza por apartar la mirada del humo que asciende desde el poste y brilla en la oscuridad.

Pero Ursa... Le cuesta creer que ha pasado. Sus labios por fin se han tocado; los gemidos de su garganta han sido correspondidos. Su piel es tan suave como había imaginado, como el interior aterciopelado de una flor. Si no fuera por el deseo que le late entre las piernas y el vestido amarillo de Ursa en el suelo, no se lo creería.

Las mujeres del pueblo han vuelto y salen sonidos de las casas. Piensa en la de Kirsten, llena de guardias, y en los berridos de los renos en la oscuridad. La confesión de su amiga la asustó y, por un segundo, dudó de su inocencia. El dolor de esa traición todavía la atormenta.

Cuando pasa por delante de la casa de su madre, una forma se recorta contra la luz del interior en el porche. La puerta está abierta.

—¿Mamá?

La figura se sobresalta. Estaba dormida. Maren se acerca más. Su madre está apoyada en el marco de la puerta. El fuego arde alto en el hogar y tiene una botella vacía del *akevitt* de papá al lado.

—No deberías haber bebido eso. Tiene muchos años.

—Íbamos a beberlo en tu boda —responde mamá con la voz grave y espesa. Levanta la cabeza para mirarla; es evidente que ha estado llorando.

Maren siente una punzada de rencor.

—Deberías irte a la cama, mamá.

Se vuelve para marcharse, pero su madre se lamenta.

—Maren. Erik se ha ido.

—Lo sé, mamá. Si no hubieras hablado mal de Diinna, tal vez no se habría visto obligada a hacerlo.

—No —responde—. Erik está muerto. Como tu padre, y… —Se detiene y lleva las manos a la cara—. Y pronto tú también lo estarás.

A Maren se le corta la respiración.

—Estás borracha.

—Es verdad, mi niña. —La sacude otro llanto—. Han pronunciado tu nombre.

Su casa se convierte en un barco en la noche cerrada y las tablas del suelo se tambalean bajo sus pies. «La ballena —piensa—. Por fin ha llegado». Arquea su inmenso lomo bajo el suelo y espera para abrirse paso y tragársela.

—¿Kirsten? —pregunta en un susurro—. ¿Kirsten dio mi nombre?

Mamá niega con la cabeza.

—*Fru* Olufsdatter. Toril dice que te nombró a ti y a Edne. Justo antes de ir a la hoguera. Dice que fuiste con Kirsten al monte.

—¿Qué monte?

—El monte de las brujas.

—El monte —sisea Maren—. Donde Erik recogía el brezo y papá y tú paseabais. ¿Crees que es un lugar de brujas?

—No. Sí. —Las palabras salen apresuradas de su boca y la nariz le moquea—. Kirsten confesó. *Fru* Olufsdatter confesó.

—¿Crees que soy una bruja, mamá? —Curiosamente, Maren está tranquila—. ¿Crees que ahogué a Erik, a papá y a los demás hombres?

Su madre aúlla; es un sonido salvaje que desgarra la propia garganta de Maren.

—No. No lo sabíamos. No lo sabíamos, y ahora mira lo que hemos hecho. —Habla con la voz apagada mientras entierra la cabeza entre las manos—. La forma en que se quemó, Maren. La forma en que la carne se derritió. El olor. Dios. —Se abraza y empieza a mecerse—. Que Dios se apiade de nosotras. Lo hemos empezado y ahora ya no podemos detenerlo.

Maren ha oído suficiente y echa a correr mientras su madre la llama.

—Maren, mi niña, mi amor. Lo siento.

No esperará a que vengan a por ella. Ha ahorrado dinero el tiempo que ha trabajado en el segundo cobertizo. Tomará un bote como hizo Diinna y quizá la encuentre en las montañas o se irá a una de las ciudades de las que ha oído hablar, donde hay tanta gente que podrá desaparecer.

Pero ¿y qué hay de Ursa? ¿Cómo va a dejarla, después de lo que han vivido? No puede pedirle que se marche con ella. Tiene la respiración agitada y los pensamientos la persiguen hasta el segundo cobertizo. Se apresura a entrar y cierra la puerta con fuerza.

—Maren —dice la voz de Ursa.

Está sentada en la mesa con un fino camisón de algodón y, junto al fuego, está Absalom Cornet, con el vestido amarillo de Ursa en el puño.

39

Maren ha caído directa en la trampa de Absalom, igual que Ursa. Regresó tarde de Vardøhus oliendo a *akevitt* y a humo. Cuando sus manos le tocaron la piel, con el recuerdo de Maren todavía fresco, no lo soportó. Lo apartó y, por un momento, su esposo la miró en la penumbra de la habitación robada; Ursa apenas se atrevió a respirar.

—¿Por qué no quieres acostarte conmigo, Ursula? —No tenía ninguna respuesta que darle que no fuera peligrosa—. ¿Me amas?

Está más borracho de lo que huele. Se tambalea sobre los talones.

—Sí.

Absalom se arrodilla y se inclina para apoyarse en su regazo. Ursa aparta las manos de su cabeza para no sentir su piel en la suya. Su ancha espalda sube y baja mientras respira y reza para que se duerma y no recuerde nada. Pero, en vez de eso, se levanta y se alisa la apestosa túnica.

—Tengo asuntos que atender. Cuando regrese, espero encontrarte en un mejor estado de ánimo.

Escucha con el corazón acelerado cómo sale de la casa. Pero sus pasos no se desvanecen en la distancia. En cambio, lo oye caminar sobre las tablas del cobertizo, la casa de Maren. Corre a la ventana justo a tiempo de verlo abrir la puerta y desaparecer en el interior.

Es imposible que lo sepa. Aun así, el pánico la hace salir volando de la casa en camisón y seguirlo a través de la puerta sin cerrar. Maren no está allí, pero su marido se encuentra junto a la mesa, observando el fuego.

—¿Qué haces, Absalom?

—¿Qué haces tú, esposa? —Se vuelve y la mira de arriba abajo—. No estás decente.

Ursa cierra los puños.

—Perdóname, pero ¿qué haces aquí? ¿No vas a volver a casa conmigo?

—Tengo asuntos que tratar aquí.

El miedo se dispara en su interior.

—Estás borracho.

—No tanto. —Arrastra las palabras—. Lo sabrías si hubieras venido a cenar conmigo.

—Siento no haberte acompañado. Por favor, vamos a la cama. —Le tiende la mano, pero Absalom no se mueve.

—He venido a arrestar a tu amiga, Ursula. Sé que le tienes cariño y quería ahorrarte la vergüenza.

—¿A Maren? —La habitación le da vueltas—. ¿La han acusado?

—La bruja Olufsdatter. Fue su última confesión. Pero dime, esposa: ¿qué hace tu vestido de novia en el suelo?

—Se lo he traído para que lo limpie —responde. Empieza a temblarle la mano y la esconde en la espalda—. Mira, la bañera está lista.

Absalom mira a la tina, todavía medio llena de agua gris. El aroma a lilas ha desaparecido, asfixiado por el espantoso hedor a humo de la ropa.

—¿Por qué me has seguido hasta aquí, esposa?

—¿No debería una esposa seguir a su marido cuando entra por la noche en la casa de otra mujer?

—¿Quieres hacerme creer que estás celosa? —Sus dientes brillan a la luz del fuego—. Porque nunca lo he pensado, y ahora tampoco.

—¿El arresto no puede esperar? Ven a la cama.

—Siéntate, Ursula. Quiero la verdad.

—Te he dicho la verdad.

—Siéntate. —Recoge el vestido sucio—. Ahora.

No tienen que esperar mucho, aunque para Ursa los minutos son interminables. Reza sin palabras porque Maren no regrese. Su marido la vigila, a ella y la puerta. Maren entra y, aunque trata de advertirla, es demasiado tarde.

—Hola, *fru* Magnusdatter —dice Absalom muy calmado—. Siéntate, por favor.

Maren no se mueve.

—Comisario Cornet.

Cruza la habitación en tres pasos largos y arrastra una silla. Se le doblan las rodillas. Ursa sabe que la mira, pero no se atreve a devolver la mirada. Absalom no aparta los ojos de Maren, como si estuviera en el juzgado. Se le antoja diminuta frente a él, una vela titilante que se enfrenta a una oscuridad voraz.

—¿Por qué está el vestido de mi esposa en el suelo, *fru* Magnusdatter?

—Lo estaba limpiando, comisario.

—Entonces, ¿qué hace en el suelo y por qué solo está húmedo?

—Se habrá caído de la silla. Me he puesto a lavar más ropa.

—¿Y dónde está?

Maren vacila y, de pronto, Absalom lleva las manos hasta su garganta.

Ursa se levanta de un salto y la silla se balancea y cae al suelo.

—¡Absalom, no!

—Has hechizado a mi esposa, ¿no es así? —Escupe saliva al hablar y los ojos le brillan salvajes. Maren suelta unos gemidos aplastados, como un pajarillo moribundo. El comisario la levanta de la silla y la arrastra lejos de Ursa—. ¡Habla!

—¡Absalom, no puede!

La cara se le pone morada y sacude los pies en busca de las tablas del suelo. Ursa se siente como si avanzara por el barro, lenta y torpe, mientras Maren tira de sus dedos. Absalom la deja caer al suelo con brusquedad y propina a Ursa una fuerte bofetada en la mejilla que hace que le dé vueltas la cabeza.

—Respóndeme —dice, y señala con el dedo el cuerpo tembloroso de Maren—. ¡Respóndeme!

Antes de que le dé tiempo a recuperar el aliento, Absalom la atrapa de nuevo. Esta vez, la arrastra a la bañera y la inclina sobre el agua para hundirle la cara. Ursa observa con los ojos anegados en lágrimas cómo agita las piernas y se arrastra hasta ella para intentar que la suelte de nuevo, pero su marido se mantiene imperturbable y observa en silencio cómo el agua se agita y se crean burbujas.

—¡Vas a matarla!

Ursa tiene la cabeza embotada. Alcanza la silla caída y la levanta para estrellársela en la espalda, pero solo le da un golpe de refilón antes de romperse en pedazos. Absalom ruge y Ursa quiere salir de la casa y gritar para llamar la atención de las vecinas. Pero ¿qué vecinas? Ninguna se pondría de su parte contra su marido.

—Por favor, Absalom —grita, y le tira del brazo con todas sus fuerzas—. No la mates.

El hombre afloja el agarre y vuelve a abofetear a Ursa, que se golpea la cabeza con la repisa junto a la chimenea. Maren se levanta, tosiendo y con arcadas, y Absalom se acerca a Ursa. La cabeza le da vueltas por el impacto.

—Ursula —dice, agachado y entre jadeos. Parece desconcertado—. ¿Estás bien?

Lo mira, incrédula, con la vista borrosa. Le tiende la mano y la observa con ternura y confusión. Ursa se aleja y se lanza a por Maren, que yace encogida en el suelo, pero Absalom la sujeta por la muñeca y se ve obligada a mirarlo.

Su gesto es tranquilo y oscuro, la misma mirada que tiene cuando la inmoviliza en la cama y se abre camino dentro de ella. Agarra a Maren del pelo y retuerce los dedos hasta que la joven grita. El agua le gotea de los labios.

—¡Confiesa! —espeta Absalom—. Confiesa que has hechizado a mi esposa y que conjuraste la tormenta con Kirsten Sørensdatter.

—No —jadea Maren—. No.

Cuando la sumerge de nuevo en el agua gris, Ursa sabe que todo está perdido. Levanta la mano hasta el estante y ase algo suave y frío. Lo levanta, con el brazo temblando por el esfuerzo, y deja caer todo su peso sobre la cabeza de Absalom.

El rodillo lo golpea en el centro del cráneo. Suena como un huevo al cascarse y hace que suelte a Maren y caiga de rodillas. Ursa es vagamente consciente de cómo la mujer se aleja a rastras mientras lo golpea de nuevo. Esta vez, el ruido es más húmedo y menos crujiente. Tiene el pelo negro mojado y Absalom cae hacia delante en la bañera. Ursa levanta el rodillo otra vez, pero Maren la agarra del tobillo.

—No.

El agua, enrojecida por la sangre, cubre la boca de Absalom. Tiene la coronilla abierta, que deja a la vista blanco y rosa. A Ursa le tiembla la mano izquierda, todavía levantada.

Aleja a Maren de allí y las dos retroceden arrastrándose hasta las mantas, donde solo unas horas antes yacieron juntas, con los cuerpos desnudos y calientes. Empiezan a castañetearle los dientes y Maren la acuna, aunque es la que ha estado a punto de ahogarse. La acerca a su delgado cuerpo y la besa en la coronilla.

—Suéltalo, Ursa.

Deja caer el rodillo, que golpea y gira en el suelo. Ursa solo ve la espalda de Absalom. No se mueve.

—Suéltame a mí también.

Afloja el agarre y Maren se arrastra hacia adelante, hasta el otro lado de la bañera.

—¿Está…?

—Sí.

—Dios mío. No quería matarlo. —No se convence ni a ella misma, aunque sabe que no es así, no realmente. Solo quería que parase. Tenía que detenerlo—. ¿Qué voy a hacer?

Maren no responde. Tose agua y se pone en pie a duras penas. Se tambalea hasta la mesa y Ursa se abraza las rodillas.

Se imagina que, en cualquier momento, Absalom se levantará y las atrapará. El sonido de su cráneo al romperse le retumba en los oídos una y otra vez, seguido del ruido húmedo cuando lo golpeó la segunda vez y del chapoteo del agua cuando cayó en la bañera. Cierra los ojos y se abraza las piernas. Apoya la columna vertebral en la pared y piensa en Agnete, en cómo dormían con las espaldas pegadas.

Maren se vuelve para mirarla. Algo en su rostro ha cambiado; parece más dulce. Ursa extiende la mano y la acepta, pero hay tensión en el gesto. Maren se aparta. Ursa se limpia la cara. La sangre le tiñe las mejillas y se le extiende por la mano.

—¿Confías en mí? —pregunta Maren, rompiendo así el inestable silencio. Ursa la mira y recorre los duros ángulos de su cara.

—Sí.

—Vuelve a la cama.

Ursa se sobresalta.

—Vuelve a la cama —repite, y la mira igual que cuando se han besado.

—¿Qué vamos a hacer? ¿Y si lo escondemos bajo los tablones del suelo?

—No.

—¿Lo tiramos al mar, como las piedras rúnicas de Kirsten?

—¿Y si nos ven? No sería fácil. —Ursa busca otra respuesta, pero Maren continúa—: Además, cuando se enteren de que el comisario ha desaparecido, harán preguntas.

—Entonces ¿qué? —Ursa está confusa; tiene la mente llena de sangre y de ruidos de huesos rotos.

La tristeza de Maren hace que le duela el pecho.

—Me marcho, Ursa.

—¿Te marchas?

—Como Diinna. Encontrarán su cuerpo y pensarán que he sido yo.

—Te matarán.

—Han dado mi nombre.

El dolor que le invade el pecho aumenta. Había olvidado la razón de la visita de su marido.

—Es todo mentira.

—Eso no salvó a Kirsten. —Maren cierra los ojos. Sus párpados son finos y rosados, y Ursa quiere besarlos—. No puedo quedarme. Pero tienes que irte ya, antes de que alguien te vea.

—Iré contigo —responde Ursa, y le toma la mano.

Maren la mira a los ojos.

—No quiero que lo hagas.

Ursa está segura de que el corazón se le detiene.

—Quiero que te vayas a la cama y que denuncies la desaparición de tu marido por la mañana. Quiero que digas que no has visto ni oído nada. Aunque tarden días en encontrarlo. Luego, quiero que regreses a Bergen, con tu padre. El barco del puerto es el que te trajo aquí. Te llevará de vuelta.

Ursa sabe que es cierto. Cuando descubran el cuerpo de Absalom, no habrá nada que la retenga en Vardø. Le permitirán volver a casa y el capitán Leifsson se asegurará de que esté a salvo. No obstante, algo en ella ha cambiado y no sabe expresarlo.

—No tengo nada sin ti.

—Tienes a tu hermana. ¿No quieres volver a verla?

No puede decir que no. Antes, Agnete era todo su mundo, pero eso cambió cuando Maren le besó la muñeca. Nunca había soñado con nada parecido hasta el momento en que ocurrió, pero ahora no se siente capaz de vivir sin Maren. Toda su alegría depende ahora de ella y separarse sería vivir sin luz el resto de sus días. Cierra los ojos para alejar el pensamiento y siente la mirada gris de Maren clavada en ella. La mira y busca el deseo que las unió.

—Iré contigo.

—Será más fácil si no lo haces —responde con frialdad.

Ursa la besa, desesperada, pero Maren no le corresponde.

—Por favor.

—Vamos. Antes de que amanezca. Quema el camisón y lávate la cara.

—Te quiero —dice Ursa, y la certeza de que es así la golpea como una estrella fugaz, brillante y dolorosa—. ¿No vas a decirlo? Te quiero.

—No puedo —responde Maren. Entonces, se levanta, cargando con Ursa, y la abandona entre lágrimas en la oscuridad de la noche.

40

No hay tiempo para las lágrimas. La mañana llegará muy pronto. Maren espera hasta que Ursa se ha marchado y la puerta de la casa de *fru* Olufsdatter está cerrada. Así es más fácil.

Mira hacia atrás, al comisario muerto. Su cabeza sigue goteando y el rodillo ensangrentado está en el suelo. Lo recoge, junto con el vestido amarillo de Ursa. Tiene que eliminar todas las pistas, nada que señale lo que ha ocurrido. Cuando Ursa levantó la mano para atacarlo, Maren sintió que era su propia mano la que descendía y sus dedos los que se cerraban sobre la suave columna de piedra. Sintió que actuaban juntas, como habían hecho horas antes en la cama.

Cierra la puerta del segundo cobertizo; solo lleva consigo el vestido, el rodillo y el dinero. Se vuelve, pero no hacia el puerto, sino al cabo. Suyo y de Ursa, suyo y de Erik. El vestido amarillo huele a la pira de Kirsten y *fru* Olufsdatter, e inhala el aroma. Ya conocía ese olor. De sus sueños de la ballena, la que vino a verla la noche antes de la tormenta.

Recuerda tenderse sobre su cuerpo mientras la despedazaban. Recuerda la grasa quemarse antes de que estuviera muerta. Ahora se le antoja una advertencia. No se dejará atrapar. Lo decidió en cuanto su madre le dijo que habían mencionado su nombre. No se dejará quemar, no vivirá para oler su propio cuerpo en llamas.

Está sola mientras recorre el conocido camino entre las casas. Sabe que es raro que no le gusten los meses de sol de medianoche, pero nunca se siente cómoda en esa penumbra. Le recuerda a los relámpagos y a los cuerpos verdosos de los hombres ahogados. En la oscuridad total, se siente segura.

La casa de su madre está oscura y tranquila. Reza para que su nombre no salga de las bocas de las mujeres condenadas; reza por todas, por Edne y Gerda, incluso por Toril y Sigfrid. Ha habido demasiada muerte. Terminará con ella. Debe hacerlo.

Mantiene la cabeza gacha al pasar ante la casa en ruinas y el bote de Baar Ragnvalsson, sin levantar la mirada, concentrada en el terreno cambiante. El viento ascendente le indica que se acerca al final de la isla. El mar choca con las rocas dentadas y saborea el sabor a sal, que se mezcla con el anís y borra la amargura del agua sucia en la que el comisario ha tratado de ahogarla. Allí, donde la corriente avanza hacia los lugares más septentrionales, donde Ursa le dijo que había una roca negra que lo atrae todo, reza incluso por él.

Deja el rodillo en el suelo y se pone el vestido amarillo de Ursa, en el que la vio por primera vez, con el que la tocó y la besó por primera vez; el que llevaba cuando supo que se pertenecían la una a la otra. Le queda grande incluso sobre la ropa. Mientras recorría con los dedos el vientre y los pechos de Ursa, supo la razón por la que los cierres se habían aflojado varias veces. La carne se extendía y dejaba espacio. Un bebé la protegería. Esa es otra razón por la que no podía llevarla consigo y por la que no se imagina otro final.

Arroja el rodillo al mar. Podría seguirlo, solo tendría que dar un paso. No flotaría como la pobre Kirsten. Se hundiría, como en su sueño, hasta el fondo. Las afiladas rocas que atraparon a los hombres la atravesarían y el mar se la llevaría. Y aunque evitara las rocas, el mar se ocuparía de ella y la arrastraría hasta el fin del mundo. Siempre ha creído que no había nada más para ellas en ese lugar.

Sin embargo, ahora recuerda más allá de la ballena y del ahogamiento; cómo emerge al final del sueño. El aire frío le azota la nuca. El dinero le pesa en el bolsillo. Mira adelante, hacia donde el monte se cierne. Al avanzar, piensa en Ursa, en que fue la primera y la única persona que la conoció de verdad. En que no necesita más.

Nota histórica

El 24 de diciembre de 1617, frente a la costa de la isla de Vardø, el punto más al noroeste de Noruega, se levantó una tormenta de manera tan repentina que quienes la presenciaron afirmaron que parecía que la hubieran conjurado. En cuestión de minutos, cuarenta hombres se ahogaron. En un lugar ya remoto y poco poblado, supuso un suceso catastrófico.

Fue una época de grandes cambios para el país, el reino de Dinamarca y Noruega de entonces. El rey Cristián IV, casi a la mitad de su reinado de cincuenta y nueve años, estaba cada vez más desesperado por dejar huella en el mundo. Había conseguido algunas victorias indecisas en las fronteras, pero le preocupaba más lo que ocurría en sus dominios que lo que había fuera. Como devoto luterano, quería consolidar su Iglesia y acabar con la influencia sami en el extremo norte del país, sobre todo en Finnmark, una zona vasta, salvaje y, en gran parte, ingobernable.

Esta población indígena, para quienes tejer el viento y hablar con los espíritus eran prácticas comunes, se negó en su mayoría a acatar las reformas religiosas, por lo que el rey decretó una serie de leyes cada vez más severas que, en última instancia, derivaron en la persecución y la masacre aprobadas por el Estado. Su objetivo era lograr una sociedad unificada que se ajustase a su visión del mundo, tal y como encarnaba su Iglesia.

En concreto, acudió a Escocia. El rey Jacobo VI había publicado no hacía mucho un tratado de brujería, el

Daemonologie, donde detallaba cómo «descubrir, juzgar y ejecutar a una bruja», lo que desató una ola de juicios de brujas en todo el continente y las islas. La histeria, avivada por la Iglesia, alcanzó su punto álgido. El rey Cristián aprobó las leyes de hechicería en 1618, siguiendo el modelo del rey de Escocia.

El monarca danés también mantenía una estrecha amistad personal con un escocés de alta alcurnia, John Cunningham, que había servido durante varios años en la Marina danesa y expulsado a los piratas de Spitsbergen. Cuando el rey decidió que había que poner orden en Finnmark, fue el capitán Cunningham quien se instaló en Vardøhus.

Lo que siguió fue un reinado de una duración y brutalidad sin precedentes. Aunque no era su único deber, el *lensmann* Cunningham, o Køning, como se lo conocía, supervisó no menos de cincuenta y dos juicios de brujas, que acabaron con la muerte de noventa y una personas: catorce hombres y setenta y siete mujeres. Pero Cunningham fue más allá de lo que el rey había planeado, pues, entre los asesinados, los hombres eran todos samis, pero las mujeres eran noruegas. En una región en la que antes solo había habido un puñado de casos así, de los que solo dos habían resultado en ejecuciones, estos hechos supusieron un cambio radical y significativo.

Los presuntos crímenes iban desde lo mundano (discusiones por tendederos o blasfemias leves) hasta el extremo. El primer gran juicio, celebrado en 1621, incluyó entre los procesados a ocho mujeres acusadas de conjurar la tormenta de 1617, que, para entonces, había adquirido un estatus mítico incluso en las mentes de quienes no la habían presenciado.

Las oleadas de pánico siguen un patrón similar a las que se repiten en todo el mundo, a lo largo del siglo XVII y más allá. Los juicios se conmemoraron con la instalación de Peter Zumthor y Louise Bourgeois en la isla de Vardø, que supone el punto de partida de esta novela. Los hechos han sido documentados por académicos como la doctora Liv Helene Willumsen, cuyo amable apoyo, investigaciones minuciosas y libros como *Witchcraft Trials in Finnmark and Northern Norway* (2010) han tenido un valor incalculable para asegurar una base histórica a lo que, en última instancia, es una obra de ficción que se ocupa no de los juicios en sí, sino de las condiciones que los hicieron posibles. A pesar de escribir a una distancia de cuatrocientos años, encontré mucho con lo que identificarse. Esta historia habla de las personas y de cómo vivían, antes de que el porqué y el cómo murieron se convirtieran en lo que las definía.

Kiran Millwood Hargrave

Agradecimientos

Tengo mucho por lo que dar las gracias. A mi madre, Andrea, a quien dedico este libro, la mejor de las mujeres. A las innumerables mujeres de las que dependo para escribir y sobrevivir, sobre todo cuando la escritura y la supervivencia se entremezclan. A Hellie, mi agente, que lo entiende y sin la cual esta novela no se habría escrito.

A mi padre, Martyn, y a mi hermano, John, por no ser como los hombres de este libro. A mis abuelos, Yvonne y John, por su vitalidad. A mi familia, sobre todo a Debby, Dave, Louis, Rina, Sabine, Janis y Piers.

A mis amistades, sobre todo a quienes leyeron este libro y me acompañaron en el viaje: Daisy Johnson, Sarvat Hasin, Lucy Ayrton, Laura Theis, Hannah Bond, Katie Webber, Kevin Tsang, Anna James, Louise O'Neill, Cat Doyle y Elizabeth MacNeal. A mi gran comunidad de escritores, especialmente a Maz Evans, MG Leonard, Rachel Leyshon, Katherine Rundell y Barry Cunningham.

A la doctora Liv Helene Willumsen, que espero no se horrorice por las libertades que me he tomado al contar esta historia en aras de la literatura y que sea consciente de cuánto la aprecio y admiro.

A Kirby Kim y todo el equipo de Janklow & Nesbit, en Reino Unido y Estados Unidos. Trabajáis con amor en cada libro, lo cual valoro muchísimo.

A Sophie Jonathan, una editora de regalos raros y gracia infinita. Me has enseñado mucho y me encanta trabajar contigo. A Judy Clain, que le ha demostrado al libro, y a mí, una generosidad y una fe incalculables. A Carina Guiterman, por su papel en la creación de esta historia. Al equipo de Picador y Pan Macmillan, el mejor hogar posible: Gillian Fitzgerald-Kelly, Paul Baggaley, Kate Green, Katie Bowden, Christine Jones, Emily Bromfield, Laura Ricchetti, Mary Chamberlain y la magnífica diseñadora de cubiertas Katie Tooke. A Alex Hoopes, Reagan Arthur y el maravilloso equipo de Little, Brown, Hachette.

A ti, que me lees, por formar parte de la historia. A cualquiera que se enfade, tenga esperanza y lo haga lo mejor que pueda.

A los hombres y mujeres asesinados en Vardø.

A Tom, por salvarme la vida y ayudarme a hacer algo con ella.

Ático de los Libros le agradece la atención
dedicada a *Vardo,* de Kiran Millwood Hargrave.
Esperamos que haya disfrutado de la lectura
y le invitamos a visitarnos
en www.aticodeloslibros.com,
donde encontrará más información
sobre nuestras publicaciones.

Si lo desea, puede también seguirnos
a través de Facebook, Twitter o Instagram y suscribirse a
nuestro boletín utilizando su teléfono móvil
para leer los siguientes códigos QR: